W0288463

Chères lectrices,

« O temps, suspends ton vol… », disait le poète, désireux de fixer l'instant présent. Comme lui, chacune d'entre nous perçoit à sa manière la fuite des heures. Ce temps si précieux que certaines laissent filer sans regret, d'autres le remplissent, déployant une énergie débordante pour tenter d'allonger les jours. Mais qu'importe la rapidité avec laquelle le temps s'écoule. Ce qui compte en réalité, c'est l'utilisation qu'on en fait.

En préface à son roman : *Le risque d'aimer* (Amours d'Aujourd'hui N° 866), Elissa Ambrose écrit ces lignes : « … Il y a quelques années, une grande amie à moi a appris qu'elle avait un cancer. Elle a décidé alors de changer sa vie, se jurant de vivre pleinement le temps qui lui serait donné, quelle que soit sa durée. Elle a tenu parole et aujourd'hui encore, alors qu'elle est guérie, elle continue à chercher le potentiel de joie contenu dans chaque instant qui passe. C'est cette amie qui m'a inspiré l'histoire que vous allez lire. Je vous souhaite autant d'émotion au fil de votre lecture que j'en ai eu à l'écrire… »

Moi aussi, j'ai aimé ce roman fait d'émotion, d'optimisme et de sentiments à fleur de peau, et le témoignage d'espoir contenu entre ses lignes. Je vous laisse donc le découvrir en vous souhaitant une excellente lecture.

La responsable de collection

La force de l'amour

ERICA SPINDLER

La force de l'amour

HARLEQUIN

AMOURS D'AUJOURD'HUI

Si vous achetez ce livre privé de tout ou partie de sa couverture, nous vous signalons qu'il est en vente irrégulière. Il est considéré comme « invendu » et l'éditeur comme l'auteur n'ont reçu aucun paiement pour ce livre « détérioré ».

Cet ouvrage a été publié en langue anglaise
sous le titre :
BABY MINE

Traduction française de
NELLIE D'ARVOR

HARLEQUIN®

est une marque déposée du Groupe Harlequin
et Amours d'Aujourd'hui®
est une marque déposée d'Harlequin S.A.

Originally published by SILHOUETTE BOOKS,
division of Harlequin Enterprises Ltd.
Toronto, Canada

Photos de couverture
Couple : © MICHAEL GOLDMAN / GETTY IMAGES
Bébé : © GETTY IMAGES

Toute représentation ou reproduction, par quelque procédé que ce soit, constituerait une contrefaçon sanctionnée par les articles 425 et suivants du Code pénal.
© 1992, Erica Spindler. © 2004, Traduction française : Harlequin S.A.
83-85, boulevard Vincent-Auriol, 75013 PARIS — Tél. : 01 42 16 63 63
Service Lectrices — Tél. : 01 45 82 47 47
ISBN 2-280-07870-8 — ISSN 1264-0409

1.

Au sortir de chez elle, Meg Niven-Adler s'attarda au bas des marches du perron pour observer le paysage, à peine sorti des ténèbres nocturnes.

Durant la nuit, la pluie avait cessé. Un temps sec et frais avait chassé le long épisode pluvieux que connaissait la Louisiane du Sud depuis le début de l'automne. Une brume épaisse s'attardait pourtant toujours sur le lac Pontchartrain.

Perdue dans ses pensées, Meg contempla l'horizon, émaillé d'un chapelet de lumières noyées dans le brouillard. Finirait-elle elle aussi, à l'image du temps, par disperser les nuages qui stagnaient depuis trop longtemps sur son existence ?

Tournant le dos au lac et à ses doutes, Meg resserra les pans de son cardigan et se mit en marche en direction du pavillon qui abritait *La Plantation*, le coffee shop qu'elle dirigeait avec sa sœur aînée.

Le vent qui s'était déchaîné la veille avait fait son œuvre. Sous ses pieds, les feuilles tombées des chênes moussus, les aiguilles de pin séchées et les pétales des dernières fleurs formaient un tapis moelleux.

L'orage qui s'était abattu sur la région au crépuscule avait été particulièrement violent. Une bonne partie de la nuit, Meg avait entendu la pluie tambouriner sans discontinuer sur les carreaux et les tuiles, le vent mugir autour de la maison, faisant ployer la cime des arbres devant la fenêtre de sa chambre.

En temps normal, elle adorait le vacarme de l'orage, le flash des éclairs, le grondement du tonnerre. Aussi aurait-elle dû dormir du sommeil du juste et s'éveiller fraîche et reposée. Mais comme il n'y avait plus grand-chose de normal dans sa vie ces temps-ci, elle avait erré de pièce en pièce, incapable de trouver le sommeil jusqu'aux petites heures du jour — incapable de penser à autre chose qu'à Royce et aux remords que le gâchis de leur mariage lui inspirait.

Arrivée au cottage surélevé qu'elles avaient choisi, sa sœur et elle, de repeindre en rose, Meg gravit les quelques marches d'un bon pas, décidée à oublier ses errances nocturnes. Regarder en arrière, elle en était convaincue, ne servait qu'à perdre son temps et à se condamner à une vie de regrets. Tout ce qu'elle avait à faire, c'était oublier ces choses auxquelles elle aspirait et qui ne lui étaient pas accessibles.

Cela paraissait pourtant simple… Pourquoi était-il si difficile d'y parvenir ? Tout simplement, conclut-elle en jetant un dernier coup d'œil au lac au-dessus duquel commençait à s'élever le soleil, parce qu'elle n'était pas prête à renoncer.

Tout comme la brume s'attardait sur les eaux, elle s'accrochait à ses rêves, et continuerait sans doute à le faire tant qu'elle ne serait pas parvenue à expulser définitivement Royce de son cœur.

La gorge serrée, Meg traversa le large porche du coffee shop dont elle déverrouilla la porte. Sans perdre de temps, après avoir désactivé l'alarme et allumé les plafonniers, elle commença à préparer le café. La matinée serait sans doute agitée. Tant que les rayons du soleil n'auraient pas eu raison du brouillard, la police veillerait le long de la route qui reliait la cité-dortoir de Mandeville à La Nouvelle-Orléans.

Disposant d'une bonne excuse pour expliquer leur retard, nombreux seraient sans doute les banlieusards à s'attarder autour du café et des pâtisseries qui faisaient la réputation de *La Plantation.*

Dans cette perspective, Meg redoubla d'efforts pour que tout soit prêt afin d'accueillir les premiers clients de la journée.

— Tu devrais laisser la porte fermée jusqu'à l'ouverture. N'importe qui pourrait te surprendre...

Meg sursauta et se retourna d'un bloc, les yeux agrandis par la peur et le cœur battant.

— Royce..., murmura-t-elle en découvrant l'homme qui l'avait surprise en plein travail.

— Meg..., dit-il sur le même ton. Tu parais étonnée de me voir.

Sur la défensive, Meg releva le menton, sachant que son geste serait aussitôt interprété comme un signe de faiblesse. Ce qu'il était en réalité.

— Je ne devrais pas l'être ?

Royce ne répondit pas. Il se contenta de soulever un sourcil et de la dévisager d'un air hautain, comme il le faisait chaque fois qu'ils se disputaient. Cela avait toujours rendu Meg folle de rage, durant leurs cinq années de vie commune, et cela continuait à le faire...

Comme à regret, Royce s'écarta de la porte d'entrée. Après s'être défait de son manteau et l'avoir posé sur une chaise, il vint vers elle. Son costume gris perle était à n'en pas douter italien et hors de prix, tout comme devaient l'être également ses chaussures, sa cravate et sa chemise. Il les portait de manière tellement naturelle qu'on aurait pu croire que Giorgio Armani les avait dessinés tout spécialement pour lui...

Et d'une certaine manière, songea-t-elle, c'était bien le cas. Au hit-parade des anciennes familles de La Nouvelle-Orléans, les Adler figuraient en bonne place. La mère de Royce descendait en droite ligne des célèbres « filles à la cassette ». Son père était un homme politique influent. Les deux branches de la famille possédaient à elles seules trois des dix plus grands restaurants de la ville — ce qui dans une cité réputée pour la qualité de sa gastronomie n'était pas une mince affaire...

Mais un nom respectable et des vêtements chic ne suffisaient pas à faire un homme. Et dans le cas de Royce, cela ne s'avérait pas nécessaire. Son apparence soignée, ses traits réguliers et d'une séduction rare, n'altéraient en rien une virilité qu'il assumait avec nonchalance.

Il se contentait d'être, affichant une tranquille assurance, une profonde intelligence... et ce genre de sex-appeal qui suffit à vider la tête d'une femme de tout tabou et de toute pensée rationnelle.

Même aujourd'hui, sachant ce qu'elle savait de lui, Meg ne pouvait empêcher ses genoux de flancher et son cœur de battre la chamade rien qu'en le voyant. Grâce à un gros effort de volonté, elle parvint cependant à demander d'un ton neutre :

— Que veux-tu, Royce ?

S'adossant contre le comptoir, il croisa les bras et se mit à rire.

— Tu ne m'avais pas habitué à être si directe...

— Avec toi, répondit-elle du tac au tac, j'ai été à bonne école.

— Touché...

Royce pencha la tête pour la dévisager d'un air songeur et une mèche de cheveux blonds tomba sur son front. Meg se retint de la remettre en place et, par mesure de précaution, glissa les mains dans ses poches avant de reprendre avec agacement :

— Que viens-tu chercher ici ? Vérifier que ton investissement est dans de bonnes mains ?

Le visage impassible, il soutint son regard et dit :

— Peut-être suis-je tout simplement passé dire bonjour à ma femme...

Meg prit une profonde inspiration puis répliqua :

— Nous avons cessé d'être mari et femme il y a bien longtemps.

— Tu en es sûre ?

— C'est toi qui es parti !

— Tu ne m'as pas laissé le choix...

Des mots durs, de colère et de reproche, affluèrent aux lèvres de Meg, qui s'empressa de les ravaler. A quoi bon se battre ? Durant leur vie commune, il avait gagné chacune des batailles qu'ils avaient menées — parce qu'il usait de sa raison comme d'une arme, alors qu'elle ne disposait que de ses émotions. Même si cela n'avait pas changé, elle n'était plus la même et ne le laisserait plus triompher à si bon compte.

— Tu n'as pas à t'inquiéter pour ton argent, reprit-elle en pointant le menton. Les affaires sont bonnes...

— Je ne me suis jamais inquiété... pour l'argent.

L'espace d'un instant, elle crut lire dans ses yeux bleus une vulnérabilité qui lui serra le cœur.

— Facile de ne pas s'inquiéter, rétorqua-t-elle, quand on n'en a jamais manqué.

Royce se raidit, ses traits se durcirent, et ce fut d'une voix lasse qu'il répondit.

— Je sais que tu fais de bonnes affaires. Mais si jamais le besoin s'en faisait sentir...

Meg sentit ses poings se serrer d'eux-mêmes.

— Je n'ai pas besoin de ton argent, Royce. Ce n'est pas cela que je veux.

— Alors que veux-tu ? demanda-t-il d'une voix étrangement douce. Je ne pense pas l'avoir jamais su...

Incapable de détourner les yeux de son visage, Meg sentit un flot de souvenirs l'envahir. Souvenirs de corps nus enlacés dans des draps froissés lors de petits matins paresseux, de longues balades et de secrets partagés, de baisers volés et de serments murmurés...

Des larmes à verser sur ces premiers jours heureux, sur ces jours enfuis qui ne reviendraient pas, affluaient à ses paupières. En toute hâte, elle détourna les yeux.

— Si tu ne le sais pas, murmura-t-elle, alors moi non plus.

Royce poussa un long soupir. Un instant plus tard, elle vit qu'il déposait une enveloppe d'allure officielle sur le comptoir près d'elle.

— C'est arrivé au restaurant, dit-il.

Machinalement, Meg saisit le courrier et l'examina. Il provenait d'une des agences d'adoption à laquelle elle avait fait appel autrefois.

— Tu ne l'as pas ouverte ? demanda-t-elle, étonnée.

— Non, pourquoi ? J'aurais dû ?

Meg étouffa un gémissement, reportant sa colère sur le courrier qu'elle froissa entre ses doigts.

— Meg ? reprit Royce d'une voix suspicieuse. Tu ne les as pas informés de notre séparation ?

Soigneusement, elle évita son regard. Qu'aurait-elle pu répondre ? Qu'il lui en coûtait d'avoir à admettre devant autrui ce qu'elle ne parvenait pas à accepter elle-même ? Jamais il n'aurait compris cela. N'était-ce pas lui qui était parti sans remords ? A défaut d'autre chose, elle lui servit le premier mensonge qui lui passa par la tête.

— Je n'ai pas eu le temps de m'en occuper.

— Pas eu le temps ! Mais... cela fait presque neuf mois que nous sommes séparés.

Ne sachant que répondre, Meg se retourna juste à temps pour voir sa sœur apparaître dans l'encadrement de la porte. Le vent frais avait décoiffé les cheveux roux de Louise et amené sur son visage une saine rougeur. Ses yeux ne cessaient d'aller et venir entre elle et Royce.

— Meg ? dit-elle d'une voix inquiète. Qu'est-ce que tu fais là ? C'était à moi de faire l'ouverture aujourd'hui, et à toi de dormir...

— Je sais, répondit-elle en la regardant approcher. Mais avec ce brouillard, je craignais que tu ne sois bloquée sur la route.

— Hello, Louise…, lança Royce en lui faisant un petit signe quand elle les eut rejoints. Comment va ?

— Bien…

— Joe et les enfants ?

Les bras croisés, Louise le toisa d'un air hostile.

— Ils vont bien également.

— Tant mieux, dit Royce d'un ton réjoui comme si de rien n'était. Tu leur diras bonjour de ma part…

Sans attendre de réponse, il alla prendre son manteau et gagna la sortie.

— Au revoir, Meg…, lança-t-il depuis le seuil, d'une voix assurée.

Il fallut dix bonnes secondes aux deux sœurs pour pouvoir détourner le regard de la porte par laquelle il venait de disparaître.

Enfin, Meg s'appuya contre le comptoir, laissant couler les larmes qu'elle avait réussi à contenir en présence de son ex-mari.

Avec un soupir consterné, Louise alla prendre une serviette en papier dans le distributeur et la lui tendit.

— Ça va aller, sœurette ?

Meg ne put s'empêcher de rire nerveusement.

— Bien sûr ! dit-elle en s'épongeant les yeux. Un de ces jours, ça finira bien par aller…

Louise hocha la tête d'un air sceptique et reprit :

— Tu m'inquiètes, tu sais.

— Inutile, répondit Meg en se forçant à un pauvre sourire. Je t'assure que tu n'as pas à t'en faire.

— On dit ça…

D'un haussement d'épaules, Louise se débarrassa de son manteau et alla le pendre à une patère derrière le comptoir en marmonnant :

— Tu as beau être une survivante, comme tu le dis si bien, tu es aussi ma petite sœur chérie…

Meg ne connaissait que trop l'expression de contrariété tempérée d'une bonne dose d'affection qu'affichait à cet instant le visage de sa sœur.

— Louise…, protesta-t-elle d'une voix lasse. Ne commence pas.

— Voilà des années que j'ai commencé ! Ce n'est pas maintenant que je vais m'arrêter.

Contournant le comptoir, Louise vint prendre la main de Meg entre les siennes et ajouta :

— Tu ne dors plus, n'est-ce pas ?

Une fois de plus, la jeune femme se demanda pourquoi sa sœur aînée — comme le reste du clan Niven, d'ailleurs — ne pouvait s'empêcher de se mêler de ses affaires.

— Finement observé, avoua-t-elle. Mais…

— Tu devrais sortir plus, l'interrompit Louise. Tu as besoin de rencontrer de nouvelles têtes. Je t'ai déjà parlé de Paul, le copain de Joe qui est si séduisant et tellement gentil ? Il ne demande qu'à te connaître… Joe peut te le présenter si tu veux.

Sentant la moutarde lui monter au nez, Meg retira sa main et secoua obstinément la tête.

— C'est hors de question ! s'écria-t-elle. Un rendez-vous galant est bien la dernière chose dont j'ai besoin ou envie.

La déception perceptible sur le visage de sa sœur la poussa néanmoins à tempérer ses propos.

— Merci de te soucier ainsi de moi, mais... je t'assure que ce n'est pas une bonne idée.

Loin de se le tenir pour dit, Louise laissa échapper un grognement de frustration et insista :

— Depuis que tu es toute petite, tu aimes rire et t'amuser avec tes amis. Ce n'est pas bon pour toi de te cloîtrer ainsi et de rester seule...

Pour se donner une contenance, Meg commença à regarnir les sucriers.

— Tu exagères, dit-elle. Que je sache, je passe mes journées avec toi, mes soirées avec Alice, et bon nombre de week-ends avec toute la famille. Je suis seule la nuit, c'est tout. Et pour le moment, je préfère qu'il en soit ainsi.

Comme pour indiquer qu'elle renonçait, Louise leva les yeux au ciel et alla jeter un œil dans la chambre froide.

— Les pâtisseries ne sont pas encore arrivées ?

Après avoir remis en place les sucriers, Meg alla collecter sur les tables les flacons de chocolat en poudre et de cannelle afin de les remplir.

— Avec ce brouillard, répondit-elle, cela n'a rien d'étonnant. Le problème, c'est qu'il ne nous reste plus grand-chose de la journée d'hier...

Depuis le comptoir où elle garnissait pots de crème et beurriers, Louise lâcha négligemment :

— Tu ne m'as pas dit ce que voulait Royce...

Cette fois, l'obstination de sa sœur à se mêler de sa vie privée fit sourire Meg. Du menton, elle désigna en passant la lettre froissée abandonnée sur le comptoir.

— Il est venu m'apporter ce courrier qui est arrivé par erreur chez Sassy's.

— Il vient de l'agence d'adoption..., dit Louise après y avoir jeté un coup d'œil. Tu ne l'ouvres pas ?

Meg haussa les épaules avec fatalisme.

— Pour quoi faire ? Quand bien même ils auraient un bébé à adopter, ils ne risquent pas de me le confier à présent que Royce et moi sommes séparés...

Sur ces derniers mots, sa voix avait flanché. Louise fut aussitôt à ses côtés pour la réconforter.

— Je suis désolée, dit-elle. Je sais à quel point tu voulais cet enfant...

Incapable de masquer l'émotion qui la submergeait chaque fois que quelqu'un abordait ce sujet, Meg détourna le regard.

Pourquoi, se demanda-t-elle, ne parvenait-elle pas à faire définitivement une croix sur l'idée de devenir mère un jour ? Pourquoi fallait-il que la perspective d'avoir à vieillir sans enfant à ses côtés lui paraisse tellement insupportable ?

— Je t'ai fait de la peine, murmura sa sœur. Pardon...

Résolue à prendre sur elle, Meg ravala ses larmes et lui adressa un sourire tremblant. Au cours des huit mois et demi écoulés, elle avait suffisamment pleuré pour faire déborder le lac Pontchartrain...

— Ce n'est pas ta faute, la rassura-t-elle. C'est vrai, cela fait toujours mal d'y penser. Mais comment faire avec neuf nièces et neveux autour de moi et un dixième en route... Déménager et ne plus vous voir ne servirait à rien — la seule vue d'un enfant suffit à me bouleverser. Je ne peux tout de même pas m'arrêter de vivre...

— Bien sûr que non, mais...

Indécise, Louise se mordilla la lèvre avant de lancer.

— Tu peux quand même faire avancer les choses en te décidant à demander le divorce.

— Inutile de parler de ça maintenant ! dit Meg en s'éloignant. Nos premiers clients ne vont pas tarder à arriver et nous ne sommes pas prêtes.

Peu décidée à se laisser une fois de plus rabrouer, Louise lui emboîta le pas.

— Ils attendront ! s'écria-t-elle. Tu avais raison de dire que tu ne pouvais pas t'arrêter de vivre. Mais c'est pourtant ce que tu as fait... Cela fait près de neuf mois que Royce est parti. Tu ne crois pas qu'il est temps de mettre l'affaire entre les mains d'un avocat et de passer à la phase suivante de ton existence ?

Une phase dans laquelle Royce n'aurait plus aucune place... Le simple fait d'y penser suffit à donner la nausée à Meg.

— Je ne peux pas..., murmura-t-elle. Pas encore. Pas maintenant. Je t'en prie, essaie de comprendre. Il est... trop tôt.

— Tu es impossible ! dit Louise en levant les yeux au ciel. Jamais je n'arriverai à comprendre que tu puisses rester attachée à un iceberg tel que Royce Adler.

Meg ouvrit la bouche pour prendre sa défense, puis, s'apercevant de ce qu'elle était en train de faire, la referma et se tut. Qu'elle cherche encore à le protéger était quelque chose que Louise ne pouvait pas comprendre...

— C’est un peu plus compliqué que ça, expliqua-t-elle prudemment. Il est inutile de blâmer Royce. Ce n’est pas sa faute.

— Pas sa faute ? s’insurgea sa sœur. C’est tout de même lui qui t’a rendue malheureuse…

Un vague sourire au coin des lèvres, Meg regarda par-dessus l’épaule de Louise le soleil émerger de sa gangue de brume.

— En fait, conclut-elle, je crois que nous nous sommes rendus mutuellement malheureux. Je n’étais tout simplement pas la femme qu’il lui fallait.

2.

D'un œil noir, Royce contemplait la purée de pois dans laquelle disparaissait la file de voitures roulant au pas devant lui. Ses doigts tambourinaient sur le cuir du volant. Il rongeait son frein et dominait avec peine son envie d'écraser le champignon pour mettre au plus vite le maximum de kilomètres entre lui et Meg. Comme si la distance avait pu suffire à lui faire oublier… qu'il ne parvenait pas à l'oublier.

Royce poussa un long soupir et se laissa aller en arrière contre son siège. Le parfum de la jeune femme lui-même le poursuivait. Elle n'en avait pas changé. C'était toujours la même senteur fraîche et fruitée, qui suffisait à le mettre en émoi et à faire affleurer à sa mémoire des souvenirs indésirables.

Durant les quelques années de bonheur qu'ils avaient connues ensemble, Meg avait réussi à le combler d'une chaleur et d'une douceur dont il n'aurait jamais osé rêver. Durant un temps trop bref, il avait possédé grâce à elle tout ce qu'un homme peut désirer. Ce qui ne rendait que plus difficile à supporter le vide de la solitude dans laquelle il se débattait à présent.

A mi-voix, Royce proféra un chapelet de jurons et se maudit de n'avoir su résister au besoin de la revoir. La lettre à lui remettre constituait une piètre excuse. Il aurait pu tout aussi bien la lui faire suivre, voire même la déposer dans sa boîte, sans avoir à la rencontrer. N'avait-il pas encore compris que tout était fini ?

Cela avait pourtant été clair dès le matin où elle lui avait délivré son ultimatum. Tout ce qu'il avait cru partager avec elle n'avait été qu'un leurre. Il s'était non seulement imaginé que l'amour était possible, mais aussi qu'il s'échangeait en toute liberté, sans arrière-pensées ni contreparties.

Comment avait-il pu être assez fou pour croire à de telles chimères ? Tout avait un prix, dans la vie. Au bas des contrats figuraient toujours en petites lettres des clauses cachées... Meg avait simplement attendu un peu avant de les lui révéler. Mais à présent qu'il savait à quoi s'en tenir, pourquoi continuait-elle à le hanter ? Comment se faisait-il qu'en sa présence il se sentait toujours aussi fébrile et maladroit qu'un gamin de seize ans ?

Le pire était encore de ne trouver aucun remède à sa mélancolie. En butte à sa mauvaise humeur, Honoria, sa sœur, lui avait quelques jours auparavant conseillé avec sa brutale franchise coutumière de prendre une petite amie. Cette seule perspective suffisait à le faire grincer des dents. Courtiser une autre femme alors que Meg occupait encore ses pensées lui semblait inconcevable.

Devant lui, la chaussée commençait à s'élever pour enjamber un pont. Lorsque au terme de l'ascension il déboucha de l'autre côté, Royce étouffa une nouvelle salve de jurons. A en juger d'après la file interminable qui s'allongeait devant lui, l'embouteillage n'était pas près de se résorber.

Pour patienter, il alluma la radio et capta l'ironie grinçante d'un speaker comparant les automobilistes pris dans les encombrements à des mouches agglutinées sur du papier tue-mouches... Dégoûté, Royce le fit taire d'un geste brusque.

Meg, elle, ne se serait jamais énervée comme il le faisait. Au lieu de pester et de s'impatienter en vain, elle aurait profité de la situation pour admirer le bleu du ciel, ou pour laisser la brise lui caresser le visage et les cheveux. S'ils avaient été ensemble, elle l'aurait distrait par quelque anecdote issue de son passé, ou par une discussion n'ayant rien à voir avec eux mais toujours vive et passionnée.

Comme si cela avait pu suffire à la chasser de ses pensées, Royce secoua la tête avec énergie. Pour faire diversion, il tenta de se concentrer sur les problèmes qu'il avait à résoudre au restaurant... mais même ce sujet neutre le ramena à Meg. C'était chez Sassy's qu'ils s'étaient rencontrés.

Un sourire flotta sur ses lèvres à ce souvenir. Vêtue d'un ample T-shirt blanc et d'un jean ajusté, ses longs cheveux noirs flottant derrière elle lui donnant l'allure d'une gitane, Meg avait fait irruption dans le restaurant comme une furie. Le maître d'hôtel débordé n'avait pu l'arrêter, tant sa détermination à rencontrer l'un des propriétaires était grande.

Par trois fois, elle avait cherché à placer chez eux par téléphone les pâtisseries qu'elle confectionnait. Et par trois fois, on lui avait poliment répondu que l'on ne servait chez Sassy's que les pâtisseries préparées par le chef lui-même.

Loin de se le tenir pour dit, Meg avait réussi à s'introduire dans le bureau de Royce, résolue du haut de son mètre soixante de pure détermination à lui faire goûter une part de son meilleur gâteau au chocolat. Celui-ci s'était révélé aussi moelleux que savoureux, tout à fait digne du nom d'*Extase chocolatée* qu'elle lui avait donné.

Sans hésiter, Royce lui en avait aussitôt commandé une douzaine et l'avait invitée à dîner. Elle avait eu l'air aussi surprise que lui — de son invitation autant que du fait qu'elle l'ait acceptée. Elle lui était apparue lors de cette première rencontre telle qu'elle était et telle qu'il l'avait aimée — pleine de vie, de fantaisie, de joie de vivre.

Il avait tout de suite discerné chez elle cette beauté qui était bien plus le signe d'une richesse intérieure que d'une perfection physique. C'était cela, plus que son charme, qui l'avait subjugué — qui le subjuguait encore. Dans le milieu où Royce avait grandi, les gens n'étaient jamais si ouverts, si enthousiastes, si optimistes. En tout cas, ils ne portaient jamais leur cœur en bandoulière comme Meg le faisait...

Un coup d'avertisseur strident le fit sursauter et le tira soudain de ses pensées. Devant lui, la route était libre. Royce passa la première, embraya, et enfonça l'accélérateur.

Avec un peu de chance, songea-t-il, la vitesse l'aiderait peut-être à échapper à ses souvenirs...

*
* *

Il était midi passé quand leur dernier client quitta le coffee shop. Avec un grognement de soulagement, Meg roula des épaules et s'étira, ressentant dans tous ses membres chaque minute de sa nuit blanche.

— Nous avons vendu suffisamment de cappuccinos et d'expressos pour maintenir tout Mandeville éveillé durant la nuit..., annonça Louise en portant jusqu'au lave-vaisselle un plein plateau de tasses sales. Alice doit-elle venir te remplacer ?

Meg hocha la tête, le cœur serré comme chaque fois que sa sœur faisait référence à l'adolescente qu'elle avait accueillie sous son toit immédiatement après le départ de Royce.

— Elle doit arriver à une heure, précisa-t-elle. Après ses cours. Elle se débrouille bien, tu ne trouves pas ?

— Ça peut aller...

Bien qu'ayant perçu la note de scepticisme dans le ton de sa voix, Meg choisit de l'ignorer. Prendre Alice sous son aile avait été un choix personnel, que tout son entourage ou presque — à commencer par Royce — avait désavoué. En fait, l'adolescente avait été l'objet de l'ultime et terrible dispute à la suite de laquelle son mari avait choisi de la quitter.

Résolument, Meg chassa de ses pensées ce triste épisode pour ne plus penser qu'aux progrès qu'Alice avait faits depuis. Elle ne traînait plus dans les rues et fréquentait de nouveau régulièrement l'école. Au début, elle n'était retournée en classe que pour lui faire plaisir. Mais à présent, elle s'y rendait volontiers, voire même parfois avec un certain enthousiasme.

Plus encourageant encore était le fait que la jeune fille avait commencé à s'ouvrir, laissant derrière elle ses sombres années et les tendances à l'autodestruction qui en avaient résulté. En ce qui la concernait au moins, se félicita Meg en se remettant au travail, elle semblait avoir pris la bonne décision.

— Pourquoi ne rentrerais-tu pas tout de suite ? suggéra Louise, occupée à essuyer les tables. Je peux me débrouiller jusqu'à son arrivée.

— Pourquoi dis-tu ça ? s'étonna-t-elle en lui jetant un coup d'œil intrigué.

— Parce que tu viens de bâiller.

— Moi ?

— Oui, toi. D'ailleurs, tu as dormi debout toute la matinée. Rentre chez toi. Alice sera là d'une minute à l'autre…

Réprimant un nouveau bâillement, Meg jeta un regard d'envie à la pendule.

— Je vais attendre, s'entendit-elle répondre. Comme tu dis, c'est l'affaire de quelques minutes.

Mais 1 heure eut beau sonner, puis la demie, puis 2 heures, Alice ne se montra pas. Trop épuisée pour faire encore semblant de travailler, Meg s'était assise sur une chaise, dans un des carrés de soleil répandus sur le parquet de pin ciré par les portes-fenêtres.

Finalement, n'y tenant plus, elle plongea les mains dans la grande poche ventrale de son tablier blanc et alla observer la rue depuis la porte vitrée. Comment aurait-elle pu ne pas s'inquiéter ? L'adolescente avait fait bien du chemin, en quelques mois, mais elle restait encore sujette aux influences négatives. Des influences susceptibles de lui attirer de gros ennuis, comme celle de son dernier petit ami en date, qui n'inspirait à Meg qu'une confiance relative.

— Ce dont cette gamine a besoin, lança soudain Louise dans son dos, c'est d'un bon coup de pied dans les fesses !

— Louise ! s'indigna Meg en pivotant sur ses talons.

— Elle sait qu'on l'attend à une heure précise, tempêta sa sœur sans se laisser attendrir. Et pourtant, à l'heure qu'il est elle doit être en train de traîner avec ses amis, sans se soucier de savoir si tu es fatiguée ou inquiète de ne pas la voir arriver...

Meg secoua la tête avec un sourire désolé. Comment aurait-elle pu partager le point de vue de sa sœur, sachant que s'il n'y avait pas eu Eileen et Billy Niven pour la tirer d'affaire, elle aurait très bien pu elle aussi devenir une adolescente aussi mal dans sa peau et aussi paumée que l'était Alice ?

— Laisse-lui un peu de temps..., protesta-t-elle. Personne n'a jamais pris la peine de lui inculquer la ponctualité et le sens des responsabilités.

A peine avait-elle prononcé ces mots que des pneus crissant sur la chaussée se firent entendre, aussitôt suivis d'un bruit de pas précipités sur les marches du porche. Au moins son petit ami prenait-il la peine de la raccompagner, songea Meg en s'efforçant de dominer sa déception. Mais au moment où sa pupille lui apparut, les remontrances qu'elle s'apprêtait à lui faire moururent sur ses lèvres.

— Alice..., murmura-t-elle, interloquée. Qu'est-ce qui t'est arrivé ?

— Désolée d'être en retard.

Bien que pointant fièrement le menton en une claire attitude de défi, l'adolescente cachait mal l'inquiétude qui perçait au fond de ses yeux.

Ne sachant comment réagir, Meg s'éclaircit la gorge et la dévisagea longuement. Les cheveux d'Alice, qui étaient encore ce matin-là coiffés mi-longs et d'une belle couleur châtain clair, étaient à présent aussi courts que ceux d'un garçon et hérissés sur le crâne de mèches pointant en tous sens. Et le plus étonnant était la couleur lie-de-vin agressive et du plus mauvais effet qu'elle avait choisi de leur appliquer...

— Tu as quelque chose à redire ? lança Alice, plus provocatrice que jamais.

Meg était trop au fait de la profonde vulnérabilité de la jeune fille pour se laisser abuser par cette assurance de pacotille. Sa détresse et son besoin d'amour étaient là, au fond de ses yeux, dans le dessin de ses lèvres boudeuses, et dans la façon qu'elle avait de croiser ses bras devant elle pour se protéger.

— Je me suis fait teindre en rousse une fois, expliqua Meg en dénouant son tablier pour l'enlever. Au bout de deux jours, la teinte avait viré au vert...

Au fond de la salle, Louise pouffa de rire. Un léger sourire apparut sur les lèvres d'Alice, et Meg lut dans son regard un remerciement muet et le soulagement de savoir qu'elle ne serait pas réprimandée.

— Elle en a pleuré pendant une semaine ! renchérit Louise. C'était l'horreur...

— Comble de malchance, reprit Meg avec un amusement rétrospectif, cela s'est passé la semaine précédant la remise des diplômes au collège. Mes cheveux étaient plus colorés que ma toge...

Cette fois, Alice se mit à rire sans bouder son plaisir puis souffla entre ses lèvres une énorme bulle rosâtre. Comprenant au regard sévère de Meg qu'elle dépassait les bornes, elle alla d'elle-même jeter le chewing-gum et conclut en haussant les épaules :

— Je finirai peut-être par changer d'avis. Je ne sais pas...

Meg croisa les doigts dans son dos mais dit avec le plus grand sérieux, en cherchant son regard :

— Ce sont tes cheveux, Alice. Tu en fais ce que tu veux. Mais moi, je n'oublierai jamais à quel point j'étais heureuse de retrouver ma couleur noire si commune après cette expérience malheureuse...

Avec un sourire, elle lui tendit le tablier et conclut :

— Ça ne t'embête pas d'accrocher ça pour moi ?

— Bien sûr que non...

Alice se détournait pour aller se changer quand Meg la retint par le bras.

— Une dernière chose...

Elle attendit que le regard de l'adolescente ait croisé le sien pour ajouter :

— Je suis dépendante de toi et de ta ponctualité ici. Si je ne peux compter ni sur l'une, ni sur l'autre, je vais être obligée de trouver quelqu'un d'autre pour m'aider.

Les joues d'Alice s'empourprèrent et elle baissa les yeux.

— Désolée..., marmonna-t-elle piteusement. Je te promets que cela n'arrivera plus.

Sans s'attarder davantage, Meg envoya un baiser du plat de la main à sa sœur en guise d'au revoir et se hâta en direction de son domicile, sûre à présent qu'elle n'aurait pas de difficultés à dormir une heure ou deux.

Elle était en train de déverrouiller la porte quand la sonnerie du téléphone retentit. Elle courut pour décrocher avant le déclenchement du répondeur.

— Allô ?

— Madame Adler ? demanda une voix inconnue à l'autre bout du fil.

— Oui...

— Félicitations ! C'est une fille...

Interloquée, Meg contempla quelques instants le combiné.

— Pardon ? dit-elle enfin.

Un rire joyeux grésilla dans l'écouteur avant que sa mystérieuse interlocutrice ne reprenne :

— Mélanie Kane à l'appareil... Nous nous sommes rencontrées il y a un an. Je suis assistante sociale et je travaille pour l'agence d'adoption. Je vous ai envoyé récemment une lettre.

La femme marqua une pause avant de s'inquiéter :

— Vous l'avez reçue, n'est-ce pas ?

— Oui, bien sûr, mais...

— Vous êtes dorénavant l'heureuse maman d'une petite fille. Elle sera chez vous après-demain. Toutes mes félicitations !

Une petite fille... Laissant ces mots résonner en elle, Meg contempla fixement le tableau accroché au-dessus de la cheminée. On y découvrait un jardin dans l'exubérance de sa floraison estivale, et souvent, au cours des deux années écoulées, elle avait songé à s'en débarrasser.

Mélanie Kane, manifestement habituée au silence de ceux à qui elle annonçait ce genre de nouvelle, n'attendit pas sa réponse pour poursuivre :

— Je sais qu'à partir de maintenant vous allez avoir bon nombre de choses à faire, aussi ne vous retiendrai-je pas plus longtemps. J'attends avec impatience de vous revoir, vous et M. Adler. Nous serons là vendredi matin vers 10 heures.

La communication était coupée depuis longtemps déjà quand Meg parvint enfin à raccrocher. Le premier moment de stupeur passé, son cœur commença à s'affoler dans sa cage thoracique soudain trop petite pour le bonheur qui la submergeait. L'assistante sociale l'avait dit. Il n'y avait pas à s'y tromper. Elle était dorénavant mère, d'une petite fille, d'un bébé...

Sentant la tête lui tourner, Meg tituba jusqu'à une chaise, sur laquelle elle se laissa choir de tout son poids. Pour empêcher qu'elles ne tremblent trop, elle serra ses mains entre ses jambes et s'efforça de réfléchir calmement. Pouvait-elle vraiment y croire ? Quelqu'un pouvait-il être assez cruel pour lui jouer une blague d'aussi mauvais goût ?

Soudain, elle se rappela la lettre que Royce lui avait apportée. Après l'avoir sortie de sa poche et avoir déchiré l'enveloppe, elle la lut et la relut plusieurs fois. En quelques lignes, on les informait que leur dossier de demande d'adoption était parfaitement en règle, et qu'il arrivait en tête de la liste d'attente de l'agence d'adoption.

Il lui fallait bien se rendre à l'évidence... Le souffle coupé, Meg serra la lettre contre son cœur et sourit aux anges. Ce n'était pas une blague... Seigneur Dieu !

Après tant d'années d'attente et d'incertitude, elle allait être mère...

Trop électrisée par la nouvelle pour rester assise, Meg se dressa sur ses jambes et esquissa en riant un pas de gigue irlandaise. Elle avait encore un peu de mal à y croire, mais elle commençait à se faire à cette certitude — elle ne le connaissait pas encore, mais elle pouvait déjà le voir, ce bébé en pleine santé, avec ses petits pieds, ses petites mains, ses magnifiques yeux couleur de pervenche et ses bouclettes de cheveux sombres...

Pourtant, aussi soudainement qu'elle était apparue, sa joie l'abandonna bientôt. Machinalement, ses yeux se reportèrent sur le tableau accroché au-dessus de la cheminée. Son sourire se figea et elle retomba sur sa chaise, le ventre noué par l'angoisse.

Dans l'euphorie du moment un détail d'une importance primordiale lui avait échappé : elle ne pouvait être mère que si Royce acceptait lui aussi d'être le père de ce bébé qu'elle ne connaissait pas encore mais qu'elle aimait déjà... Hélas, il n'était que trop évident que telle n'était pas sa vocation. Dès lors, comment allait-elle pouvoir le convaincre de tenir ce rôle qu'il refusait ?

3.

Immobile devant l'entrée du restaurant Sassy's, gelée par la bise mordante qui lui décoiffait les cheveux et lui pinçait les joues, Meg ne se décidait pas à entrer.

Des heures s'étaient écoulées depuis le coup de fil de l'assistante sociale, mais la même question angoissée continuait à tourner en boucle dans son esprit. Qu'allait-elle dire à Royce pour le décider à l'aider ? Sans lui à ses côtés, il ne pourrait y avoir d'adoption. Et sans adoption, elle ne connaîtrait jamais la joie d'être mère, d'avoir la responsabilité d'un enfant à élever.

Les yeux emplis de larmes dont le vent glacé n'était en rien responsable, Meg, perdue dans ses pensées, contemplait l'élégante porte d'acajou et de cuivres rutilants du restaurant. Durant huit mois et demi, elle avait vécu en occultant délibérément le fait que son mariage était fichu. Se retrouver confrontée brutalement à la réalité de sa situation, alors que la chance d'une vie nouvelle se présentait sans crier gare, n'en était que plus douloureux.

D'un revers de main rageur, la jeune femme essuya ses joues. Au cours des heures passées, elle en était même arrivée à se demander s'il ne lui serait pas possible de reconquérir Royce, de le persuader d'une manière ou d'une autre de leur accorder une nouvelle chance, de le convaincre qu'il pouvait y avoir encore un avenir commun pour eux. Mais comment aurait-elle pu le convaincre de quelque chose dont elle n'était elle-même pas convaincue ?

De leurs goûts à leurs valeurs en passant par leurs plans d'avenir, Royce et elle n'avaient véritablement rien de commun. Ce qu'ils avaient partagé, ce en quoi elle avait désespérément voulu croire, n'était qu'une illusion. Un mariage heureux entre un beau prince richissime et une belle jeune femme pauvre mais digne, cela n'existait que dans les contes de fées ou les romans sentimentaux. Et quand bien même cela n'aurait pas été le cas, comment aurait-elle pu aimer un homme qui n'avait pas assez de place dans son cœur pour y accueillir un enfant ?

Les passants de cette avenue fréquentée du Vieux Carré, le quartier français, la frôlaient en passant. Meg pouvait sentir leurs regards sur elle. Sans doute la prenaient-ils pour une pauvre folle… Blessée dans son amour-propre, elle ouvrit son sac et chercha un kleenex. Il allait bien falloir qu'elle se décide à faire quelque chose. Elle ne pouvait plus rester ainsi plantée au bord de ce trottoir, trop terrifiée pour avancer mais trop pleine d'espoir pour s'enfuir.

Redressant les épaules, Meg marcha enfin vers la porte du restaurant après avoir inspiré profondément pour se donner du courage. Une ambiance chaleureuse et feutrée régnait dans le hall d'entrée aux lumières tamisées. Il était encore trop tôt pour que la clientèle huppée attirée par la réputation de Sassy's ait investi les lieux. Seuls les bruits de préparatifs en provenance des cuisines, les conversations de serveurs désœuvrés et les rires d'un groupe de clients accoudés au bar se faisaient entendre.

Mal à l'aise et indécise, Meg balaya du regard le hall autour d'elle. Dès l'entrée, une atmosphère particulière, mélange de détente et de sophistication mondaine, se faisait sentir. Comme tout ce qui touchait à la famille Adler, Sassy's était un temple de l'élégance et de la distinction dans lequel elle s'était toujours sentie aussi à l'aise qu'une pauvre souillon à la cour du roi...

— Meg ?

La voix nonchalante et distinguée d'Honoria Adler, sa belle-sœur, la fit sursauter. Pivotant sur ses talons pour lui faire face, Meg remit en place d'un geste automatique ses cheveux. La famille de Royce avait toujours eu le don de lui faire douter de son apparence aussi bien que de ses manières.

— Vous avez réservé une table ? s'enquit Honoria, arquant ses sourcils méticuleusement dessinés. Je ne me rappelle pas avoir vu passer le nom de Niven dans le registre.

Surprise par l'hostilité perceptible dans son regard autant que dans le ton de sa voix, Meg recula d'un pas. Honoria s'était toujours montrée réservée à son égard, mais jamais désagréable. Bien sûr, comme le reste de sa famille, elle avait désapprouvé le choix de son frère mais ne s'était pas permis, contrairement à sa mère, de se montrer blessante. Manifestement, depuis leur séparation, la donne avait changé...

Les yeux brillant de larmes contenues, Meg se tordit nerveusement les mains tout en se reprochant de le faire.

— J'ai besoin... de parler à Royce, expliqua-t-elle d'une voix bouleversée. Est-il ici ?

Durant un instant, Meg craignit que sa belle-sœur ne la renvoie, prétextant l'absence de son frère. Mais sans un mot, Honoria finit par l'entraîner par le coude vers un couloir dont elle se rappelait qu'il menait au bureau de Royce. Au passage, elle ordonna au barman d'y faire porter un brandy.

Honoria ne prit pas la peine de s'annoncer avant d'entrer. L'odeur de cuir et de cire d'abeille qui régnait toujours dans la pièce ramena à l'esprit de Meg un flot de souvenirs nostalgiques.

Assis derrière son bureau, Royce releva la tête à leur entrée. Son irritation d'être dérangé céda le pas sur son visage à la surprise aussitôt qu'il les découvrit sur le seuil. D'un bond, il fut debout.

— Meg ! s'exclama-t-il en la dévisageant avec inquiétude. Que t'arrive-t-il ?

Incapable de fournir la moindre réponse, Meg tourna les yeux vers Honoria, puis de nouveau vers son mari, et se sentit perdre pied. A cet instant, elle ne souhaitait rien d'autre que se pendre à son cou, et sentir ses bras forts et rassurants se refermer sur elle.

Elle faillit partir d'un rire hystérique et se retint à grand-peine. Par quelle aberration, songea-t-elle avec amertume, désirait-elle toujours ce qui ne pouvait être à elle ?

— Tu trembles..., marmonna Royce. Viens par ici !

Passant un bras autour de ses épaules, il la mena jusqu'à l'ottomane de cuir noir qui occupait un coin de la pièce. En douceur, il l'incita à s'y asseoir, puis se tourna vers sa sœur, toujours debout sur le seuil.

— Bon sang ! dit-il à voix basse d'un ton menaçant. Vas-tu me dire ce qui se passe ?

Honoria haussa les épaules.

— Comment veux-tu que je le sache ? Je l'ai trouvée dans le hall. Elle a juste demandé à te parler. Je lui ai fait porter un brandy pour qu'elle se remette — d'ailleurs le voici.

Elle prit le petit verre des mains du serveur curieux qui s'apprêtait à entrer et le tendit à son frère.

— A présent, reprit-elle, je vous laisse en tête à tête.

Par-dessus son épaule, elle lança avant de sortir :

— Les Richmond et leurs invités seront là d'un instant à l'autre. Tu sais qu'ils comptent sur toi...

— Je connais mes obligations ! lança Royce d'un ton exaspéré. Fais-moi savoir quand ils arrivent.

Puis, se tournant vers Meg, il lui mit de force le verre entre les doigts et ajouta d'une voix radoucie :

— Bois ça... Cela va te remonter.

Meg songea un instant à refuser mais, n'en ayant pas le courage, elle avala une gorgée d'alcool, étonnée de se sentir tout de suite mieux.

Décidée à aller à l'essentiel, elle soutint le regard de Royce et annonça gravement :

— Quelque chose est arrivé... dont je dois te parler. Seulement, je ne sais pas comment...

— C'est au sujet d'Alice ? coupa-t-il. A-t-elle fait quelque chose qui...

— Alice n'a rien à voir là-dedans, dit Meg avec vivacité.

— Ton père ou ta mère, alors ? Un de tes neveux ou nièces ?

Meg ferma les yeux et secoua la tête.

— Tout le monde va bien.

Elle rouvrit les paupières, inspira profondément et murmura :

— C'est de nous qu'il s'agit.

Sous l'effet de la surprise, Royce s'accroupit et prit appui sur ses talons face à elle.

— De nous ? répéta-t-il d'une voix neutre.

— Oui, je...

Meg se frotta le front d'une main lasse et soupira en s'apercevant qu'elle tremblait. Se maudissant de sa couardise, elle se redressa sur son siège et lança bravement :

— L'agence d'adoption m'a appelée cet après-midi.

A ces mots, Royce se rembrunit.

— Ceux qui t'ont envoyé la lettre que je t'ai portée ce matin ?

— C'est cela.

— Et ?

— Et ils ont un bébé à nous confier, Royce. Une petite fille. Notre bébé...

Meg avait parlé d'une traite, les yeux brillant d'excitation.

Frappé de stupeur, Royce la dévisagea, hésitant à comprendre le sens de l'incroyable phrase qu'elle venait de prononcer.

— Un bébé, Royce..., insista-t-elle avec un sourire radieux. Tu te rends compte ? Je n'arrive pas à y croire...

Furieux, Royce se dressa d'un bond. Il ne s'était pas trompé sur le sens de ses paroles. Il s'était trompé en sous-estimant sa détermination et son incroyable culot...

— Il me semble que tu as oublié quelque chose dans cette affaire, Meg. C'est que nous ne vivons plus ensemble et que nous sommes plus proches du divorce que de la lune de miel...

Meg accusa le coup, les lèvres pincées.

— Comment pourrais-je oublier une chose pareille ? Pour qui me prends-tu, Royce ?

— A toi de me le dire... C'est toi qui débarques ici, des étoiles plein les yeux, pour me parler de *notre bébé*, comme si cela pouvait régler tous les problèmes entre nous, comme si nous n'avions plus dorénavant qu'à former une grande famille heureuse et unie...

— Ce n'est pas ce que je voulais dire.

Découragée, Meg baissa les yeux. Les reproches de Royce, chargés de colère et d'amertume, s'étaient fichés en elle tels des poignards. Ce moment, songea-t-elle, aurait pu être tellement différent, tellement plus beau, si seulement... Mais il était trop tard à présent pour les regrets. Elle était venue le voir dans un but précis et disposait de peu de temps. Prenant sur elle, Meg se leva à son tour et lui fit face.

— Je ne suis pas venue pour me disputer avec toi.

Arquant un sourcil comme il savait si bien le faire pour l'exaspérer, Royce la toisa du haut de son mètre quatre-vingts.

— Ah non ?

— Non.

Meg contempla ses mains crispées, réalisant à cet instant seulement qu'elle avait vidé le verre de brandy auquel elle s'agrippait comme à une bouée. La panique commençait à la gagner. Rien ne se déroulait comme elle l'avait prévu. Sous peine d'échouer et de devoir dire adieu à son rêve, il lui fallait rapidement trouver un terrain d'entente avec Royce. N'importe lequel.

Lentement, elle se baissa pour poser le verre sur une table basse et marcha jusqu'à lui. Puis, prenant son courage à deux mains, elle le fixa droit dans les yeux et avoua :

— Je suis venue te demander une faveur.

— Une faveur ! railla-t-il avec un rictus moqueur. Voilà neuf mois de cela, tu m'as fait la faveur de me demander de partir de chez nous. Qu'est-ce que cela peut bien être à présent ?

— Je ne t'ai pas demandé de partir ! Je...

Meg se tut, réalisant que se laisser aller à sa propre colère ne ferait qu'envenimer les choses. Ce n'était pas du passé dont il était question pour l'heure, mais de l'avenir. Se battre pour déterminer les responsabilités de leur échec ne changerait rien à ce qui s'était passé.

Reculant d'un pas, elle plaida d'une voix pressante :

— Je te demande de m'accorder quelques minutes d'attention... S'il te plaît.

La lueur de détresse qu'il vit passer dans le regard de Meg bouleversa tellement Royce qu'il se détourna pour masquer son trouble. Debout devant la fenêtre, il contempla la petite rue traditionnelle du Vieux Carré qui s'étendait sous ses yeux, illuminée par un flot de lumière qui rendait presque irréel le patio vide à cette heure.

Rasséréné par ce spectacle coutumier, Royce inspira profondément pour achever de se calmer. Il était surpris de l'intensité de sa colère. Il avait cru jusque-là avoir réussi à pacifier ses relations avec Meg. Il s'était félicité d'avoir su garder son self-control lors de leur précédente rencontre. D'où pouvait bien venir cette véhémence qu'il avait tant de mal à maîtriser ? Et que signifiait-elle par rapport à ses sentiments à l'égard de celle qui était encore sa femme ?

— Je t'en prie..., l'entendit-il supplier derrière lui.

— D'accord, murmura-t-il sans se retourner. Vas-y, je t'écoute.

Meg alla se rasseoir et serra frileusement ses mains entre ses jambes. Elle aurait souhaité qu'il la regarde, afin que les paroles qu'elle s'apprêtait à prononcer aient plus de poids. La seule chose qui pouvait encore l'aider, maintenant, c'était de croire aux miracles...

— Nous n'avons jamais officialisé notre séparation, dit-elle enfin en pesant chaque mot. Aucune procédure de divorce n'est en cours. Je n'ai prévenu aucun des organismes que j'avais contactés en vue de l'adoption, du changement intervenu... dans nos relations. Ce qui fait qu'aux yeux de tous, nous sommes toujours mari et femme.

Royce fit volte-face, le visage impassible mais les yeux brillant d'une colère contenue.

— Exact ! lança-t-il sèchement. Et alors ?

— Alors..., commença Meg en baissant les yeux. Je me disais que si... tu voulais rentrer à la maison pour un temps... et si nous faisions comme si...

A ces mots, Royce éclata d'un rire tonitruant qui l'empêcha de poursuivre.

— Tu veux que je rentre à la maison ! lança-t-il. Comme si de rien n'était...

— Non, pas comme si de rien n'était..., corrigea-t-elle en traversant la pièce pour le rejoindre. Ce ne serait que pour donner le change, le temps que l'adoption devienne officielle. Amanda sera mon enfant. Tu n'auras aucune responsabilité à...

— Tu lui as déjà donné un nom ?

Interrompue dans son plaidoyer, Meg le dévisagea un instant en silence, stupéfaite de constater que sans s'en rendre compte elle avait effectivement déjà baptisé cette enfant qu'elle n'avait jamais vue.

— Je... j'ai toujours aimé ce prénom..., balbutia-t-elle. Et j'ai toujours pensé... que si j'avais un jour une fille... je l'appellerais ainsi.

— Je vois, reprit Royce d'une voix dangereusement calme. Et si nous avions pu avoir un enfant, et que cela avait été une fille, aurais-je eu mon mot à dire ? Ou cela aurait-il été aussi... à prendre ou à laisser.

En prononçant ces mots, Royce comprit qu'il se montrait injuste, qu'il ne s'était laissé aller à dire cela que pour la blesser comme elle l'avait blessé. Le remords le tenailla d'autant plus quand il vit Meg pâlir, et s'écarter de lui, les larmes aux yeux.

— Si je n'avais pas été stérile, dit-elle d'une voix blanche, si nous avions pu avoir un enfant...

La gorge nouée par l'émotion, elle ne put continuer.

Assailli par la culpabilité, Royce tendit le bras pour la toucher, dans l'espoir de la réconforter autant que pour les consoler tous deux sans risquer d'autres paroles malheureuses. Mais au moment où il allait l'atteindre, deux coups impatients furent frappés contre la porte et il retira sa main précipitamment.

— Royce ! s'écria Honoria dans le couloir. Les Richmond sont arrivés et demandent à te voir.

Agacé d'être ainsi dérangé, il manifesta sa mauvaise humeur par un grognement et répondit :

— J'arrive dans un instant !

— Vas-y..., suggéra Meg, le dos tourné pour qu'il ne la voie pas essuyer ses larmes. Je t'attendrai.

— Pas question ! rétorqua-t-il sèchement. Finissons-en tout de suite.

Il n'y avait pas si longtemps de cela, songea Meg avec tristesse, il l'aurait suppliée de l'attendre dans son bureau, et serait revenu au moindre moment de liberté lui voler caresses et baisers, jusqu'à ce qu'ils se retrouvent tous deux pantelants de désir...

— Tout ce que j'attends de toi, dit-elle d'une voix sourde, c'est que tu reviennes vivre à la maison, et que tu fasses semblant si nécessaire d'être le mari dévoué et heureux en ménage que l'agence d'adoption s'attend à trouver. Tu n'auras aucune autre obligation, ni envers le bébé, ni envers moi. Il s'écoulera environ sept mois entre le moment où Amanda me sera confiée et celui où l'adoption deviendra définitive. Quand cela sera fait, tu pourras partir. Je n'ai besoin de rien d'autre que d'un semblant de normalité entre nous, Royce. Ni attaches, ni complications, ni serments…

Hébété, Royce contemplait le dos rigide et presque hostile que Meg offrait à ses regards. Tout absorbée par son rêve de maternité, sans doute ne devait-elle pas se rendre compte de ce qu'elle lui demandait. Il y avait entre eux déjà tellement d'attaches et de complications qu'il aurait bien de la chance s'il parvenait un jour à s'en dépêtrer !

D'un pas de somnambule, il marcha jusqu'à son bureau et contempla les paperasses qui s'y accumulaient. Comme d'habitude, conclut-il avec une rage sourde, elle n'avait songé à rien d'autre qu'à elle-même. A ses besoins, à ses envies… L'idée qu'elle voulait se servir de lui comme d'une marionnette ne l'avait même pas effleurée. N'importe quel autre homme aurait pu faire l'affaire dans le simulacre qu'elle lui proposait. Il n'était l'heureux élu que parce qu'ils étaient déjà mariés et que les choses étaient plus simples ainsi…

Sa décision prise, il releva les yeux. Meg l'observait, et l'espoir qui faisait briller son visage ne fit que renforcer sa détermination.

— Ainsi, conclut-il d'une voix vibrante de colère, voilà pourquoi tu n'as pas pris la peine de demander le divorce…

Les yeux écarquillés, Meg recula d'un pas.

— Bien sûr que non ! protesta-t-elle. Jamais je n'aurais pensé qu'une chose pareille puisse se produire. Comment aurais-je pu…

— Même si ce n'est pas prémédité, coupa-t-il, le hasard fait bien les choses et ne demande parfois qu'un petit coup de pouce… A présent, si tu veux bien m'excuser, j'ai à faire !

Sans autre forme de procès, Royce gagna la porte pour sortir. Mais avant qu'il ait pu l'atteindre, Meg le rejoignit et s'agrippa désespérément à ses mains.

— Royce ! Par pitié ! Tu te rappelles, le jour où je suis rentrée de cette visite chez le médecin — celui qui le premier m'a confirmé que je ne pourrais jamais avoir d'enfant ?

Malgré lui, Royce sentit la compassion le gagner. Ces jours sombres, ils les avaient vécus ensemble. Il avait fait tout ce qui était en son pouvoir pour l'aider à surmonter son désespoir, tout en s'efforçant de dominer la culpabilité qui l'avait assailli à cette époque — celle de se sentir bien plus soulagé qu'anéanti à l'idée qu'ils n'auraient jamais d'enfant…

— Comment pourrais-je l'oublier ? murmura-t-il.

— Dans ce cas, reprit Meg sans le quitter des yeux, tu dois te rappeler également que j'ai subi une hystérectomie.

— Oui.

— Tu sais ce que cela signifie — jamais je ne pourrai avoir d'enfant. Tu ne peux pas savoir ce que cela veut dire pour moi… Tu ne peux comprendre ce que cela représente pour une femme, d'être privée du droit qui sur cette terre est supposé être garanti à toutes — celui de donner la vie. J'ai toujours cru qu'il suffisait d'être une femme pour pouvoir avoir un jour des enfants. Je me suis rendu compte, pour mon malheur, que c'était faux.

Troublé, Royce baissa les yeux sur leurs mains jointes. Celles de Meg, qui enserraient les siennes, paraissaient d'une fragilité que démentait sa farouche détermination.

— Même si cela te semble aujourd'hui impensable, conclut-elle en resserrant l'emprise de ses doigts, toi tu peux toujours devenir père quand tu le veux. Moi, cette chance qui m'est enfin offerte de devenir mère est sans doute la seule que j'aurais jamais.

— Meg, je...

— Je veux être mère, Royce..., supplia-t-elle en laissant couler les larmes qui depuis quelques instants faisaient briller ses yeux. Depuis le jour où ma mère m'a abandonnée, c'est mon vœu le plus cher. Je...

Submergée par l'émotion, elle dut fermer les yeux et ne put en dire plus. Royce profita du fait de ne plus être sous le feu de son regard implorant et noyé de pleurs pour tenter de reprendre le dessus.

— Pourquoi y revenir une fois de plus ? demanda-t-il d'une voix lasse. J'ai toujours compris et accepté ton désir d'avoir un enfant. Ce que j'ai du mal à accepter, c'est ton besoin irrépressible d'être mère envers et contre tout. J'aimerais le pouvoir, pourtant. Si je le pouvais, peut-être qu'alors...

Royce secoua la tête, refusant d'en dire plus.

— Tout ce que je peux voir, reprit-il, tout ce que je peux comprendre, c'est que notre couple n'a jamais été suffisant à tes yeux, que je n'ai jamais suffi à ton bonheur.

— Arrête..., s'écria-t-elle. Ce n'est pas de nous dont il est question ici.

— Ah non ?

Royce se mit à rire, d'un rire qui sonna faux à ses propres oreilles et lança :

— Tu me demandes de revenir vivre avec toi en un simulacre de vie commune, et cela n'aurait rien à voir avec nous ?

D'un air têtu, Meg secoua la tête et porta une main à sa poitrine en affirmant :

— C'est de moi qu'il s'agit. Comment ne peux-tu comprendre cela ? Après tout, le fait que j'étais la seule à vouloir un enfant n'est-il pas à la base de tous nos problèmes ?

— Ne sois pas injuste ! protesta-t-il. J'étais prêt à essayer. Je t'aimais suffisamment pour cela. Je voulais te voir heureuse… Plus que tout, je voulais te rendre heureuse.

— Alors rends-moi heureuse maintenant !

Sans un mot, Royce gagna la porte. Meg s'élança derrière lui, les mains tendues en un geste suppliant.

— Fais-le pour moi, Royce ! Par pitié, fais-le en souvenir de nous…

La main sur la poignée, il se retourna et dit d'une voix posée :

— Réponds-moi franchement… Ta proposition est-elle honnête ? Est-elle morale ?

Meg ne put soutenir son regard et dut baisser les yeux, honteuse d'avoir à lui répondre :

— Non, elle ne l'est pas.

Comme pour se racheter, elle posa la main sur son bras, puis, le voyant frémir, la retira vivement.

— Mais jamais un enfant n'aura été plus désiré ! ajouta-t-elle vivement. Et donner à un bébé une chance dans la vie, n'est-ce pas ce qui importe vraiment ?

Elle se tut quelques instants, respira profondément comme pour reprendre courage et conclut d'une voix vibrante :

— Certes, Amanda ne grandira pas dans une famille traditionnelle, composée d'un père et d'une mère. Mais elle aura des tas d'oncles, de tantes, de cousins et de cousines pour compenser. Je ressens déjà tant d'amour pour elle… et j'ai tellement besoin de le lui donner.

Déstabilisé, Royce ferma les yeux un instant et inspira profondément. Il savait qu'elle ferait une mère merveilleuse, compétente et aimante. Quant aux Niven, ils semblaient être ceux pour qui le mot bonheur avait été inventé…

Royce ouvrit les yeux et croisa ceux de Meg, emplis de larmes mais aussi d'une espérance nouvelle. Avait-elle compris qu'il était à deux doigts de céder ? Il était bien placé pour le savoir, grandir auprès de ses deux parents n'était pas une garantie suffisante pour connaître une enfance heureuse et équilibrée.

Quant aux doutes qu'il avait pu concevoir sur la nécessité de faire de leur couple une famille, ils portaient plus sur ses propres capacités à assumer la responsabilité de l'éducation d'un enfant que sur celles de Meg.

Après tout, se dit-il, peut-être avait-elle raison. Peut-être était-ce, pour le bien du bébé qu'on leur proposait d'adopter, la meilleure chose à faire. Peut-être…

— Royce ! cria soudain Honoria de l'autre côté de la porte, le faisant sursauter. Les Richmond, pour l'amour de Dieu…

Avant qu'il ait pu lui répondre, la main de Meg se referma sur celle qu'il gardait posée sur la poignée, l'empêchant de l'ouvrir. Elle sentait que si elle le laissait sortir à présent, elle perdait toute chance de le convaincre un jour.

— Royce..., insista-t-elle une dernière fois. Je t'en supplie...

Posément, il se servit de sa main libre pour se libérer de la sienne et ouvrit la porte.

— Je ne peux pas te répondre maintenant, dit-il sur le seuil. Je dois y réfléchir.

Il s'apprêtait à sortir quand le bruit de ses sanglots le figea dans le couloir et lui fit faire demi-tour. Hébétée, le visage ravagé par les larmes, Meg essayait en vain de contenir ses pleurs. Elle paraissait tellement fragile et anéantie, si seule et désemparée, qu'il sentit son cœur sombrer au fond de sa poitrine et toute sa résolution s'évanouir comme neige au soleil.

Même si tout était terminé entre eux, même s'il savait que c'était sans doute la pire chose à faire, il était incapable de lui refuser plus longtemps quelque chose qui semblait si vital pour elle. Le bien ou le mal n'avaient plus de signification à ses yeux dès lors que son bonheur était en jeu. Il en avait toujours été ainsi. Et apparemment, conclut-il pour lui-même, cela n'était pas près de changer...

— Très bien, Meg..., lâcha-t-il dans un souffle. Une fois de plus tu as gagné. Ni attaches, ni complications, ni serments. Et dès que l'adoption devient officielle, je m'en vais.

Meg ouvrit la bouche pour le remercier, mais il était déjà parti.

A la fois soulagée et anéantie, elle regagna l'ottomane et s'y effondra comme une masse.

En faisant tout pour gagner cette bataille, songea-t-elle avec amertume, elle venait sans doute de perdre la guerre… Car même si son rêve de maternité avait à présent toutes les chances de devenir réalité, elle avait l'impression d'avoir perdu avec l'estime de Royce quelque chose de tout aussi précieux.

4.

Royce fit halte devant le portillon du jardin et contempla, le cœur lourd, la maison qu'il avait partagée avec Meg durant quelques années. Cette même maison dans laquelle, par un caprice du destin, il allait être amené à vivre de nouveau à ses côtés.

A tort ou à raison, il avait fini par lui céder et ne pouvait plus reculer. Durant les sept mois à venir, ils allaient vivre comme mari et femme… à quelques différences près qui nourrissaient ses inquiétudes. Comment allait-il supporter le fait de vivre jour après jour aux côtés de Meg sans pouvoir la toucher, de dormir sous le même toit qu'elle mais dans des chambres séparées ?

Le pire était qu'il se rappelait parfaitement leur lit à baldaquin, et gardait des souvenirs plus précis encore de la femme qui l'avait si souvent attendu sur celui-ci, ses cheveux noirs répandus en couronne sur l'oreiller, ses yeux brillant d'un désir sans fard… C'était surtout la nuit, quand il se retournait à n'en plus finir dans son lit vide, que ces réminiscences le tourmentaient. Alors qu'ils avaient toujours connu au lit un accord parfait, comment aurait-il pu en être autrement ?

Rejetant résolument ces troublantes pensées, Royce poussa le portillon et s'engagea dans l'allée. Même si rien n'avait changé dans l'apparence extérieure de la maison, il savait devoir s'attendre à des surprises à l'intérieur. En partant, il avait emporté avec lui les œuvres d'art et les meubles anciens qui lui venaient de sa grand-mère maternelle. Tout le reste, il l'avait laissé à Meg. De ce qu'ils avaient choisi et acheté ensemble, il n'avait rien voulu garder.

A commencer par la maison, cette belle bâtisse si bien située qu'ils avaient achetée sur un coup de tête, sans se poser de questions. Le cœur serré, il grimpa les quelques marches de la véranda et se retourna pour admirer le lac Pontchartrain, brillant d'un éclat argenté dans la lumière du matin.

Parmi celles qu'ils avaient visitées à Mandeville, ils avaient jeté leur dévolu sur cette demeure en raison de la véranda vaste et gracieuse qui longeait toute une façade, à cause du charme évocateur du Sud profond de son architecture, pour le petit parc planté d'une douzaine de chênes aux troncs moussus au milieu duquel elle s'érigeait.

— Nous nous verrons vieillir dans cette maison, avait plaisanté Meg, accrochée à son bras. Du haut de nos rocking-chairs, nous regarderons nos petits-enfants jouer sur la pelouse en sirotant du thé glacé…

Royce en avait ri avec elle, s'amusant à imaginer à quoi elle pourrait ressembler quarante ans plus tard. Puis il l'avait embrassée dans le jardin, longuement et avec passion, au vu et au su de tous, afin que chacun dans les environs sache à quel point les nouveaux voisins formaient un couple heureux.

Cela se passait, se rappela-t-il avec nostalgie, le jour où ils avaient emménagé, après une période de travaux qui avait permis de rénover de fond en comble la maison plus que centenaire. Cela se passait avant que Meg ne découvre qu'elle ne pourrait jamais avoir d'enfant, et que leur vie de couple commence à partir à vau-l'eau. Moins d'un an plus tard, il déménageait de nouveau — mais seul cette fois, et sans la moindre perspective d'avenir...

— Tu es là ?

Royce se retourna lentement pour faire face à Meg, se demandant quelle expression elle pouvait lire à cet instant sur son visage. Sur le sien transparaissaient excitation et nervosité, ainsi qu'une certaine tristesse latente, qu'il partageait.

— Je suis là, répondit-il d'une voix neutre.

— Entre...

Après avoir ramassé ses bagages posés à ses pieds, Royce la suivit à l'intérieur. Comme il s'en était douté, les choses avaient bien changé. Dans le salon, des poufs et divans colorés, assortis de quelques plantes vertes stratégiquement disposées, avaient pris la place des vieux meubles disparus. Une chaude couleur pêche remplaçait sur les murs le beige un peu froid qu'ils avaient choisi ensemble. Et sur le manteau de la cheminée trônait en lieu et place du portrait de famille qu'il était accoutumé à y voir la dernière affiche du Festival de Jazz.

— Ce n'est sans doute pas aussi élégant qu'autrefois, commenta Meg sur le seuil, mais je passe beaucoup de temps dans cette pièce... et elle me correspond bien.

Sa remarque — et l'idée sous-jacente que l'ancienne décoration ait pu ne pas lui convenir — le piqua au vif. Saisi par une colère soudaine et irraisonnée, Royce se retourna pour lui faire face, se calmant aussitôt que ses yeux se posèrent sur elle.

Meg était vêtue d'un pantalon bleu marine et d'un cardigan assorti. Son chemisier blanc était strict et élégant — sans doute dans l'espoir d'impressionner favorablement l'assistante sociale qui devait venir. Dans la même optique, elle avait tenté de domestiquer le flot irrépressible de ses cheveux noirs en un austère chignon qui la vieillissait... mais qui ne l'aidait guère à paraître moins terrifiée par ce qui l'attendait.

Il devinait sa tension à mille petits détails — à sa façon de ne pas tenir en place, au regard hanté qu'il lisait dans ses beaux yeux sombres, à son souffle court qui soulevait sa poitrine à un rythme précipité.

Spontanément, l'envie de la réconforter en lui disant que tout se passerait bien se fit jour en lui. Ravalant les mots qui lui étaient venus, il suggéra plutôt d'une voix neutre :

— Peut-être devrais-je me débarrasser de ces sacs. Ils feraient plutôt mauvais effet si l'assistante sociale arrivait en avance...

Prise de court, Meg lui sourit, croisa ses bras sur sa poitrine, avant de les décroiser aussitôt et de les laisser pendre le long de ses flancs.

— Tu as raison..., approuva-t-elle en se dirigeant vers le hall. Montons, je vais te montrer ta chambre.

A pas lents, il la suivit dans le grand escalier de chêne, mal à l'aise. L'impression de déjà-vu démentait en lui le sentiment de ne pas être à sa place. Il avait été chez lui entre ces murs mais il n'y était plus ; la femme qui l'y accueillait avait été sienne mais ne l'était plus qu'aux yeux du monde...

— Je t'ai préparé la chambre d'ami, indiqua-t-elle en arrivant sur le palier. Avec le petit boudoir attenant. Je me suis dit qu'ainsi tu bénéficierais d'un maximum d'intimité.

— Merci.

— La chambre du bébé est ici, reprit-elle en désignant une porte du menton. Elle est achevée. Je devrais plutôt dire qu'elle est prête, car je n'ai pas eu le temps de tout refaire à mon idée. Impossible de repeindre à cause des émanations. Et le papier peint, sur ces vieux murs, est une vraie plaie à poser...

Elle se mit à rire, d'un petit rire de gorge qui traduisait bien plus sa nervosité que son amusement.

— Mais même sans nous lancer dans de grands travaux, conclut-elle, nous n'avons pas arrêté une minute. Je ne sais pas ce que j'aurais fait sans mes frères et sœurs. Et sans Alice, bien sûr...

— Bien sûr..., répéta-t-il sèchement.

Royce savait bien qu'il ne pouvait faire porter la responsabilité de leur séparation à la jeune fille. Il n'aurait pas dû être en colère contre elle. Et pourtant, il ne pouvait s'empêcher de l'être...

Alice avait été la goutte qui avait fait déborder le vase, le prétexte saisi par Meg pour lui poser son ultimatum, avec pour résultat leur séparation.

Sans doute son ressentiment envers l'adolescente se résumait-il à un seul fait — elle vivait à présent à demeure sous ce toit, alors que lui n'y était plus qu'un hôte de passage...

— Je n'aurais jamais cru qu'il y avait tant de choses à se procurer pour prendre soin d'un si petit être, poursuivit Meg en remontant le couloir. Biberons, lait maternisé, couches, produits de toilette, layettes, jouets…

Se retournant d'un bloc devant la porte de la chambre d'ami, elle laissa échapper un long soupir et lâcha dans un souffle :

— J'espère seulement que je n'ai rien oublié !

— Tout va bien se passer, Meg. Tu verras…

Les mots étaient venus spontanément aux lèvres de Royce, qui n'avait cette fois rien pu faire pour les retenir. Pleine de reconnaissance, Meg leva vers lui deux yeux embués et chargés d'espoir.

— Tu crois vraiment ?

Pour se donner une contenance, Royce haussa les épaules.

— Je ne te l'aurais pas dit si je ne le croyais pas.

Sans qu'il ait rien vu venir, Meg tendit la main et la posa sur son avant-bras en guise de remerciement. Le contact avait été fugitif et parfaitement innocent, mais il avait suffi à le placer sur des charbons ardents.

En hâte, Royce se détourna pour ouvrir la porte, peu désireux de lui laisser voir le trouble qu'elle avait suscité en lui. S'il en était encore besoin, sa réaction prouvait à quel point il s'était trompé en acceptant de se prêter à cette mascarade.

Il ne pouvait y avoir ni retour en arrière ni avenir pour eux. Quant au présent et à son mélange de souvenirs nostalgiques, de cynisme et de tentation, c'était tout simplement l'enfer sur terre…

— Royce…

Derrière lui, la voix de Meg avait tremblé, juste un petit peu, juste assez pour lui fendre le cœur. Il avait toujours été sensible à son émotivité, et il dut lutter contre le réflexe de la prendre dans ses bras pour la réconforter et la protéger, comme il l'avait si souvent fait. Mais ce qu'elle attendait de lui aujourd'hui, se rappela-t-il de justesse, n'avait rien à voir avec les sentiments.

— Si tu veux bien m'excuser, dit-il d'une voix sans timbre, je vais déballer et ranger mes affaires.

Comme s'il venait de la gifler, Meg écarquilla les yeux et recula d'un pas.

— Bien sûr..., murmura-t-elle. L'assistante sociale sera là dans une demi-heure avec Amanda. Veux-tu que je...

— Inutile, l'interrompit-il. Je descendrai quelques minutes avant.

Meg fit un autre pas en arrière, les poings serrés.

— Bien, conclut-elle platement. Dans ce cas, à tout à l'heure...

Sans dire un mot, Royce ouvrit la porte de sa chambre et la referma derrière lui.

Durant ce qui lui parut durer une éternité, Meg garda les yeux fixés sur la porte close, se maudissant de sa maladresse. Qu'était-elle en train de faire, au juste ? Un seul petit mot d'encouragement de sa part suffisait-il à la transformer en midinette énamourée ?

L'image la fit tiquer. Furieuse contre elle-même, elle se retourna et s'appuya de l'épaule contre le mur. Royce ne venait-il pas de lui prouver de la manière la plus éclatante qu'il n'aurait pas quant à lui ce genre d'états d'âme ? A sa manière froide et raisonnée, il garderait le contrôle de la situation et ne se laisserait pas distraire de ce à quoi il avait consenti en revenant chez eux.

La façon qu'il avait eue de se détourner pour fuir son contact lui revint à la mémoire, l'emplissant de honte rétrospective. Les poings serrés, elle décida qu'après tout elle aussi était capable de rester sereine et détachée comme il l'était lui-même. En tout cas, pour rien au monde elle ne le laisserait la blesser de nouveau. C'était aussi simple que cela...

Simple, songea-t-elle avec un sourire de dérision, tant qu'ils n'étaient pas en présence l'un de l'autre. Il lui avait suffi de passer le seuil, et cette maison était immédiatement redevenue la leur. Il lui avait suffi d'y faire quelques pas, et elle avait semblé aux yeux de Meg plus vivante. Il lui avait suffi de dire quelques paroles d'encouragement, et elle s'était sentie fondre...

Meg remonta le couloir d'un pas décidé, refusant de se laisser aller une fois de plus à pleurer. Comment les choses auraient-elles pu être simples, entre elle et Royce, alors qu'elle l'aimait toujours ?

Refusant cette idée, elle secoua violemment la tête comme pour s'en débarrasser. Aujourd'hui, se dit-elle, une nouvelle vie commençait pour elle. Cela avait beau être un cliché, il n'avait jamais été aussi vrai en ce qui la concernait. Aujourd'hui, son rêve si longtemps inaccessible d'être mère allait devenir réalité. Il lui suffisait de laisser le passé derrière elle. Cela ne se ferait pas sans peine, mais la souffrance ne faisait-elle pas partie intégrante de l'existence — tout comme la joie ?

Arrivée devant la porte de ce qui était déjà la chambre de sa fille, Meg s'arrêta et ne put résister au plaisir de l'ouvrir.

Avec un sourire attendri, elle laissa ses yeux s'attarder sur le berceau, la table à langer et la commode du même blanc lumineux. Un bon vieux rocking-chair à l'ancienne attendait près de la fenêtre qu'elles viennent s'y balancer. Chaque ustensile était à sa place. Les tiroirs regorgeaient de layettes toutes plus douces et confortables les unes que les autres.

Meg pénétra dans la pièce, rejoignit le berceau dont elle caressa les balustres d'un doigt rêveur. Du plat de la main, elle lissa l'édredon molletonné et redonna du gonflant au petit oreiller qui n'en avait pourtant nul besoin. Un gros ours jovial couleur caramel veillait à l'une des extrémités, et un petit lapin gris à l'autre. A la tête du lit était accroché un mobile coloré à motifs de clowns.

Meg donna une pichenette à l'un des clowns qui se mit à se balancer gaiement. Les peluches avaient été offertes par Alice. Le mobile était un cadeau d'Eileen et Billy Niven.

Toute la famille enthousiaste s'était mobilisée dès l'annonce de l'heureuse nouvelle. Chacun était venu offrir son aide pour effectuer les achats nécessaires et s'occuper de la chambre du bébé. Une de ses sœurs avait même offert de la remplacer au coffee shop jusqu'à ce qu'elle soit prête à reprendre le travail.

Lentement, le sourire de Meg s'effaça de ses lèvres. A part Louise, personne n'était au courant de l'accord qu'elle avait passé avec Royce.

Aux yeux de tous, ils avaient décidé de donner une seconde chance à leur couple parce qu'ils s'aimaient encore et à cause de l'arrivée du bébé.

Elle n'avait eu ni le courage ni l'envie d'expliquer ce qu'elle avait réellement en tête afin de ne pas avoir à défendre une décision qui aurait pu être mal perçue par son entourage familial. Son père n'aurait jamais accepté la vérité. Sa mère se serait fait un sang d'encre. Quant à Jack, son frère aîné, il aurait foncé illico chez Sassy's pour avoir une petite discussion d'homme à homme avec Royce...

Dans l'urgence, elle avait réagi au mieux. Mais à présent, la culpabilité commençait à la tenailler. Elle n'avait jamais menti à sa famille auparavant, ni réussi à préserver un secret bien longtemps.

Il était aussi à craindre que son pieux mensonge n'ait embrouillé un peu plus une situation déjà passablement compliquée.

Ses sœurs, en venant l'aider à préparer la chambre d'Amanda, s'étaient étonnées de ne pas voir Royce. Son père, depuis que la menace d'un divorce ne pesait plus sur le nom des Niven, semblait soulagé d'un grand poids. Quant à sa mère, elle s'était montrée bien trop calme et réservée, comme si elle avait pu suspecter tout ou partie de la vérité. De tous, c'était sa réaction qui lui importait le plus. Alors qu'elle avait déjà assez d'enfants pour l'occuper toute une vie, Eileen Niven lui avait ouvert ses bras et son cœur sans hésiter lorsque sa propre mère l'avait abandonnée.

Louise avait préservé son secret, même si elle avait émis de sérieux doutes quant à sa décision.

Il eût été difficile de l'en blâmer, songea Meg en caressant du bout des doigts l'ours en peluche. Elle avait réagi en femme désespérée, et les décisions dictées par le désespoir se révélaient souvent hasardeuses.

— Ce sera bientôt l'heure...

Tirée de ses pensées par la voix d'Alice qui venait d'apparaître sur le seuil, Meg se tourna vers elle et lui sourit.

— Je sais, répondit-elle d'une voix douce. Merci d'avoir pensé à me prévenir...

Alice fit porter le poids de son corps d'une jambe sur l'autre et poursuivit :

— Louise est arrivée. Elle nous a apporté quelque chose à manger. Elle est dans la cuisine, en train de préparer tout ça.

— Je vais descendre l'aider.

L'air gêné, l'adolescente mit les mains dans la ceinture de son jean et lâcha d'une traite :

— Tout est si beau ici... Amanda a de la chance.

Les larmes affluèrent instantanément aux yeux de Meg. Aucune parole n'aurait pu lui faire plus plaisir.

— Tu le penses vraiment ?

— Bien sûr.

Alice avait les yeux brillants, elle aussi. N'écoutant que son instinct, Meg se précipita vers elle et la prit dans ses bras. D'abord raide et tendue, l'adolescente se laissa bientôt faire et lui rendit l'étreinte, au point de presque s'accrocher à elle.

— Alice ? murmura Meg à son oreille. T'ai-je déjà dit que tu étais vraiment quelqu'un de bien ?

Comme un lapin pris au piège, Alice tenta de se faufiler hors de ses bras. Meg la retint et ajouta, cherchant son regard :

— Fais-moi le plaisir de le croire ! Et ne laisse personne te dire le contraire...

Ces paroles ne faisant qu'accroître son malaise, Meg la relâcha. Elle savait devoir faire preuve de patience et de doigté avec Alice. Une seule maladresse pouvait remettre en cause des mois de progrès.

— Tu as retrouvé ta couleur naturelle, reprit-elle d'un ton léger. J'en suis heureuse...

— Pas autant que moi..., renchérit l'adolescente en passant la main dans ses cheveux. Ce n'était vraiment pas très malin.

— J'aime néanmoins ta nouvelle coupe, ajouta Meg en fixant les boucles courtes. Elle met en valeur la forme de ton visage.

Gênée, Alice détourna le regard et Meg eut le cœur serré pour elle.

— Il arrive à tout le monde de faire des bêtises..., conclut-elle d'une voix douce. C'est le lot de tout être humain.

Les épaules d'Alice s'affaissèrent. La tête baissée, elle commença à suivre les motifs de la moquette du bout de sa chaussure.

— Je ne dis pas ça pour te faire plaisir..., insista Meg, les sourcils froncés. Et arrête de penser ce que tu penses...

Surprise, Alice releva la tête, une lueur de défi dans le regard.

— Et qu'est-ce que je pense, selon toi ?

— Que tu fais plus de bêtises que tout le monde. C'est faux, Alice.

— Arrête..., protesta-t-elle en secouant la tête d'un air têtu. La plupart des gens pensent que je...

— C'est leur problème, la coupa Meg. Pas le tien.

Alice soutint son regard quelques secondes, puis lui sourit timidement.

— Tu le penses vraiment ?

Meg sentit la colère se faire jour en elle. Qu'une jeune fille aussi intelligente et adorable put mettre en doute ses propres capacités était une honte. Parfois, elle aurait eu envie d'avoir ses parents sous la main pour leur dire sa façon de penser.

Comme à cet instant... Mais sachant que ses états d'âme n'aideraient en rien sa pupille, elle lui répondit simplement :

— Vraiment, oui...

Un large sourire éclaira le visage de l'adolescente.

— J'ai eu B+ à mon dernier contrôle de maths, lança-t-elle avec enthousiasme. Selon Mme Wilkes, si je continue sur cette lancée...

Le bruit du carillon de la porte d'entrée retentit au rez-de-chaussée, les surprenant toutes deux et faisant sursauter Meg.

— Alice..., murmura-t-elle, paniquée. Les voilà !

Posant une main tremblante sur sa poitrine, elle prit une profonde inspiration et poursuivit dans un souffle :

— J'ai l'impression que je vais m'évanouir.

— Ce n'est pas trop le moment..., rétorqua la voix de Louise au bout du couloir. A présent, tu as un bébé et il faut que tu t'en occupes.

Meg fit volte-face et rit nerveusement.

— A quoi est-ce que je ressemble ? demanda-t-elle avec inquiétude. Je veux dire... est-ce que j'ai l'air maternel ?

Amusée, sa sœur croisa les bras et l'observa un instant avant de répondre :

— Pas encore. Mais dans quelques semaines, avec pas mal d'heures de sommeil en moins et quelques cernes en plus, cela devrait aller...

Le carillon, plus insistant, se fit entendre de nouveau. Louise agita le pouce en direction de l'escalier.

— En route, maman... Il est trop tard pour reculer.

Meg lui emboîta le pas. En haut des marches, prise de remords, elle se retourna vers sa pupille, qui l'observait depuis la chambre d'enfant.

— Alice..., dit-elle avec embarras. Cela ne t'embête pas que nous remettions cette conversation à plus tard ?

— Bien sûr que non..., répondit l'adolescente en haussant les épaules. Aucun problème.

— Merci.

Inquiète de l'expression qu'elle avait surprise dans son regard, Meg insista gentiment :

— Tu ne veux pas venir ?

Alice secoua la tête.

— J'ai... quelques devoirs à faire.

Déçue, Meg hocha la tête et se laissa entraîner dans l'escalier par Louise en se faisant la promesse de trouver un moment à partager avec Alice dès que cela serait possible.

Alors qu'elle atteignait la porte d'entrée, Royce apparut comme par magie à ses côtés. En un geste réflexe, elle tendit la main pour s'emparer de la sienne.

Puis, réalisant ce qu'elle était en train de faire, elle se rabattit sur la poignée. Son mari fut cependant plus rapide qu'elle, et ce fut lui, aussi naturel et détendu que s'ils avaient formé tous deux le couple le plus uni et le plus heureux, qui ouvrit la porte.

C'est à ce moment que Meg commença à croire que tout ceci, finalement, n'était ni un rêve ni une mauvaise blague. Sur le paillasson, tout sourire, se tenait comme prévu Mélanie Kane, de l'agence d'adoption.

Dans ses bras reposait un petit paquet emmailloté dans une couverture rose. Le sourire figé, Meg baissa lentement les yeux et contempla le visage poupin qui seul en émergeait. Le souffle coupé, elle l'admira tout à son aise, bouleversée par le flot d'émotions qui se bousculaient en elle.

Si elle avait pu parfois s'inquiéter de la nature de ses réactions face à un enfant qui ne serait pas le fruit de sa chair, si elle avait même pu craindre ne pas parvenir à aimer Amanda, elle n'avait plus dès cette première minute le moindre doute.

Un tel flot d'amour pour ce petit être qui n'attendait qu'elle la submergeait qu'il lui paraissait étonnant que son cœur n'eût pas encore éclaté…

Muette de bonheur, elle tendit les bras. Sans se faire prier, l'assistante sociale y déposa le bébé en lui faisant une recommandation qu'elle ne comprit pas.

Meg hocha la tête, incapable de détacher ses yeux d'Amanda. Du bout des lèvres, elle embrassa son front. Une douce odeur de talc et de crème hydratante émanait d'elle. Sa peau était plus douce qu'aucune autre. Elle était sa fille, et elle était magnifique… Si belle que la lumière, au lieu de se refléter sur sa peau de porcelaine, semblait émaner d'elle à flots.

Un sourire d'extase sur les lèvres, Meg leva les yeux vers Royce. Lui aussi regardait fixement le bébé, aussi stupéfait qu'elle devait l'être elle-même.

— Puis-je entrer ?

La voix de Mélanie Kane ramena Meg à la réalité. Royce, une fois encore, fut plus rapide qu'elle pour s'effacer sur le seuil et s'excuser :

— Bien sûr… Nous manquons à tous nos devoirs.

D'un geste de la main, la jeune femme écarta ses excuses en riant.

— J'y suis habituée, n'ayez crainte. Et qu'il vente ou qu'il neige, je peux vous assurer que c'est l'une des meilleures parts de ce travail… Encore une fois, toutes mes félicitations !

— Merci…, répondit Meg en berçant Amanda contre son cœur. Je ne peux vous dire à quel point je suis heureuse et ce que cet enfant représente pour moi.

— Et vous, monsieur Adler ?

Voyant Mélanie Kane se tourner vers Royce d'un air engageant, Meg retint son souffle.

— Depuis tout à l'heure, reprit-elle, vous avez l'air… envoûté.

— Ce n'est pas le mot que j'aurais choisi, dit-il, mais on peut voir les choses ainsi.

Meg sentit son cœur sombrer au fond de sa poitrine mais l'assistante sociale se mit à rire de bon cœur.

— Votre réaction n'a rien d'inhabituel, le rassura-t-elle. Habituellement les couples disposent de neuf mois pour s'habituer à l'idée d'avoir un enfant. Les parents adoptifs, eux, n'ont pas cette chance.

Royce referma soigneusement la porte derrière eux et proposa, sans autre commentaire :

— Pouvons-nous vous offrir quelque chose à boire, mademoiselle Kane ?

Elle refusa, insista pour qu'ils l'appellent par son prénom, avant de se lancer dans une longue série de recommandations et d'indications sur les surprises que risquait de leur réserver le bébé au cours des semaines à venir. Elle leur offrit un livret de conseils aux nouveaux parents, quelques échantillons de produits d'hygiène et une demi-douzaine de couches, puis demanda à visiter la maison et la chambre du bébé.

Meg fut soulagée de voir Royce se proposer pour la guider dans sa visite en compagnie de Louise, qu'il lui présenta. Durant toute cette scène, il s'était montré absolument charmant. En mari aimant et attentionné, il lui avait touché de temps à autre le coude, l'épaule, les cheveux.

Chaque fois qu'il l'avait fait, elle avait dû faire un effort pour se rappeler que tout ceci n'était que comédie, luttant contre le sentiment de manque et de regret qui l'étreignait.

Mais pas une fois Royce n'avait caressé Amanda. Dès qu'elle avait franchi le seuil de la maison dans ses bras, il ne lui avait plus adressé un regard. Meg aurait dû n'en concevoir ni surprise, ni regrets. Ils avaient conclu un marché, tous les deux, et il s'y tenait. Mais de manière aussi déraisonnable que douloureuse, elle ne pouvait s'empêcher de le regretter...

— Très bien ! conclut Mélanie Kane en descendant l'escalier aux côtés de Royce. J'ai encore quelques papiers à vous faire signer, et je pourrai ensuite vous laisser à votre bonheur.

Patiemment, Royce l'entraîna dans le salon, procéda aux formalités requises, et la regarda prendre congé de Meg et lui faire ses dernières recommandations.

— Rappelez-vous surtout de la nourrir à volonté. Et croyez-moi, dès qu'elle aura faim elle saura bien vous le faire savoir… Vous serez surprise, dans un premier temps, de constater combien elle peut manger ! Il faut vous attendre, en fait, à devoir la nourrir toutes les deux heures au cours des semaines à venir.

L'assistante sociale enfin partie, Royce resta debout au seuil de la maison pour la regarder emprunter l'allée, grimper dans sa voiture, puis remonter leur rue et disparaître au carrefour. Quand ce fut fait, il laissa échapper un soupir de soulagement et marcha jusqu'à la penderie dans laquelle il saisit son manteau.

— Elle est à toi, Meg ! lança-t-il en direction du salon tout en s'habillant. Ne m'attends pas pour le dîner…

Sans attendre de réponse, il traversa le hall et la véranda, dévala les marches et s'engagea à grandes enjambées sur la pelouse pour gagner sa voiture. Les poings serrés au fond de ses poches, il inspira l'air frais à pleins poumons pour se calmer.

— Royce ! cria Louise dans son dos. Attends un peu.

Il aurait voulu poursuivre sur sa lancée sans se soucier d'elle, pourtant il pivota sur ses talons pour lui faire face. Après l'avoir rejoint en courant, la sœur de Meg se planta face à lui, les yeux étincelant de colère.

— Pourquoi te conduis-tu ainsi ? demanda-t-elle, essoufflée. Comment peux-tu faire une chose pareille ?

Les sourcils froncés, Royce feignit l'incompréhension.

— Faire quoi, Louise ?

— Te sauver ainsi, dans un tel moment ? Meg est effondrée.

Royce émit un claquement de langue agacé.

— De quoi te mêles-tu ? Meg et moi avons conclu un accord. Elle comprend parfaitement que...

— Un accord ! répéta-t-elle sèchement. Comme si l'adoption d'un enfant pouvait se résumer à un simple marché...

— Qu'aurais-tu voulu que je fasse ? demanda-t-il, avec impatience, fulminant de colère. Que je reste pour faire risette au bébé ? Que je m'essaie à lui donner le biberon ou à changer sa couche ?

De rage, il replongea profondément ses poings au fond de ses poches.

— Cette enfant n'est pas à moi, Louise. Meg me l'a clairement fait comprendre. Tout comme elle m'a indiqué sans ambiguïté quel devait être mon rôle — celui d'un figurant. Je n'ai selon elle à prendre part ni à la vie d'Amanda, ni à la sienne. Dès que l'adoption sera officielle, notre mariage aura vécu. Définitivement.

Il eut un rire amer et conclut :

— Mais je ne sais pas pourquoi je te raconte tout cela — tu le sais déjà.

Interloquée, Louise recula d'un pas, sans cesser de le dévisager.

— Royce…, murmura-t-elle. Comment vis-tu le fait de…

— Quelle importance ? l'interrompit-il. Tu n'as pas compris que les sentiments n'ont rien à voir dans cette histoire ? Je rends service à ma femme. Je lui fais une faveur, c'est tout. Une dernière fois, je lui cède en accédant à ses désirs. Point final !

Soudain conscient de l'inutilité de son plaidoyer, Royce se retourna et se mit en marche vers sa voiture.

— Je dois aller travailler, lança-t-il par-dessus son épaule. Il est inutile de remettre à plus tard cette conversation.

Cette fois, Louise n'essaya pas de le retenir. Quand il prit place derrière son volant, Royce vit qu'elle n'avait pas bougé et l'observait toujours. Puis son regard se porta vers la maison, et il aperçut Meg, debout à une porte-fenêtre avec Amanda dans ses bras, qui le regardait partir.

D'un geste sec, Royce tourna la clé de contact et jura entre ses dents. Que ce soit vis-à-vis de sa femme ou du bébé, il n'était pas *censé* ressentir quoi que ce soit. Mais comment aurait-il pu imaginer qu'il allait se trouver en face d'un petit être d'apparence si fragile, d'une beauté à couper le souffle… Où donc était passé le bon gros poupon solide et joufflu auquel il s'était attendu ?

Quant à Meg, jamais il ne l'avait vue aussi resplendissante qu'à l'instant où Mélanie Kane avait déposé l'enfant dans ses bras…

S'efforçant d'ignorer les deux femmes qui ne le quittaient pas des yeux, Royce passa la première et manœuvra pour quitter la propriété.

Le plus surprenant, songeait-il en prenant de la vitesse, était encore le sentiment qui avait fondu sur lui sans crier gare en voyant Meg et Amanda réunies. Un sentiment aussi indésirable qu'incompréhensible. Un sentiment qui n'était autre que la joie.

5.

Les pleurs d'Amanda réveillèrent Meg à 2 heures du matin.

Surgissant en trombe de sa chambre, elle se lança à tâtons à la recherche du peignoir qu'elle s'était promis de laisser bien en évidence la veille, mais qu'elle avait dû oublier de sortir de son armoire.

— J'arrive..., murmura-t-elle en repoussant les mèches qui lui tombaient sur les yeux. Une minute de patience, mon petit cœur...

Décidée à se passer du peignoir, elle dévala l'escalier et se rua dans la cuisine, accrochant au passage le pied d'une chaise mal rangée. Elle poussa un gémissement de douleur et actionna l'interrupteur du plafonnier, clignant des yeux comme un hibou. L'achat de quelques veilleuses, songea-t-elle, était à placer en tête de liste des prochaines courses...

La porte du réfrigérateur une fois ouverte, elle fut soulagée de constater que les biberons préparés la veille l'y attendaient bien, soigneusement alignés. Au moins pouvait-elle se féliciter d'avoir su se montrer prévoyante...

Comme Louise le lui avait montré — et comme elle avait eu maintes fois l'occasion de le faire au cours de l'après-midi précédent —, Meg dévissa la tétine de l'un d'eux avant de le placer au micro-ondes. En attendant qu'il chauffe, frissonnante, elle se mit à sautiller d'un pied sur l'autre, glacée par le contact du carrelage. « Il faudra ajouter des charentaises à la liste, se dit-elle en souriant. Ainsi que quelques lirettes bien épaisses... »

La sonnerie de la minuterie retentit enfin. Après avoir revissé la tétine, Meg testa la chaleur du lait en versant une goutte sur son poignet.

— Aïe ! gémit-elle.

Les larmes aux yeux, bien plus sous l'effet de l'incompréhension que de la douleur, Meg repoussa une mèche qui s'obstinait à retomber sur ses yeux. Quel détail avait-elle bien pu négliger ?

A l'étage, les pleurs d'Amanda devenaient d'instant en instant plus frénétiques. Une franche panique avait à présent gagné Meg. En toute hâte, elle alla vider le biberon brûlant dans l'évier et ouvrit le réfrigérateur à la volée pour en prendre un autre. Heureusement, un simple coup d'œil au programmateur du four suffit à lui faire comprendre quelle erreur elle avait commise.

Trois minutes plus tard, quand elle pénétra en trombe dans la chambre d'Amanda munie du biberon après s'être fait mal au genou en trébuchant dans l'escalier, elle était en sueur, à bout de souffle, et luttait contre une irrépressible envie de pleurer.

— Me voilà..., chantonna-t-elle d'une voix prête à se briser. Ta maman arrive...

Avec un luxe de précautions, Meg sortit Amanda de son lit et alla s'asseoir dans le rocking-chair. Entre ses bras, le petit corps secoué de sanglots du bébé ne se détendit que lorsque ses lèvres se refermèrent sur la tétine, avec un grognement de contentement.

Fascinée, Meg la regarda faire en la berçant contre sa poitrine. Comme si sa vie même en dépendait, Amanda tétait avec des bruits de bouche voraces, accompagnés de miaulements de plaisir. Au fur et à mesure que le biberon se vidait, le petit corps se relaxait. Lorsqu'elle le sentit de nouveau totalement abandonné entre ses bras, les yeux de Meg s'emplirent de larmes de reconnaissance.

En douceur, comme Louise lui avait appris à le faire, elle redressa le bébé contre elle, la tête reposant mollement sur son épaule, pour lui faire faire son rot. Pour accompagner le balancement du rocking-chair, elle se mit à chantonner, tapotant doucement le dos d'Amanda du plat de la main. Dans un souffle, un petit bruit s'échappa bientôt de ses lèvres. Tout contre elle, Amanda avait de nouveau sombré dans un sommeil repu et bienheureux.

Meg se sentit envahie par un sentiment de plénitude et d'harmonie tel qu'elle n'en avait jamais connu. Elle avait cependant conscience qu'une chose manquait à son bonheur. L'allaitement lui avait jusqu'alors semblé une contrainte inutile et une perte de temps. Mais à cette minute, si elle avait pu se passer de biberon pour nourrir Amanda, elle savait qu'elle aurait été la plus heureuse des femmes.

Sans même réfléchir à ce qu'elle faisait, Meg défit le cordon qui retenait l'encolure de sa chemise de nuit.

En s'arrangeant pour ne pas réveiller Amanda, elle fit glisser le vêtement le long de son épaule, jusqu'à pouvoir installer la joue tendre et chaude de son enfant contre son sein nu. Dans son sommeil, le bébé poussa un soupir de bien-être, auquel le sien fit écho.

Meg se laissa aller contre le dossier du fauteuil et ferma les paupières. Jamais elle ne s'était sentie aussi bien, aussi entière et en paix avec elle-même. C'était donc cela, songea-t-elle avec émotion, que d'être mère, de se sentir utile et essentielle, de se sentir pleinement femme…

Elle sut alors que c'était cet état qu'elle recherchait depuis toujours pour panser les dernières blessures d'une enfance malmenée. Une larme coula le long de sa joue, suivie d'une autre. En devenant la mère dont Amanda avait besoin, comprit-elle, elle devenait aussi la mère aimante et protectrice qu'elle n'avait jamais connue.

Un bruit venu du seuil de la pièce attira soudain l'attention de Meg. Effrayée, elle ouvrit les paupières pour découvrir Royce sur le pas de la porte. Le visage figé, aussi immobile qu'une statue, il ne quittait pas des yeux le spectacle qui s'offrait à lui. Leurs regards se croisèrent. Meg sentit son cœur s'emballer.

Un trouble différent de celui qu'elle venait de connaître — mais tout aussi violemment féminin — s'empara d'elle. Sa gorge devint sèche. Le rouge aux joues, elle sentit durcir les pointes de ses seins. Afin de briser le charme, elle entrouvrit les lèvres pour parler mais aucun son ne sortit de sa gorge serrée.

Royce n'avait pas bougé d'un pouce. Leurs regards demeuraient rivés l'un à l'autre. Le trouble qui agitait

Meg devint vertige. Les secondes se firent minutes d'affolante torture. Enfin Royce tourna les talons et disparut aussi soudainement qu'il était apparu. Sans un geste vers elle, et sans la moindre parole.

Amanda s'éveilla de nouveau à 4 heures, puis avec la même régularité à 6, 8 et 10 heures. C'est ainsi que le premier jour passé dans son nouveau foyer devint le second, puis le troisième, jusqu'à ce que deux semaines de la nouvelle existence de Meg se fussent écoulées comme dans un rêve.

Ni la fatigue ni l'émerveillement constant causé par sa fille ne suffirent à atténuer le trouble que continuait à susciter en elle sa rencontre nocturne avec Royce. Plus le temps passait, plus elle se sentait écartelée entre l'envie de le revoir et le besoin de se maintenir à distance. Mais même si l'éloignement avait fini par prévaloir, il en était tout autant responsable qu'elle...

Assise à même le tapis du salon, le dos calé contre des coussins, Meg posa son menton sur ses genoux repliés. Le regard plongé dans la fumée dégagée par le feu qui ne voulait pas prendre dans la cheminée, elle tenta une fois encore de se persuader que c'était mieux ainsi. Ainsi allait la vie : les relations s'étiolaient, et des liens très chers étaient rompus par ceux-là mêmes qui les avaient noués. Si son passé lui avait appris une chose, c'était bien celle-ci.

Elle savait également que rien n'était plus traître qu'un sentiment qui ne veut pas mourir, et qui pousse contre toute évidence à nier la réalité. Peut-être, conclut-elle, resterait-elle amoureuse de Royce. Ou peut-être, comme cela avait été le cas avec sa mère, se réveillerait-elle un matin avec la certitude que plus aucune attache ne la liait à lui.

Mais quelles que fussent les fluctuations de son cœur, elle ne pouvait nier le fait que tout était fini entre eux. Pour leur bien à tous les deux, il fallait qu'elle garde cela à la mémoire et se comporte en conséquence. Elle avait sa propre vie, à présent, son propre avenir à construire.

Comme attirés par un aimant, les yeux de Meg glissèrent du foyer de la cheminée au couffin posé près d'elle, dans lequel Amanda dormait à poings fermés. Là se trouvait son avenir, conclut-elle en remontant sa couverture. Tout tracé...

Elle avait pensé bien faire en déposant le bébé sur le tapis du salon, devant un bon feu. Malheureusement, la flambée qu'elle avait préparée n'avait pas voulu prendre... Plus qu'un changement de cadre, elle avait espéré pour elles deux la chaleureuse compagnie des flammes dansant joyeusement dans l'âtre. Toute la journée, la maison lui avait semblé si étrangement vide qu'elle avait souhaité agrémenter ainsi la perspective d'une longue soirée solitaire.

Meg se frotta frileusement les mains et détourna le regard, s'efforçant de chasser de son esprit la vague mélancolie qui s'y attardait. Sans doute, conclut-elle, la compagnie bruyante et affectueuse de sa famille lui manquait-elle en ce jour de fête plus qu'elle ne l'avait imaginé.

— Hello, Meg !

Meg sursauta, surprise en pleine rêverie par le salut insouciant de Royce. Vivement, elle se tourna pour lui faire face. Comme la nuit où il l'avait surprise dans la chambre d'Amanda, sa haute silhouette venait d'apparaître dans l'encadrement de la porte. Mais cette fois, il lui était impossible d'ignorer sur son visage une expression de prudente réserve qui contrastait cruellement avec le tumulte de ses propres émotions.

— Je ne t'avais pas entendu entrer...

Ces mots sonnèrent tellement creux à ses propres oreilles qu'elle les regretta aussitôt. Comme elle l'avait vu faire de nombreuses fois, Royce desserra le nœud de sa cravate et pénétra d'un pas nonchalant dans la pièce.

— Et moi, dit-il, je ne m'attendais pas à te trouver ici. La petite fête de Thanksgiving s'est terminée si tôt que ça, cette année ?

— Je n'y suis pas allée.

Nerveusement, Meg entortilla le bout d'une de ses mèches autour de son index.

— Colin et Nicky sont enrhumés, précisa-t-elle. Et Jonathan relève tout juste d'une grippe. Je ne voulais pas courir le risque qu'Amanda puisse attraper quoi que ce soit.

— Je croyais pourtant que tu ne ratais jamais une célébration de Thanksgiving chez les Niven, dit-il en souriant.

Meg lui rendit son sourire. Royce faisait référence à leur première année de mariage, lorsqu'il avait voulu l'emmener à Aspen pour l'initier aux joies du ski, et qu'elle avait dû refuser pour cette raison.

— C'était avant Amanda...

Royce hocha pensivement la tête.

— C'était avant bien d'autres choses encore… Cela semble tellement lointain.

Les larmes aux yeux, Meg détourna précipitamment la tête. Le temps où ils étaient encore amoureux l'un de l'autre ne lui paraissait quant à elle pas si lointain que cela…

Dans son dos, elle l'entendit poser son attaché-case sur un fauteuil et se débarrasser de son manteau.

— C'est toi qui as allumé le feu ?

— C'est moi qui ai essayé…, corrigea-t-elle avec un soupir. Comme tu peux le constater, je suis toujours aussi peu douée pour les bonnes flambées.

— Tu veux que j'essaie d'arranger ça ?

Sans attendre de réponse, Royce marcha jusqu'à la cheminée, devant laquelle il s'accroupit. En quelques gestes rapides et précis, il eut tôt fait de placer sur le côté la grosse bûche qui ne voulait pas prendre et d'agencer différemment l'empilement de petit bois. Meg encercla de ses bras ses jambes repliées devant elle et le regarda faire, troublée par l'intimité de cette scène autant que par leur proximité physique.

Royce avait toujours eu un profil de médaille. C'était l'une des choses qui l'avaient séduite en lui. Son nez droit et idéalement proportionné était presque trop parfait pour un homme. C'était le genre de nez pour lequel des gens dépensent des fortunes en chirurgie esthétique, le genre de nez qui suffit à rendre un visage inoubliable. Comme beaucoup d'autres choses dans son existence, Royce en avait simplement hérité.

Les yeux de Meg glissèrent jusqu'à sa bouche, dont il n'avait pas à se plaindre non plus. Une bouche sensuelle, aux contours ciselés, exigeante et toujours généreuse. Elle se rappelait exactement la sensation que lui procuraient ces lèvres lorsqu'elles se posaient sur les siennes. Et puis il y avait ce sourire, qui avait à présent déserté ses lèvres, mais qui avait eu autrefois le don de la faire fondre de désir.

Le menton posé sur les genoux, Meg ferma un instant les paupières pour se remémorer le sourire de Royce tel qu'elle l'avait connu et aimé. Sexy en diable, plein d'une mâle arrogance, il avait usé de ce sourire avec elle la première fois qu'il avait voulu l'entraîner dans son lit. Par la suite, il lui avait maintes fois servi de sésame pour faire tomber sa colère et l'entraîner au creux de ses bras.

Le pouvoir de ce sourire ne s'était estompé que vers la fin de leur relation, quand il s'était raréfié sur les lèvres de Royce, et qu'elle avait elle-même été trop blessée par son attitude pour pouvoir encore se laisser séduire.

Meg se mordit la lèvre pour exorciser ce passé qui la hantait. Aujourd'hui, Royce semblait fatigué. Les traits tirés de son visage n'en paraissaient que plus sculptés. Comme autrefois, elle aurait voulu pouvoir le prendre dans ses bras et lui masser les tempes, jusqu'à faire éclore sur ses lèvres un sourire de béatitude.

— La journée a été dure ?

Meg regretta aussitôt sa question, beaucoup trop intime. Tant de sollicitude ne pouvait être le fait que d'une femme mariée et aimante, heureuse en ménage.

Par-dessus son épaule, Royce capta son regard. Dans ses yeux, elle crut discerner autre chose que l'indifférence à laquelle elle s'était attendue, autre chose que la colère qui eût été logique, quelque chose de doux et d'intime qui lui vrilla le cœur, mais qui l'instant d'après avait disparu.

Haussant les épaules, Royce en revint au feu qui commençait à pétiller dans l'âtre.

— Juste une journée comme une autre...

Quelques instants encore, il demeura accroupi à contempler fixement les flammes hautes et claires qui dévoraient le petit bois, avant de replacer sur les chenets la bûche noircie.

— Voilà ! conclut-il en s'époussetant les mains et en se redressant. Cela devrait aller maintenant.

Alors, Meg réalisa que pas une fois depuis son entrée dans la pièce il n'avait jeté un coup d'œil à Amanda endormie dans son couffin. Même si cela n'aurait pas dû être le cas, son désintérêt la bouleversa.

— Merci..., murmura-t-elle en frottant ses mains l'une contre l'autre pour les empêcher de trembler. Il commençait à faire si froid que j'allais être obligée de ramener Amanda dans sa chambre.

Sans la quitter des yeux, Royce hocha vaguement la tête et conclut, mal à l'aise :

— Eh bien... Je crois que je vais te laisser.

Pourtant, après avoir retraversé la pièce, il ne put s'empêcher de se retourner sur le pas de la porte pour demander :

— As-tu mangé ?

Le cœur battant, Meg se retourna lentement pour ne pas laisser voir son trouble.

— Un sandwich, à midi.

— Voudrais-tu te joindre à moi ?

— Oh... Je te remercie, mais je...

— Il y en a suffisamment pour quatre, insista-t-il. Et je sais que tu aimes la cuisine chinoise...

Meg déglutit péniblement et baissa les yeux. Elle brûlait du désir d'accepter l'invitation, mais ce fut pourtant d'une voix assurée qu'elle répondit :

— Je n'ai pas très faim. Je suis plutôt fatiguée et je crois que je ferais mieux de me mettre au lit sans manger.

— Comme tu voudras.

Royce fit volte-face et disparut dans le corridor, mais l'instant d'après il reparaissait sur le seuil. Avec une moue boudeuse, il la dévisagea d'un air sévère.

— Que tu le veuilles ou non, assura-t-il d'une voix forte, tu as faim même si tu es trop épuisée pour te préparer quoi que ce soit. T'es-tu regardée dans une glace, dernièrement ? Tu as la mine d'une femme qui pourrait s'évanouir à tout instant. Tu vas me faire le plaisir de manger un morceau avec moi...

Trop ébahie pour protester, Meg se sentit rougir et soutint fièrement son regard. Elle n'avait plus aucun compte à lui rendre, mais pourtant ne venait-il pas à l'instant de lui ordonner de manger ? La colère, enfin, lui fit pointer le menton d'un air de défi.

— Au cas où tu l'aurais oublié, dit-elle sèchement, je suis assez grande pour m'occuper de moi toute seule... Je n'ai pas l'intention de me laisser dépérir, et encore moins de défaillir sous tes yeux. A présent, je te souhaite bon appétit et je ne te retiens pas...

Loin de se le tenir pour dit, Royce paraissait sur le point d'éclater de rire, ce qui redoubla la fureur de Meg.

— Je ne vois pas ce que j'ai pu dire de si drôle ! s'emporta-t-elle. Mais je peux t'assurer que si…

Le sourire de Royce, ce sourire si sexy qui l'avait si souvent désarmée, la fit taire. En guise de reddition, il leva les mains paumes ouvertes devant lui.

— Désolé, si je t'ai offensée, s'excusa-t-il. Ce n'était absolument pas mon intention.

Son expression se fit plus attendrie que moqueuse et il ajouta :

— Laisse-moi reformuler mon invitation — je serais heureux de profiter de ta compagnie, si tu voulais me faire l'honneur de partager mon repas.

Il ponctua cette déclaration du plus engageant des sourires, et Meg sentit fondre son indignation comme neige au soleil. Avec un soupir résigné, elle s'adossa contre les coussins et contempla les flammes pour se donner une contenance. Comme par le passé, il était capable de la manœuvrer à sa guise. Ils en étaient conscients l'un comme l'autre. De ce côté-là, au moins, rien n'avait changé…

— Même si je n'en ai pas besoin, marmonna-t-elle sans le regarder, je suppose que manger un peu ne pourra que me faire du bien.

Pour ne pas risquer de croiser son regard triomphant, Meg prit bien garde de ne pas se retourner. Quelques minutes plus tard, Royce était de retour dans le salon, portant sur un plateau tout ce qu'il fallait pour une dînette à deux, y compris une bouteille de vin rouge et deux verres.

Il lui en servit un, et elle fit attention en l'acceptant que leurs doigts n'aient pas à se frôler. Mais comme par un fait exprès, Royce le lui présenta de manière à ce qu'elle ne puisse éviter ce contact.

Meg sentit ses joues s'empourprer. Leurs yeux se croisèrent, et le souvenir de cette nuit où il l'avait surprise dans la chambre d'Amanda l'envahit — comme il l'envahit lui aussi, ainsi qu'elle le devina à la lueur qui dansait dans ses yeux, à la tension qui brusquement venait d'électriser l'atmosphère entre eux.

Sous le prétexte de vérifier que le bébé ne s'était pas découvert, Meg parvint à détacher son regard du sien. Elle prit tout son temps pour arranger la couverture, laisser courir ses doigts dans les boucles brunes, puis s'assurer en touchant le front d'Amanda qu'elle n'avait pas de fièvre. Pas un instant elle ne parut dérangée dans son sommeil. A la voir si profondément endormie, on aurait pu se demander si elle respirait encore...

— A-t-elle toujours le sommeil aussi profond ? s'étonna Royce.

Surprise de le voir enfin manifester de l'intérêt pour le bébé, Meg releva la tête et lui sourit.

— Parfois, il m'arrive de coller mon oreille contre sa bouche, pour être sûre qu'elle est... juste endormie.

Prudemment, Royce tendit le bras pour effleurer du bout de l'index la joue d'Amanda. A ce contact, elle tourna la tête en direction de son doigt, et sans même ouvrir les yeux, émit de petits bruits de succion qui lui firent retirer la main précipitamment.

— On dirait qu'elle a faim..., dit-il, gêné.

Meg se mit à rire, incapable de réfréner son amusement.

— Pas forcément, expliqua-t-elle. La succion est un réflexe naturel, qui aide un nouveau-né à trouver le sein de sa mère.

Affectueusement, elle caressa à son tour du bout du doigt la joue d'Amanda, qui se mit de nouveau à téter dans son sommeil.

— Je ferais quand même mieux d'aller te faire chauffer un biberon, conclut-elle en déposant un baiser léger sur son front. Histoire de nous épargner tes cris et tes pleurs si jamais tu finis par te réveiller...

D'un bond, elle se redressa et gagna la porte.

— Je ne serai pas longue, précisa-t-elle par-dessus son épaule à l'intention de Royce. Si jamais elle se réveille, tu n'as qu'à la laisser pleurer...

Avec un sourire désabusé, Royce la regarda quitter la pièce.

Que s'imaginait-elle donc qu'il aurait pu faire d'autre ? Puis il pressa le dos de ses mains contre ses yeux, soupira longuement et se maudit de sa faiblesse. Inviter son ex-femme à partager son repas n'avait déjà pas été très avisé, mais insister jusqu'à la convaincre d'accepter son invitation avait été pure folie. A quoi diable avait-il pensé ? Aux cernes qui soulignaient ses yeux, conclut-il pour lui-même. Et à cette mine de papier mâché qu'elle arborait.

6.

Royce se laissa aller en arrière contre les coussins et contempla l'âtre d'un œil songeur, y discernant bien autre chose que les flammes qui y dansaient pour l'heure. Il revoyait Meg telle qu'elle lui était apparue, seule et pensive dans la lumière du soir tombant, installée frileusement devant un feu qui ne voulait pas prendre. Sur son sweater couleur crème et sur l'ivoire de sa peau, la coulée d'ébène de sa chevelure était ce qui lui avait sauté aux yeux. Comme la nuit où...

Royce jura entre ses dents et détourna les yeux de la cheminée. La gorge sèche, il déglutit péniblement. En dépit de tous ses efforts, il n'était pas parvenu à écarter de sa mémoire le souvenir de cette nuit où il l'avait surprise avec Amanda contre son sein.

Jamais il ne l'avait vue aussi belle, aussi diablement ensorcelante. Chaque détail de cette scène s'était gravé en lui. La courbe de son épaule nue caressée par la lumière de la lune. La minuscule tête d'Amanda, abandonnée avec volupté contre son sein dénudé. Les cheveux de Meg, rejetés par-dessus l'épaule sur son autre sein, roulant comme un fleuve impétueux.

Quelque chose dans cette vision nocturne lui avait paru puissamment féminin, érotique… et juste. Un mélange de trouble sensuel et d'émotion s'était emparé de lui, cocktail détonant qui depuis empoisonnait ses journées et pourrissait ses nuits.

Car ce qui le déstabilisait bien plus que le désir, c'était les sentiments que Meg avait réveillés en lui. S'il pouvait s'arranger avec sa libido, il n'avait jamais été accoutumé à faire face à ses sentiments.

Machinalement, le regard de Royce se porta sur le bébé toujours endormi à ses côtés dans son couffin. En dépit de la promesse qu'il s'était faite de ne s'impliquer ni dans la vie d'Amanda ni dans celle de sa mère, il s'était senti irrésistiblement poussé vers elles. Depuis qu'il avait remis les pieds dans cette maison, comment aurait-il pu repousser les souvenirs de leur vie intime qui l'assaillaient sans relâche ?

Mais le plus surprenant et le plus embarrassant pour lui, c'était que le bébé ne le laissait pas insensible non plus. Lorsqu'il quittait la maison au petit matin ou qu'il y revenait tard dans la nuit, il ne pouvait s'empêcher, sans jamais pénétrer dans sa chambre, de vérifier qu'Amanda s'y trouvait et que tout allait bien pour elle. Il s'était même surpris plus d'une fois à guetter ses pleurs la nuit, comme tout nouveau parent est censé le faire. Ce qui était parfaitement ridicule, bien entendu…

Il essayait de se convaincre que son intérêt pour elle n'était que curiosité pure et simple.

Il n'avait jamais auparavant eu l'occasion de vivre auprès d'un nourrisson, et comme tout ce qui était nouveau, la fille de Meg l'intriguait.

Lentement, les yeux de Royce glissèrent le long de la petite forme endormie sous la couverture. La raison pour laquelle elle gardait constamment ses poings fermés était l'une des choses qui l'étonnait le plus. De même que la facilité avec laquelle elle pouvait passer du sommeil le plus profond aux pleurs les plus bruyants.

Incapable de s'en empêcher, Royce se pencha sur le couffin et effleura du bout d'un doigt l'un de ses poings serrés. La peau d'Amanda était incroyablement douce, presque translucide.

Songeant avec émerveillement que tout être humain est doté à la naissance de la même beauté et de la même perfection, il laissa son doigt s'attarder un peu plus longtemps sur sa peau. En un geste réflexe, le bébé desserra les doigts un instant et les referma aussitôt.

La gorge nouée par l'émotion, Royce parvint à se redresser et à détourner le regard juste au moment où Meg repassait le seuil de la pièce.

Après avoir échangé quelques banalités, ils se servirent l'un et l'autre et commencèrent à manger. Un silence pesant était retombé entre eux.

A la dérobée, Meg lança à Royce un regard intrigué et détourna rapidement les yeux. Pour une raison mystérieuse, il paraissait différent, plus serein, moins tendu que lorsqu'elle l'avait laissé pour aller préparer le biberon.

Du bout de sa fourchette, elle poussait sa nourriture dans son assiette.

Cela faisait tellement longtemps qu'ils n'avaient plus partagé de repas tous les deux — ni quoi que ce soit d'autre, d'ailleurs — qu'elle ne savait comment se comporter ni que dire. Pour se rassurer, Meg songea qu'il devait être aussi embarrassé qu'elle, même s'il le cachait mieux.

Sans aucun appétit, elle mastiqua un bout de poulet, qui faillit se coincer dans sa gorge.

Après l'avoir fait passer d'une gorgée de vin, elle se tourna vers lui et assura, incapable de laisser plus longtemps le silence s'éterniser :

— C'est délicieux.

— Tant mieux, répondit Royce d'une voix neutre. Je suis heureux que ça te plaise.

— Tu vas toujours chez ce chinois sur Poydras St…

— Non, l'interrompit-il. Il a fermé il y a plusieurs mois.

— Oh… Quel dommage !

Royce haussa les épaules et prit le temps d'avaler sa bouchée avant de commenter :

— La dure loi des affaires… Dans un marché saturé, même les meilleurs peuvent chuter.

Meg fronça les sourcils.

— Mais tout va bien pour Sassy's, n'est-ce pas ?

Royce émit un petit rire amusé.

— Tout va pour le mieux, je te rassure. Sassy's est une institution. Le jour où nous fermerons, c'est qu'il n'y aura plus place pour aucun restaurant à La Nouvelle-Orléans…

De nouveau, un silence gêné retomba entre eux. Et de nouveau, ce fut Meg qui le brisa.

— Quelle surprise de te voir ici ce soir, dit-elle d'une voix qui sonna faux à ses propres oreilles.

Royce porta son verre à ses lèvres, but une gorgée, puis admira un instant la belle couleur rubis de son vin avant de répondre :

— Mon père et ma mère sont à Palm Springs. Ma sœur s'occupe du restaurant. Tu sais qu'on n'est pas très porté sur les fêtes dans ma famille…

Reportant son attention sur Amanda, Meg réprima un sourire amer. Elle était bien placée, en effet, pour le savoir. Cela avait même été l'un de leurs principaux sujets de discorde. La famille et ses obligations représentaient beaucoup pour elle mais n'avaient aucune signification aux yeux de Royce. Bien des problèmes entre eux étaient nés de cette simple divergence de points de vue.

— Comment va Alice ? s'enquit soudain Royce. Elle est en haut ?

Renonçant à faire honneur à son assiette, Meg reposa sa fourchette.

— Non. Elle a de la famille à Folsum — une tante, quelques cousins — à qui elle est partie rendre visite.

— Et qu'en est-il de ses parents ?

Meg prit le temps de la réflexion avant de formuler sa réponse. Au cours des mois écoulés, sa pupille lui avait fait de douloureuses confidences, qu'elle n'aurait pour rien au monde voulu trahir.

— Eux ne doivent pas se priver de faire la fête…, dit-elle. Le genre de fête dont Alice garde les pires souvenirs… En fait, elle ne les voit plus du tout.

— Mais elle continue à voir sa tante ?

Ce que Royce lui demandait à mi-mots, comprit-elle aussitôt, c'était la raison pour laquelle Alice n'était pas allée vivre chez elle.

— Sa tante a déjà de nombreux enfants, indiqua-t-elle sèchement. Et elle est restée trop proche des parents d'Alice pour qu'elle puisse vivre auprès d'elle.

D'un air pensif, il fit rouler son verre à pied au creux de sa main avant de demander d'une voix sourde, en la fixant droit dans les yeux :

— Est-ce que ça en valait vraiment la peine, Meg ? Alice méritait-elle cette énergie que tu as dépensée pour elle, et toutes ces disputes entre nous ?

A ces mots, Meg se raidit et le fusilla du regard.

— Alice n'a rien à voir dans notre séparation.

— Non, c'est vrai.

Royce baissa les yeux un instant pour contempler le vin dans son verre, puis les releva et insista :

— Mais tu n'as pas répondu à ma question. Le jeu en valait-il la chandelle ?

— Oui ! répondit-elle avec conviction. Sans l'ombre d'un doute. Alice me ressemble beaucoup. Si je n'avais pas eu la chance de tomber sur les Niven, j'aurais pu connaître les mêmes problèmes qu'elle. J'avais envie, j'avais besoin de donner en retour à quelqu'un cette chance qui m'avait été offerte.

Excédée, Meg haussa les épaules.

— Peu importe..., conclut-elle. Qui peut prétendre tout comprendre de ses motivations ? L'essentiel est de faire ce que l'on croit juste.

Fixant les flammes d'un air songeur, Royce garda le silence un long moment.

— Quelles que soient tes motivations, reprit-il enfin d'une voix douce, tu étais dans le vrai. Et c'est moi qui me trompais.

Ces quelques mots, tellement inattendus, cueillirent Meg par surprise. De nouvelles larmes affluèrent à ses yeux, qu'elle s'efforça de contenir.

— Tu te trompes, murmura-t-elle en cherchant son regard. J'étais dans l'erreur moi aussi. Je t'ai adressé un ultimatum alors que je n'en avais pas le droit.

— C'est du passé. N'en parlons plus.

Mal à l'aise, Meg fit mine de reporter son attention sur les flammes, sur le contenu de son assiette, sur le sommeil d'Amanda.

Les secondes s'enchaînèrent les unes aux autres pour former des minutes. Aucune de ses tentatives pour éluder la pénible vérité qui venait de se faire jour en elle n'aboutit. Si elle s'était montrée plus patiente, si elle avait su avec Royce réagir avec sa tête plutôt qu'avec ses tripes, peut-être ne se seraient-ils pas séparés.

En avalant d'un trait le fond de son verre, Meg s'efforça de se reprendre. Cela faisait bien trop de *si* pour faire une certitude.

L'arrivée d'Alice sous leur toit n'avait été que le catalyseur de la mésentente qui couvait entre eux. Leur séparation était le résultat de tant de facteurs contradictoires et complexes qu'il lui était encore impossible, neuf mois plus tard, d'en déterminer la cause exacte…

— Te rappelles-tu notre premier Thanksgiving ensemble ? demanda soudain Royce avec gaieté.

Meg tourna les yeux vers lui, espérant qu'il ne pourrait discerner dans les siens la lueur de nostalgie qui devait y briller.

— Et comment ! renchérit-elle. Comment pourrais-je l'oublier ?

Royce repoussa son assiette sur le côté et prit appui sur ses coudes.

— Tu avais insisté pour inviter chez nous nos deux familles. Et pour cuisiner toi-même à l'intention de tout ce beau monde…

A l'évocation de ce souvenir, Meg sourit et précisa :

— Nous habitions encore ce vieil appartement du Carré Français.

— Ce *petit* appartement, tu veux dire !

— Il n'était pas si petit que ça…

Royce lui jeta un regard apitoyé, comme si elle avait perdu toute raison.

— Pour ta famille ? s'exclama-t-il. Il faudrait tout un hôtel pour loger confortablement les Niven au grand complet !

Meg hocha la tête et tendit le bras vers la bouteille afin de remplir leurs verres.

— Exact, approuva-t-elle. Mais il est vrai aussi que les chaises pliantes ne sont pas exactement du goût de la famille Adler.

Sans se départir du sourire qui ne quittait plus ses lèvres, Royce conclut :

— Surtout quand les chaises en question sont non seulement pliantes mais aussi empruntées aux voisins. Il faut reconnaître que nous avons fait fort ce soir-là. Très, très fort…

Meg se mit à rire et lui tendit son verre.

— Tu te rappelles, dit-elle, quand ma mère a essayé d'échanger avec la tienne ses conceptions en matière d'éducation des jeunes enfants ?

Royce se mit à rire à son tour.

— Ma mère se laisse rarement surprendre, s'amusa-t-il, mais je crois que cette fois-là, la tienne l'a prise de court. Il me semble encore l'entendre répondre d'un air pincé : « Chez nous, c'était la nurse qui s'occupait de l'apprentissage de la propreté. » Alors, sans se laisser décourager, Eileen l'a entreprise sur le chapitre de la cuisine...

Meg redoubla d'hilarité.

— Pauvre maman..., dit-elle d'un air attendri. Elle savait que tes parents étaient dans la restauration et s'imaginait que ce serait un sujet de conversation sans danger. Elle voulait simplement trouver un terrain d'entente...

Royce hocha la tête et conclut :

— Quel beau sac de nœuds nous avons créé ! Plus personne n'osait prononcer la moindre parole, de peur de commettre un impair...

— D'autant plus, renchérit Meg en riant, qu'il aurait été difficile de s'extasier sur ma cuisine...

Tous deux partirent d'un fou rire qui ne s'apaisa que lorsque Royce retrouva suffisamment de souffle pour dire :

— Je ne comprends toujours pas comment tu pouvais ignorer qu'il faut ôter la tête et les abattis d'une dinde avant de la faire cuire. Enfin, Meg... Eileen est une cuisinière fabuleuse, et tu as passé pratiquement toute ton enfance dans sa cuisine.

Meg fit mine de s'offusquer :

— Sachez, monsieur le grand restaurateur, qu'à la maison je m'occupais des pâtisseries. De toute façon, tu étais là quand j'ai enfourné cette satanée bestiole, et je ne t'ai pas entendu protester…

Royce se pencha vers elle et haussa les sourcils.

— J'avais des sujets de préoccupation plus importants et plus urgents…

Un frisson parcourut l'échine de Meg. Elle non plus n'avait pas tellement la tête à ce qu'elle faisait ce jour-là. Ils avaient tellement été occupés l'un par l'autre qu'ils avaient à peine eu le temps de s'occuper des préparatifs.

— Nous étions tellement amoureux que rien d'autre ne comptait, murmura-t-elle.

Meg soutint vaillamment son regard. Royce ne fit rien pour détourner les yeux. Leurs visages étaient proches à se toucher. Elle eut l'impression qu'une éternité s'écoulait ainsi. Elle avait la gorge sèche, les paumes moites. Elle le vit diriger son regard vers sa bouche et sentit son pouls s'accélérer.

— Tout ce que nous voulions, ajouta-t-il d'une voix rauque, c'était que la soirée se termine vite pour pouvoir de nouveau faire l'amour…

Meg ouvrit la bouche, mais aucun son n'en sortit. Son cœur battait si fort qu'elle était certaine que Royce devait l'entendre. Une peine immense l'étreignait. Elle aurait voulu pleurer pour tout ce qu'ils avaient perdu. L'espace d'un instant, elle fut certaine qu'il allait l'embrasser. Puis il s'écarta d'elle, et elle eut l'impression de mourir.

— Que nous est-il arrivé, Royce ? demanda-t-elle dans un souffle. Comment avons-nous fait pour en arriver de ce premier Thanksgiving... à celui-ci ?

Royce se rembrunit et contempla fixement le feu. Durant de longues secondes, seuls se firent entendre les sifflements et les craquements du bois.

— Je ne sais pas, Meg..., répondit-il finalement. Tout ce que je sais, c'est que j'ai l'impression d'être parti en guerre de mon propre chef et d'avoir perdu.

Fermant les yeux, il pinça quelques instants entre le pouce et l'index le sommet de son nez, puis chercha son regard pour conclure :

— A présent, je suis juste soulagé que ce soit fini.

Meg serra frileusement ses bras contre sa poitrine et détourna les yeux. Son corps tremblait de l'effort qu'elle faisait pour retenir ses larmes.

— Fini ? répéta-t-elle. L'est-ce réellement ?

— Oui, Meg..., répondit-il sans hésiter. Ça l'est.

Pour ne pas gémir, elle serra les poings jusqu'à sentir ses ongles s'enfoncer dans la chair de ses paumes. Là était toute la différence entre eux, comprit-elle. Royce était parvenu à laisser le passé derrière lui, chose qu'elle ne parvenait pas à faire. Parce qu'elle l'aimait encore. Parce que parfois cela lui faisait si mal de penser à lui qu'elle avait l'impression d'étouffer.

Quand elle se décida à parler, les larmes contenues firent trembler sa voix.

— Tu n'es pas le seul à avoir perdu cette guerre. Je n'y ai rien gagné non plus. Et Amanda encore moins...

Royce laissa échapper un grognement douloureux.

— Elle ne faisait pas partie de notre vie.

— Elle aurait pu.

Parce qu'il lui était impossible de faire autrement, Meg se laissa enfin aller à pleurer.

Enfin, après avoir pris une longue inspiration pour se donner du courage, elle lui fit le dernier aveu qu'elle lui devait.

— Tu m'as fait mal, Royce. Tu n'as pas gagné ta guerre, mais tu as réussi à me blesser...

Lentement, il tourna la tête vers elle, la dévisagea une longue minute, avant de lancer, d'une voix aussi tranchante que le verre :

— Dieu sait que ce n'était pas mon intention.

— Et pourtant, tu l'as fait. Tu as été sans pitié.

Royce haussa les épaules et se réfugia dans la contemplation du feu.

— J'ai toujours été honnête avec toi, Meg.

— Tu dis cela comme si moi je ne l'avais pas été...

— L'as-tu été réellement ? Dès le départ j'ai été très clair avec toi sur la question des enfants.

— Comme je l'ai été moi aussi ! s'écria-t-elle d'un ton exaspéré. Tu savais à quel point en avoir était important à mes yeux.

— Oui, reconnut-il. Je le savais.

— Et jamais, renchérit Meg, tu ne m'as dit que tu n'en voulais pas. Tu m'as expliqué que tu n'étais pas sûr d'en vouloir, mais jamais...

— Je t'ai dit que j'avais des doutes ! coupa-t-il sèchement. Je t'ai dit qu'il était possible que je n'en veuille jamais.

— Alors pourquoi m'avoir accompagnée dans mes démarches en vue d'une adoption ? insista-t-elle avec véhémence. Pourquoi avoir fait le premier pas si tu ne te sentais pas prêt à aller jusqu'au bout ?

Royce fit volte-face et la fusilla du regard.

— Tu m'as forcé la main, voilà pourquoi... Tu ne m'as rien demandé. Pas une fois nous n'en avons discuté. Tu t'es contentée de décréter qu'il était temps pour nous de fonder une famille. C'est toi qui as fait le premier pas, Meg. Pas nous. Je n'ai fait que me laisser entraîner contre mon gré.

Vibrante de colère, Meg préféra ne pas répondre. Sur ce point, elle ne pouvait lui donner tort. Elle avait tellement redouté de l'entendre refuser, elle avait été si terrifiée de devoir choisir entre lui et son désir d'enfant, qu'elle avait préféré contourner l'obstacle et ne rien lui demander. L'ironie de la situation, c'était que cela ne l'avait nullement empêchée de le perdre...

— Meg ? reprit-il d'une voix dure. Tu n'as rien à ajouter ?

Elle se contenta de secouer négativement la tête sans le regarder et il se leva en jurant entre ses dents.

— Dans ce cas, conclut-il, je ferais mieux de m'en aller.

D'un revers de main rageur, Meg essuya les larmes qui inondaient ses joues.

La blessure de son cœur était rouverte. Elle était béante et la faisait souffrir le martyre. Elle avait été folle de penser qu'elle avait fini par cicatriser, folle de prendre un tel risque...

Prenant une profonde inspiration, Meg se leva avant que Royce ait atteint le seuil et lança d'une voix forte à son intention :

— Dis-moi juste une chose... Pourquoi n'avoir pas mis un terme aux procédures d'adoption dès le début ? Pourquoi m'avoir laissée poursuivre mon rêve de maternité toute seule ?

Le rire de Royce lui fit plus mal que ses paroles.

— N'est-ce pas suffisamment évident ? railla-t-il. Je n'ai jamais su te refuser quoi que ce soit, Meg. Et cela continue puisque je suis ici pour t'aider à concrétiser ce que tu appelles ton « rêve de maternité ».

D'un pas décidé, il se remit en route vers le corridor mais fit une halte au seuil de la pièce et lança sans se retourner :

— Et pour que tout soit bien clair entre nous, sache que toi aussi tu m'as blessé. Durement...

L'instant d'après, il avait disparu. Une fois de plus, Meg se retrouva seule avec ses doutes, en train de contempler fixement une porte close.

7.

— 'Jour, Meg…

Depuis le tapis de la chambre d'Amanda où elle était occupée à jouer avec sa fille, Meg releva la tête et sourit en reconnaissant sa pupille sur le seuil.

— Alice ! Entre donc…

La jeune fille pénétra d'un pas hésitant dans la pièce, puis d'un haussement d'épaules se défit de son blouson en jean qu'elle passa sous son bras.

— J'aime beaucoup ton sweat-shirt ! s'exclama Meg en désignant du menton le logo de *La Plantation* qui ornait le vêtement.

Alice ne lui rendit pas son sourire. Nerveusement, comme si elle ne savait qu'en faire, elle fourra ses mains dans les poches arrière de son jean.

— Je rentre à l'instant du travail, expliqua-t-elle.

— Tout va bien là-bas ? Ma remplaçante vous donne satisfaction ?

— Tout va bien…, confirma Alice en haussant les épaules. Et Dana est parfaite.

D'un regard circulaire, elle engloba les multiples jouets répandus sur la moquette et s'étonna :

— C'est la révolution, ici ?

Meg choisit d'ignorer le sarcasme et agita devant le visage réjoui d'Amanda un hochet coloré. Aussitôt, le bébé se mit à remuer frénétiquement des bras et des jambes.

— Séance d'aérobic..., répondit-elle sobrement.

Alice se laissa aller à sourire mais de loin, sans paraître oser s'approcher.

— Ça a l'air drôle, commenta-t-elle.

— Ça l'est ! renchérit Meg. Qu'est-ce que tu attends pour te joindre à nous ?

Du plat de la main, elle tapota le sol à côté d'elle, accompagnant son geste d'un sourire engageant. Après un court instant d'hésitation, Alice se laissa faire, comme à contrecœur, et la rejoignit.

Quelques instants, elles contemplèrent toutes deux Amanda, qui ne cessait de répondre en babillant et en gigotant aux sollicitations de sa mère.

— Que lui arrive-t-il ? s'étonna Alice. C'est la première fois que je la vois aussi éveillée...

— Tu trouves aussi ! s'exclama Meg avec un sourire radieux. Elle a fait des progrès fulgurants en quelques jours. Et ses plages d'éveil ne cessent de s'allonger. Cela signifie que nous allons bientôt passer à la phase deux.

Le visage fermé, Alice ne répondit pas. Avec le même entrain, Meg se remit à jouer avec le bébé. Elle connaissait suffisamment sa pupille pour comprendre à son attitude que quelque chose ne tournait pas rond. Le tout, songea-t-elle, était de la faire parler sans avoir l'air d'y toucher...

— Tout va bien à l'école ? s'enquit-elle au terme d'un long silence tendu.

L'air morose, la jeune fille posa les coudes sur ses genoux et appuya son menton sur ses deux poings.

— Super...

— Et comment va Damon ?

— Nous avons rompu.

— Oh...

Meg s'appliqua à ne pas se laisser distraire de son occupation, de peur que le soulagement qui s'était emparé d'elle à cette nouvelle ne transparaisse trop sur ses traits.

— Cela n'a pas l'air de te chagriner, reprit-elle prudemment.

— Pas du tout, répondit Alice d'une voix neutre. J'ai fini par comprendre qu'il n'était qu'un crétin...

Sa pupille avait beau jouer négligemment avec ses boucles courtes, Meg n'avait pas manqué de remarquer à la dérobée qu'elle épiait la moindre de ses réactions. Qu'elle en fût encore, après tant de mois passés sous son toit, à attendre d'elle une réaction du style « Je te l'avais bien dit » lui serrait le cœur.

— Il ne t'a pas fait souffrir, au moins ?

Alice détourna les yeux.

— J'en ai vu d'autres...

A bout de patience, Meg se pencha pour lui toucher gentiment le bras.

— Qu'est-ce qui ne va pas, Alice ?

Sous sa main, Meg sentit la jeune fille se raidir.

— Qu'est-ce qui te fait penser que quelque chose ne va pas ?

— Tu parais...

Meg fit une pause pour bien peser ses paroles, renonçant à l'adjectif « agressive » qui lui était venu.

— … distraite. Comme si ton esprit était ailleurs et que tu regrettais de ne pas y être toi aussi…

Les sourcils froncés, Alice baissa les yeux pour contempler fixement ses ongles.

— Puisque tu le dis…

— Et toi…, s'agaça Meg. Que me dis-tu ?

Le regard brillant d'une lueur de défi, Alice releva fièrement le menton.

— Tu aimes ça, n'est-ce pas ?

— J'aime quoi ?

— Etre mère.

— Oui, reconnut Meg dans un sourire. Beaucoup.

— Ça ne m'étonne pas.

Alice s'allongea sur le ventre, la tête appuyée au creux de ses mains. S'abîmant dans la contemplation d'Amanda, elle conclut tristement :

— Elle est tellement mignonne…

En un geste empli de tendresse, Meg passa ses doigts dans les boucles fournies du bébé.

— Ce n'est pas moi qui te dirai le contraire.

Alice tendit la main pour imiter son geste, avant de se raviser *in extremis*.

— Je me demande ce que ça fait de…

Sa voix se brisa et elle secoua la tête d'un air têtu.

— Aucune importance.

— Qu'allais-tu demander ? fit Meg en scrutant attentivement son visage. Continue, Alice. Tu sais que tu peux tout me dire.

Les yeux baissés et les joues rouges, la jeune fille conclut dans un souffle :

— Je me demandais juste quel effet ça fait d'être aimée ainsi, désirée et choyée comme l'est Amanda...

— Oh, Alice..., protesta Meg, la gorge nouée. Toi aussi je t'aime !

La jeune fille eut un haussement d'épaules.

— Pas comme elle, dit-elle en évitant son regard. Pas de la même façon.

Une grimace d'excuse assortie d'un sourire contraint déforma ses traits.

— Oublie ça..., conclut-elle. En fait, cela n'a pas d'importance.

Mais Meg comprenait, d'après son obstination à prétendre le contraire, à quel point c'était important pour elle. Une douzaine de mots de réconfort lui montèrent aux lèvres, qu'elle préféra garder pour elle. Alice les aurait accueillis comme des platitudes — ou pire encore, comme des marques de pitié.

— Moi, reprit Alice avec détermination, je ne pense pas être un jour capable d'être mère.

— Pourquoi dis-tu cela ?

— Eh bien... Tu sais — à cause de mes parents.

Meg résista à l'envie de se redresser pour prendre sa pupille dans ses bras. Malgré toute sa bonne volonté, elle n'avait pas de recette miracle pour atténuer sa souffrance. Elle savait en tout cas que ce n'était pas d'elle qu'Alice attendait la tendresse qu'elle n'avait pas reçue. Tout ce qu'elle pouvait faire, c'était faire preuve avec elle d'honnêteté en essayant de lui faire partager les fruits amers de sa propre expérience. En espérant que cela suffirait...

— Les enfants de parents indignes, dit-elle à voix haute et claire, ne deviennent pas fatalement de mauvais parents. Ce type de comportement n'est heureusement pas héréditaire…

En butte à son silence têtu, Meg prit une longue inspiration et ajouta :

— Tes parents ont un sérieux problème avec l'alcool. Cette dépendance les domine entièrement, eux et leurs actions.

— Oui, je sais…, fit Alice en tirant nerveusement sur les franges du tapis. Mais ce genre de choses peut aussi se transmettre de génération en génération.

— Pas ce genre de *comportement*, corrigea Meg. C'est un comportement acquis, et non inné. Chacun peut choisir de reproduire ou non les erreurs de ses parents.

Il lui suffisait de voir l'air buté de sa pupille pour comprendre qu'elle restait insensible à ses paroles. Comme elle avait déjà pu le remarquer, Alice semblait s'être résignée à hériter des tares de ses géniteurs. Une telle résignation emplissait d'autant plus Meg de colère qu'elle était le fait d'une jeune fille aussi intelligente qu'aimable.

Alice était à la croisée des chemins. Elle pouvait travailler dur pour se construire un avenir brillant et heureux. Ou elle pouvait tout aussi bien baisser les bras et choisir de n'être qu'un maillon dans la chaîne de malheur formée par sa propre famille.

Incapable de réfréner plus longtemps ses élans, Meg serra entre les siennes les mains de sa pupille.

— Regarde-moi, Alice.

Elle attendit qu'elle se décide enfin à soutenir son regard pour confesser :

— Mes parents aussi étaient alcooliques.

A la stupeur qu'elle lut dans son regard, Meg devina qu'elle avait réussi à capter l'attention de la jeune fille.

— Sans blague..., murmura-t-elle.

— Je te jure que c'est vrai. Mon père s'est même tué en prenant la route alors qu'il était ivre. Il était chauffeur de taxi. Du moins quand il travaillait.

— Tu ne m'en as jamais parlé.

— Je n'aime pas en parler. Je préfère laisser le passé reposer en paix.

Alice hocha la tête d'un air pensif et marmonna :

— Je savais que les Niven n'étaient pas tes... Je veux dire que je savais qu'ils t'avaient adoptée. Mais je pensais...

— Qu'ils m'avaient recueillie quand j'étais bébé ?

— Oui.

— J'avais cinq ans quand ma mère m'a confiée à eux pour ne plus jamais revenir.

Troublée, Alice baissa la tête et fixa leurs mains jointes.

— Comment était-elle ? Ta vraie mère ?

— C'est Eileen Niven, ma vraie mère.

— Mais..., protesta Alice, en proie à la confusion. Tu viens de me dire que...

Amusée, Meg serra une dernière fois les mains de sa pupille entre les siennes avant de les lâcher.

— Il ne suffit pas de donner le jour à un enfant pour devenir sa mère, expliqua-t-elle avec un sourire bienveillant. Une véritable mère nourrit, protège, console, éduque, chérit. Une véritable mère essuie les larmes, guérit les bobos, enseigne des valeurs. Une véritable mère fait passer les besoins de son enfant avant les siens. Toutes choses que la femme qui m'a donné le jour n'a jamais fait. Pour tout ce qui compte vraiment, Eileen Niven *est* ma véritable mère.

Comme si elle hésitait à poser une question qui lui brûlait les lèvres, Alice lissait sans fin du plat de la main le devant de son sweat-shirt.

— Meg ? demanda-t-elle enfin. Est-ce que... cette autre femme te battait ?

— Oui, répondit Meg sans détour.

— Est-ce qu'elle t'insultait, t'humiliait, te menaçait ?

— Oui. Et pendant longtemps, j'ai cru que c'était ainsi qu'une mère devait se comporter.

Les yeux embués, Alice cligna des paupières et détourna le regard.

— Et pour finir, conclut-elle d'une voix dure, elle t'a abandonnée ?

Luttant elle aussi contre les larmes qui lui brûlaient les paupières, Meg secoua la tête.

— Elle s'est débarrassée de moi, Alice. Elle n'a même pas eu la décence de m'abandonner, au sens légal du terme, afin que je puisse être adoptée — elle ne se souciait pas assez de moi pour cela.

Délaissée, Amanda commença à se plaindre sur le tapis. Meg sauta sur l'occasion pour la prendre dans ses bras et la consola autant qu'elle se consola elle-même en la berçant contre sa poitrine. Aussitôt, le bébé se calma, fixant sur elle ses grands yeux innocents.

— Pour moi, reprit-elle, ce fut l'ultime preuve que je n'avais pas suffisamment de valeur pour que ma mère me garde auprès d'elle. Au moins, quand elle me battait, je bénéficiais de son attention... Je comprends aujourd'hui que ce n'était pas moi qui posais problème, que je ne souffrais d'aucune déficience qui m'aurait rendue indigne d'être aimée.

Meg baissa les yeux sur le visage réjoui et confiant d'Amanda et lui sourit.

— Mais il m'a fallu du temps pour l'admettre, reprit-elle. Tous les enfants savent intuitivement que leurs parents sont censés les aimer et les protéger. Et quand ils ne le font pas...

— Ça fait mal, conclut Alice à sa place. Très mal.

Meg pressa ses lèvres sur la tempe d'Amanda, emplissant ses narines de sa douce odeur de bébé. Ce parfum unique de pureté et d'innocence lui procurait immanquablement un sentiment de paix, de plénitude, qui la comblait.

— Oui, admit-elle à mi-voix. Très mal...

Le silence retomba entre elles. Du bout du doigt, Alice dessinait dans l'épaisseur du tapis des motifs complexes, qu'elle effaçait du plat de la main aussitôt après.

— Et ton père ? s'enquit-elle enfin.

— Il était plus gentil qu'elle, répondit Meg. Sans doute parce qu'il avait le vin gai...

Malgré elle, Meg sourit en se remémorant le grand homme fort qui dans ses meilleurs moments l'avait fait sauter dans ses bras et s'était amusé avec elle.

— Autant que je m'en souvienne, conclut-elle d'une voix lointaine, tout allait mieux quand il vivait encore.

— Alors il ne t'a pas...

Alice poussa un long soupir, incapable de conclure. Meg l'avait comprise à mi-mots. Parfois, il lui arrivait de remercier Dieu d'avoir échappé dans son malheur à cette ultime maltraitance. Alice lui avait confié n'avoir pas eu cette chance. Meg ne l'en admirait que plus d'avoir pu se sortir de ses dix-sept années de malheur avec aussi peu de séquelles.

— Non, répondit-elle enfin. Il n'a pas…

— J'en suis heureuse pour toi.

Le sourire qui ponctua cette remarque prouvait à quel point elle était sincère. Une nouvelle fois, Alice tendit le bras, mais cette fois sa main ne se retira pas avant d'avoir effleuré du bout de l'index la menotte potelée d'Amanda.

— Tout ce qui s'est passé avec ta mère…, reprit-elle. Voilà pourquoi il était tellement important pour toi d'avoir un bébé, n'est-ce pas ? Parce que tu voulais expérimenter par toi-même l'amour maternel qu'elle n'avait su te donner.

Meg voulut lui répondre mais les sanglots qui lui bloquaient la gorge l'empêchèrent de le faire. Alors, elle se contenta de hocher affirmativement la tête. Malgré son jeune âge, sans doute à cause des expériences traumatisantes qu'elle avait vécues, Alice l'étonnait toujours par sa maturité et par la justesse de ses jugements sur les autres.

— C'est bien, commenta la jeune fille d'une voix lointaine. Je veux dire… Je peux le comprendre. Mais comment savais-tu que… tu ne serais pas comme elle ?

Avant de répondre, Meg installa le bébé à deux doigts de s'endormir sur son épaule et lui caressa doucement le dos.

— Je savais que je ne serais pas comme elle, parce que je m'étais juré de ne pas l'être.

Alice s'éclaircit la gorge et fixa Meg droit dans les yeux.

— J'ai du mal à comprendre..., avoua-t-elle. Comment as-tu fait, avec l'enfance que tu as connue, pour devenir si forte ?

A ces mots, Meg faillit éclater de rire, se rappelant de justesse la présence d'Amanda assoupie tout contre elle. Par quel miracle pouvait-elle donner l'impression d'être forte, alors qu'elle ne cessait de se reprocher ses faiblesses ?

— Au prix de beaucoup de volonté, je suppose. Mais également grâce à l'écoute et aux conseils avisés d'une psychothérapeute attentive. Quelques rencontres opportunes m'ont également beaucoup apporté.

— Quelques rencontres opportunes..., répéta Alice d'un air songeur.

Durant quelques secondes, elle parut méditer ses paroles, puis se redressa et prit une longue inspiration.

— Dès notre première rencontre dans ce parc, dit-elle, je me suis demandé pourquoi tu tenais tant à me venir en aide. La suite a prouvé que tu n'avais rien à y gagner... Par ma faute, ton mariage a périclité et ta vie en a été bouleversée.

— Ne dis pas de bêtises ! s'impatienta Meg. Le fait que nous nous soyons séparés, Royce et moi, n'a rien à voir avec toi. Et tu as suffisamment de valeur par toi-même pour qu'on puisse avoir envie de t'aider. Tu es quelqu'un de bien, Alice. Tu mérites que l'on t'aime et que l'on prenne soin de toi...

Alice se redressa d'un bond, le rouge de la colère aux joues.

— Tu dis toujours ça ! s'écria-t-elle. Tu l'as tant répété que tu as fini par y croire… Mais personne d'autre que toi n'aurait fait ce que tu as fait — ce que tu continues à faire — pour moi. Toutes les bonnes âmes censées me venir en aide se sont détournées de moi. Ma famille elle-même m'a laissée tomber. La vérité, c'est que tu m'as prise sous ton aile parce que j'en avais désespérément besoin — mais aussi parce que *tu* en avais besoin, autant que moi…

Meg retint son souffle, frappée de plein fouet par l'acuité et la sagesse de ces paroles. *Elle avait besoin d'Alice autant qu'Alice avait besoin d'elle.* Comment avait-elle pu ne pas le comprendre plus tôt ?

— J'ai raison ? insista-t-elle.

Meg hocha la tête et soutint sans ciller le regard de sa pupille.

— Je n'y ai jamais pensé en ces termes, mais tu dois être dans le vrai…

Une étrange expression fulgura sur les traits de la jeune fille. Du menton, elle désigna Amanda qui commençait à s'agiter et conclut :

— On dirait qu'elle a faim.

Meg berça le bébé pour le calmer.

— Oui, dit-elle. Je ferais mieux d'aller lui préparer un biberon.

— Je m'en allais, de toute façon…

Soudain sur la réserve, le ton hostile et le visage fermé, Alice ramassa son blouson et fit volte-face pour se diriger vers la porte. Inquiète, Meg lui emboîta le pas.

— Alice ? s'inquiéta-t-elle. Ça va ?

— Super..., maugréa-t-elle.

Après avoir ouvert la porte, elle pivota sur ses talons et lui fit face.

— Toi et M. Adler, vous allez vous réconcilier, pas vrai ?

Meg écarquilla les yeux.

— Où es-tu allée pêcher une idée pareille ?

— Réponds-moi ! insista Alice, levant fièrement le menton. Est-ce vrai ou non ?

Meg n'eut pas à y réfléchir longtemps. Il lui suffit de songer à la nuit de Thanksgiving et au désastre qui en avait résulté pour comprendre que Royce et elle n'étaient même pas capables de partager un repas et une conversation anodine sans finir par échanger des mots blessants.

— Non, répondit-elle en secouant la tête. Cela ne risque pas d'arriver.

— A cause de moi...

— Non. A cause de Royce et moi. A cause de ce que nous sommes tous les deux. A cause de ce que nous n'arrivons pas à être ensemble.

L'air dubitatif, Alice soutint encore un instant son regard avant de s'éclipser sans un mot.

8.

Tout en se reprochant d'avoir ingurgité trop de café, Royce se glissa dans la cuisine silencieuse de la maison endormie. Bien qu'il fût près de 2 heures du matin et en dépit d'une journée chargée, il n'avait toujours aucune envie de dormir.

Précautionneusement, il referma la porte derrière lui. Hormis la lueur jaunâtre d'une veilleuse, la pièce était plongée dans le noir. En un geste automatique, sa main se tendit pour actionner l'interrupteur, puis il se ravisa. L'obscurité convenait bien plus à son humeur du moment que la lumière vive du plafonnier.

Il se rendait compte qu'il était d'une humeur massacrante et, comme pour se débarrasser d'un fardeau, il secoua vivement les épaules pour se débarrasser de son manteau, qu'il posa sur un dossier de chaise. Il n'avait pas connu une nuit de sommeil digne de ce nom depuis Thanksgiving. Et le café, songea-t-il, avait bon dos… Pour être honnête, l'effet produit sur lui par Meg expliquait bien plus ses insomnies que la caféine.

Royce se laissa choir pesamment sur une chaise et passa une main lasse sur son visage. La soirée qu'ils avaient partagée l'avait déstabilisé bien plus qu'elle ne l'aurait dû, bien plus qu'il ne l'aurait cru possible. Il avait suffi de quelques mots, de quelques gestes, de quelques regards, pour que Meg redevienne à ses yeux plus réelle et désirable qu'elle ne l'avait jamais été.

Devant cette cheminée, dans ce salon où ils avaient passé tant de moments heureux ensemble, il avait retrouvé celle qui avait su le toucher comme nulle autre ne l'avait fait, celle qu'il avait épousée sans hésiter, dans un tourbillon de passion.

Hélas, comme la suite l'avait prouvé, ils avaient également renoué avec leurs conflits, leurs disputes et leurs problèmes. Laissés à vif par leur séparation, comme braise sous la cendre, ceux-ci n'avaient attendu que cette occasion pour se ranimer. A peine avaient-ils fait un pas l'un vers l'autre qu'il leur avait fallu faire marche arrière, la rage au ventre et le cœur en berne.

Agacé de la tournure prise par ses pensées, Royce se leva pour faire les cent pas. S'il était déjà arrivé une fois à sortir Meg de sa vie et de ses pensées, décida-t-il, il pouvait tout aussi bien y parvenir encore. Il suffisait d'y mettre suffisamment de concentration et d'opiniâtreté. Leur mariage était bel et bien terminé. Il avait compris ses erreurs, tiré les leçons du passé. Et il ne se laisserait dorénavant plus distraire de la raison pour laquelle il avait accepté de réintégrer cette maison.

Et pourtant, songea-t-il avec découragement, à quoi lui servirait d'accepter intellectuellement la nécessité de leur rupture s'il continuait à la désirer avec une telle intensité ?

Plus frustré que jamais, Royce fit halte au milieu de la pièce et pressa contre ses paupières closes le dos de ses mains. Le désir ne se laissait pas aussi facilement mettre en cage que les sentiments… C'était un animal sauvage, qui ne se laissait pas dompter. Et celui que Meg lui inspirait depuis qu'il était revenu n'avait rien d'une pâle réminiscence de leur amour passé…

Il avait désespérément envie d'elle, à chaque instant, de toutes les fibres de son être. Chaque nuit il demeurait en sueur entre ses draps, incapable de trouver le sommeil à force de l'imaginer nue dans ce lit qui avait si longtemps été également le sien. Savoir que seules quelques cloisons les séparaient était une véritable torture qui le laissait aux petites heures du jour le cœur battant, les reins douloureux d'un désir inassouvi et les yeux brûlant de sommeil.

Royce laissa échapper un soupir d'exaspération. La situation était aussi pénible que ridicule. Ses réactions étaient bien plus celles d'un gamin inexpérimenté que celles d'un adulte accompli. Ce n'était pas comme s'ils n'avaient jamais été mariés. Il lui semblait connaître chaque repli du corps de Meg aussi intimement qu'il connaissait le sien — c'était bien cela qui lui posait problème. Comment renoncer à de telles délices après y avoir goûté ?

Mais les choses auraient été beaucoup plus simples, bien moins incontrôlables, s'il n'avait eu que ce simple désir physique contre lequel lutter. Hélas, d'autres sentiments, d'autant plus terrifiants que plus profonds et plus durables, l'attachaient à elle. Et aucune de ses tentatives pour s'accrocher à la certitude qu'il n'existait plus rien entre eux n'y pourrait rien changer…

En proie à une vive agitation, Royce tira sur son nœud de cravate pour le desserrer. Il lui fallait se reprendre, décida-t-il, tant qu'il en était encore temps. Après tout, il ne ressentait pour Meg que ce qu'il ressentirait pour n'importe quelle autre femme dans sa position. S'il lui prenait l'envie de la réconforter, de se pencher sur elle pour lui masser le dos, de laisser courir ses doigts sur ses muscles las jusqu'à ce que toute fatigue ait disparu, c'était tout simplement parce qu'il était un être humain doué de compassion.

Jour après jour, il était bien placé pour constater la somme de travail et de tracas divers que représentait l'arrivée d'un bébé dans une maison. Meg, elle non plus, n'avait plus connu une nuit de sommeil complète depuis qu'Amanda lui avait été confiée. Et durant la journée, il lui restait la bonne marche de la maison à assurer, ainsi que d'occasionnels travaux de pâtisserie pour le coffee shop, sans parler de la responsabilité que constituait la présence d'Alice sous son toit.

Avec le sentiment pénible de se laisser aller à la sensiblerie, Royce se redressa et jura entre ses dents. Meg s'était elle-même placée dans cette situation, se rappela-t-il, elle l'avait choisie, appelée de tous ses vœux. Pourquoi aurait-il dû se sentir responsable lui aussi ?

D'un geste sec, il ouvrit la porte du réfrigérateur. Peut-être un verre de lait froid l'aiderait-il à trouver le sommeil ? L'alignement de biberons pleins qui lui apparut aussitôt suffit à lui faire oublier son envie. Se maudissant de le faire mais incapable de s'en empêcher, il saisit l'un d'eux, le fit tourner dans sa paume, en éprouva le poids et la fraîcheur.

Sans trop savoir pourquoi, il versa une goutte sur le dos de sa main, comme il avait vu Meg le faire, et en approcha les narines. L'odeur était douce, plus forte que celle du lait. Avant de réaliser ce qu'il était en train de faire, il lécha le lait maternisé et fit la grimace. Comment Amanda pouvait-elle se régaler d'une telle horreur ? Royce remit le biberon en place et sursauta en entendant à l'étage le bébé se mettre à pleurer. L'horloge murale indiquait 2 heures.

Haussant les épaules, il se pencha pour saisir la bouteille de lait, mais inexplicablement sa main dériva pour s'emparer de nouveau du biberon. Comme dans un rêve, il se vit le placer dans le micro-ondes et le réchauffer. Et sans se laisser le temps de se trouver ridicule, il monta les escaliers quatre à quatre jusqu'à la chambre d'Amanda.

Comme à chacun de ses réveils, celle-ci poussait des cris à réveiller un mort. Inexplicablement, ils n'avaient pourtant pas suffi à tirer Meg du sommeil. Royce marcha jusqu'au berceau. Avec une aisance qui le stupéfia lui-même, il repoussa les couvertures et prit le bébé dans ses bras.

— Chut ! murmura-t-il. Tout va bien... Je suis là maintenant.

Mais loin de se calmer, Amanda redoubla de pleurs, le visage empourpré, raide et tremblante de rage entre ses bras. En butte à ce petit être obstiné dont il ignorait tout, Royce se sentit soudain stupide et empoté. Ce qu'il savait au sujet des bébés aurait pu tenir en trois lignes...

— Chuuuut ! dit-il de nouveau, faute de mieux. Laissons ta maman dormir un peu. Elle est tellement fatiguée…

Parfaitement insensible à cet argument, aussi raide entre ses bras qu'un bout de bois et aussi déchaînée qu'un chat pris au piège, Amanda continua à pleurer. Tout en essayant de la bercer gauchement, Royce se maudit d'avoir commis une telle erreur.

A l'évidence, c'était de sa mère et de sa mère seule dont ce bébé avait besoin. A présent qu'il l'avait sortie de son lit, n'était-elle pas supposée cesser son vacarme ? Sans doute ne savait-il pas s'y prendre, conclut-il avec découragement. Qu'allait-il pouvoir dire à Meg pour expliquer sa déroute ?

En désespoir de cause, de peur qu'elle ne s'étouffe à force de crier, il marcha jusqu'au rocking-chair et s'y assit. Dès qu'il eut présenté la tétine à ses lèvres, à sa grande surprise, Amanda se calma et se mit à téter avec voracité.

Royce la contempla avec étonnement. Tout en vidant à grands traits son biberon avec force bruits de bouche, elle tremblait entre ses bras de soulagement. Bientôt, l'étonnement fit place en lui à l'amusement. S'il avait commis une erreur la concernant, c'était une erreur d'appréciation. Elle n'avait que faire de ses bras et n'aspirait à rien d'autre qu'à se remplir la panse…

Avec un sourire attendri, Royce laissa ses doigts courir dans les courtes boucles brunes. Elle était si petite et si confiante, si douce et si tendre, mais en même temps si forte et déterminée à vivre… Une boule d'angoisse se forma dans sa gorge en constatant qu'elle le regardait. Les yeux levés vers lui étaient emplis d'une expression qu'il était impossible d'ignorer — une expression d'adoration. Personne, pas même Meg, ne l'avait jamais regardé ainsi.

En vain Royce tenta-t-il de se défendre du torrent d'émotions qui déferlait en lui. A cet instant, il se sentait l'âme d'un roi et le corps d'un géant — trois mètres de hauteur et prêt à conquérir le monde... Comment diable, s'étonna-t-il, pouvait-elle lui faire tant d'effet avec juste deux grands yeux bleus ?

Sans cesser de lui sourire, il secoua la tête et murmura sur un ton de reproche :

— Sais-tu que tu n'es pas censée me regarder ainsi ? Je suis un homme insensible au cœur gelé comme un iceberg. Demande à ta maman, elle te le dira...

Pour toute réponse, Amanda cligna des paupières et redoubla d'énergie pour vider son biberon. Royce la serra un peu plus fort contre lui et lança le rocking-chair d'un coup de talon. Les minutes passèrent et le bébé commença à être rassasié. Il le comprit en la voyant téter avec moins d'enthousiasme, cligner des paupières avec insistance, s'abandonner contre lui et détendre ses petits poings serrés.

— Ma petite Manda..., se surprit-il à murmurer en lui caressant la joue. Pourquoi faut-il que tu sois si mignonne ?

— Royce ?

Avec un curieux sentiment de déjà-vu, Royce leva précipitamment la tête et découvrit Meg sur le seuil. D'une main, elle tenait un biberon et tentait de l'autre de rassembler sur sa poitrine les pans du peignoir qu'elle avait enfilé en hâte, la soie dessinant avec une précision affolante les contours de sa silhouette. Tout ébouriffés, ses cheveux cascadaient librement sur ses épaules et jusque dans son dos.

Les sens en alerte, Royce s'efforça de soutenir sans ciller le regard incrédule qu'elle posait sur lui.

— Je n'étais pas couché..., expliqua-t-il à mi-voix. J'ai pensé que tu avais bien besoin de dormir.

Quelque peu remise de sa surprise, Meg fit un pas dans la pièce. D'un geste déterminé, elle repoussa les cheveux qui s'obstinaient à lui tomber dans les yeux.

— Je l'ai entendue se mettre à pleurer, expliqua-t-elle, puis s'arrêter...

Royce perçut dans sa voix un soupçon de panique et s'excusa.

— Désolé de t'avoir effrayée. Je ne pensais pas... Je voulais juste...

Avec le sentiment de se conduire en idiot, il secoua la tête et renonça à conclure.

Attendrie qu'il ait cherché à l'aider, en dépit de la promesse qu'il s'était faite de ne pas s'occuper du bébé, Meg approcha du rocking-chair.

— Elle s'est rendormie ? s'enquit-elle à mi-voix.

Troublé, Royce détourna le regard et reporta son attention sur Amanda.

— Je crois, chuchota-t-il. Mais je n'en suis pas sûr.

Aux anges, Meg souriait de le voir bercer le bébé dans ses bras comme s'il n'y avait rien là que de très naturel, comme s'il l'avait déjà fait des dizaines de fois et ne faisait qu'exercer son rôle de père. Ne l'avait-elle pas entendu l'appeler sa *petite Manda* ?

Jamais elle n'aurait imaginé qu'il fût capable d'une telle tendresse.

Doucement, Meg se pencha pour soustraire le biberon vide qu'Amanda, endormie, serrait encore entre ses lèvres. Avec un petit soupir de bien-être, celle-ci se laissa faire et se blottit contre la poitrine de Royce.

— Elle est belle, n'est-ce pas ?

La gorge sèche, Royce releva la tête et croisa le regard attendri de Meg.

— Oui, reconnut-il. Magnifique...

Le pouls de Meg s'affola. Dans ses yeux, elle avait surpris une émotion qu'elle n'y avait plus vue depuis longtemps, qu'elle n'aurait même jamais pensé y revoir un jour.

— Et maintenant ? murmura-t-il. Que suis-je censé faire ?

Choisissant de croire qu'il parlait du bébé, Meg expliqua :

— Lui faire faire son rot.

— Comme ceci ?

D'un geste plein d'assurance, Royce jucha le bébé endormi sur son épaule et lui tapota doucement le dos, sans quitter un instant Meg des yeux.

— Comme ceci..., confirma-t-elle en s'efforçant de ne pas ciller.

Interminables, les secondes s'écoulèrent sans que ni l'un ni l'autre ne détourne le regard. Meg, la première, céda au besoin de rompre le charme. Les jambes tremblantes, elle marcha jusqu'au berceau et prit prétexte de remettre en place la literie pour tenter de récupérer ses esprits. Inspirant profondément, elle se remémora la soirée de Thanksgiving et cela suffit à la convaincre de se montrer prudente.

Cela ne l'empêcha en rien de sentir son cœur s'emballer quand Royce la rejoignit. Ensemble, ils changèrent la couche d'Amanda et la mirent au lit avec d'infinies précautions pour ne pas la réveiller. Tout le temps qu'ils s'activèrent, Meg fut douloureusement consciente de la présence de Royce auprès d'elle, du rythme de sa respiration, de la chaleur de son corps.

— Meg...

Sur ses lèvres, son nom sonnait comme une prière, et toute prétention à la prudence disparut de son esprit dès qu'elle l'entendit. D'un bloc, elle fit volte-face et se coula contre lui.

Après tout ce temps, songea-t-elle tandis que les lèvres de Royce retrouvaient tout naturellement le chemin des siennes, elle était de retour dans l'abri très sûr de ses bras. Un frisson de plaisir lui parcourut l'échine. Ce baiser était pour elle comme un retour aux sources, un retour à la vie après un séjour aux enfers. Tout entière livrée à lui, elle glissa les doigts dans ses cheveux et s'abandonna au baiser.

Royce s'entendit gémir de plaisir. Le peignoir de Meg était fin, sa chemise de nuit plus fine encore. A travers le tissu, il pouvait sentir contre sa poitrine les battements de son cœur, les pointes durcies de ses seins. Il n'aspirait plus qu'à la caresser, qu'à la goûter, qu'à l'embrasser tout son soûl. Il la désirait tant que cela lui faisait mal de devoir patienter.

Impatiente, sa bouche quitta les lèvres de Meg pour s'attarder sur sa joue, puis contre le lobe de son oreille. Ses mains glissèrent de ses épaules au bas de son dos, et au-delà… Il lui semblait revenir après une longue absence arpenter un pays connu de lui seul, soulagé de constater que son corps n'ait pas changé d'un iota durant leur séparation. Murmurant tout bas son nom, il laissa ses mains s'emparer de ses fesses dans un geste possessif, l'attirant tout contre sa virilité dressée.

Meg gémit à son tour, serra plus fort ses doigts dans les cheveux de Royce. Il la faisait se sentir comme elle ne s'était plus sentie depuis la dernière fois qu'il l'avait serrée ainsi contre lui — chérie, désirée, protégée. Elle avait besoin de lui, comme elle ne pouvait avoir besoin d'aucun autre homme. Amenées par cet aveu, les premières larmes débordèrent de ses yeux et commencèrent à rouler sur sa joue.

Les mains posées contre la poitrine de Royce, Meg s'écarta pour scruter l'expression de son visage. Son désir, elle pouvait le sentir et le partageait. Elle-même, elle n'était pas très loin de s'embraser. Mais ce qu'elle voulait sonder, c'était les profondeurs de son cœur. Que ressentait-il à cet instant pour elle ?

Le souffle court, Royce soutint son regard. Il ne fit pas une tentative pour resserrer son étreinte, pour passer outre à son hésitation. C'était à elle, à elle seule, de prendre la décision. Meg ferma les yeux, crispa les poings dans le coton de sa chemise et tendit ses lèvres vers lui. Il les prit avec une violence, une passion qui les fit chanceler tous deux.

Quand leurs lèvres se séparèrent, Meg le repoussa une fois encore, pantelante de désir mais en proie à l'incertitude.

— Que… que sommes-nous en train de faire ? dit-elle dans un souffle.

— Qu'est-ce que ça peut faire ! s'impatienta Royce.

— Beaucoup..., répondit-elle en posant ses mains à plat contre sa poitrine. Cela peut faire beaucoup.

Royce noua ses doigts dans ses cheveux. Elle avait raison, bien sûr. Le pas qu'ils s'apprêtaient à franchir pouvait tout changer entre eux. Il aurait voulu pouvoir croire le contraire, lui prouver que leur folie d'un soir serait sans conséquence, mais il ne pouvait se mentir ni lui mentir. Il s'était promis — il lui avait promis — de ne pas s'engager, de ne jamais oublier pourquoi il était revenu vivre chez eux. Et pourtant, n'était-il pas sur le point de faillir à sa promesse ?

Avec un grognement de colère et de frustration, Royce attire Meg tout contre lui une fois encore. A cette seconde, plus rien n'importait que de la sentir entre ses bras, chaude et disponible et sur le point de perdre tout contrôle. Peu importait l'avenir, la seconde, la minute d'après — il serait toujours temps, plus tard, lorsqu'ils se retrouveraient tous deux confrontés à ce qu'ils avaient fait, de s'en soucier. Incapable de résister plus longtemps au désir, il écrasa ses lèvres contre les siennes avec une brutale détermination.

Sous la violence de l'assaut, Meg se sentit prendre peur. Indéniablement, il y avait de la passion dans ce baiser, mais aussi de la colère et de la rancœur. Il se détestait de ne pouvoir s'empêcher de la désirer. Meg le savait parce qu'elle ressentait la même chose à son égard... Elle l'embrassait elle aussi avec cette rage impuissante qui ne pouvait que leur faire du mal. Il leur fallait absolument cesser. Elle ne voulait pas d'une étreinte née de la colère ou des regrets. Elle voulait… ce qu'ils avaient autrefois partagé, et qu'ils avaient perdu.

Royce ne relâcha la pression qu'au moment où Meg poussa un gémissement étouffé. Il desserra l'étau de ses bras. Elle s'empressa de reculer d'un pas, portant la main à sa bouche meurtrie.

— Pourquoi ? demanda-t-elle d'une voix chargée de tristesse. Pourquoi ne pouvons-nous pas…

Meg se tut abruptement, l'oreille aux aguets. Depuis le hall d'entrée, le bruit de la porte ouverte et refermée avec un luxe de précautions venait de leur parvenir. Les yeux de Royce croisèrent ceux de Meg, agrandis par la peur.

— Reste ici…, lui ordonna-t-il dans un murmure.

Affolée, Meg le retint par le coude.

— N'y va pas ! Je vais appeler la police…

— Ne t'inquiète pas. Je n'ai pas l'intention de jouer les héros.

Avant de quitter la pièce, Meg vit Royce s'emparer du tabouret en céramique que sa sœur Josie avait offert à Amanda. Malgré le côté dramatique de la situation, elle faillit éclater de rire. Voir son ex-mari jouer les justiciers et emporter pour se défendre un porcelet dodu en tutu rose ne manquait pas de piquant…

Peu décidée à le laisser prendre des risques seul, elle le suivit à quelques pas, prenant garde à ne pas faire grincer les lames du parquet dont elle connaissait tous les secrets. Au bas des escaliers, elle entendit quelqu'un se mouvoir avec précaution. Elle sentit la chair de poule sur sa peau, sa gorge devint sèche et ses mains furent prises de tremblements. Puis le bruit du tabouret se fracassant sur le sol retentit comme un coup de tonnerre dans la maison. Le cœur au bord des lèvres, elle descendit les marches quatre à quatre et fit jouer l'interrupteur. Dans le hall, parmi les débris de céramique, Royce dominait de toute sa masse Alice, effondrée sur le sol et manifestement terrorisée.

Muette de surprise, Meg les contempla tous deux un long moment avant de murmurer :

— Alice ?

— Bon sang ! fulmina Royce en se redressant. Je t'avais demandé de rester là-haut.

Après s'être relevée, Alice se tordit les mains et balbutia :

— Je… je ne voulais pas… j'ai cru que… il m'a fait peur. J'ai cru avoir affaire à un voleur, ou quelque chose comme ça.

Royce haussa les épaules et lui lança un regard noir.

— J'en ai autant à ton service, jeune fille… Un peu plus, et tu avais droit à une bonne raclée.

— Mais…, protesta Meg, perplexe. Je ne comprends pas. Où est le…

Avec la soudaineté de l'éclair, la vérité se fit jour en elle et la colère supplanta la peur dans son esprit.

— Alice…, reprit-elle sur un ton de reproche. Que faisais-tu en bas ? Ou plutôt : que faisais-tu *dehors* ?

La jeune fille croisa les bras et soutint fièrement son regard.

— Rien du tout.

— Où étais-tu ? insista Meg. Avec Damon ?

— J'étais nulle part ! D'accord ?

D'un air de défi, Alice pointa le menton et reprit :

— Et vous deux ? Que faisiez-vous debout si tard ? Des révisions pour l'examen ?

Meg s'efforça de n'en rien laisser paraître, mais le sarcasme l'atteignit de plein fouet. Cela faisait des mois qu'Alice ne s'était pas conduite ainsi avec elle.

— Dans cette maison, répondit-elle fermement, ce n'est pas moi qui suis mineure et qui ai à rendre des comptes. Et ce n'est pas moi non plus qui trahit la confiance qu'on me porte.

— Tu en es sûre ?

Résolument, Alice tenta de s'engager dans l'escalier mais Meg la retint par le bras.

— Je ne tolère pas ce genre de comportement !

— Nous vivons dans un pays libre, non ?

— Peut-être, mais c'est *ma* maison, et on y respecte *mes* lois !

Le rouge de la colère monta d'un coup aux joues d'Alice.

— Alors, je retournerai vivre dans la rue !

— C'est vraiment ce que tu veux ? s'indigna Meg. C'est tout ce que…

— Meg…, l'interrompit Royce en posant une main sur son avant-bras. Laisse-moi faire, je vais m'en occuper.

Instantanément, la colère de Meg changea de cible pour se retourner contre lui.

— Pardon ? s'écria-t-elle en le fusillant du regard. Comme je viens de le dire, c'est ici *ma* maison, et Alice relève uniquement de *ma* responsabilité. Je peux parfaitement m'occuper d'elle… et de tout le reste ! C'est compris ?

Sous le coup de la surprise, le visage de Royce se figea. Ses yeux se réduisirent à deux minces fentes et ce fut d'une voix blanche qu'il répondit :

— Parfaitement compris. Et ne t'inquiète pas, je ne risque plus de l'oublier dorénavant…

9.

Royce referma la porte derrière lui et traversa la rue pour se diriger vers la digue du lac. C'était un jour couvert et froid. Un vent humide le cueillit dès qu'il eut quitté l'abri des murs et il dut remonter le col de son manteau pour s'en protéger.

Rester dans la même maison que Meg quand il ne travaillait pas devenait un tel supplice qu'il lui fallait régulièrement prendre l'air pour se changer les idées. Céder l'autre nuit à la tentation de goûter à ses lèvres s'était révélé être une erreur fatale.

A présent, au lieu de n'avoir que de lointains souvenirs autour desquels broder, son imagination disposait de plus vivaces et troublantes réminiscences. Il lui suffisait de fermer les yeux pour goûter encore aux lèvres de Meg, pour entendre ses petits gémissements de plaisir, et sentir son propre cœur battre à coups redoublés.

Le pire était de constater qu'il désirait plus que tout l'embrasser encore, et qu'il ne connaîtrait pas la paix tant qu'ils n'auraient pas fait l'amour tous les deux. Au cours des derniers jours, il lui avait été difficile de penser à grand-chose d'autre.

A part Amanda…

Royce s'arrêta au bord de la digue et contempla les eaux agitées du lac Pontchartrain, perdu dans ses pensées. Il ne lui était plus possible d'ignorer le bébé dont il avait tout d'abord prétendu ne pas vouloir entendre parler.

Toute la semaine, il avait dû lutter contre le besoin de la prendre dans ses bras, d'aller la réconforter lorsqu'elle pleurait, de la regarder dormir dans son berceau.

Le regard qu'elle lui avait lancé quand il l'avait bercée contre lui le hantait. Un regard qui semblait le prendre à témoin pour lui dire : « Tu vois comme je te fais confiance et comme j'ai besoin de toi, à présent la balle est dans ton camp. »

La plupart du temps, il arrivait à se convaincre que tout ceci était ridicule. Mais de plus en plus souvent, il se surprenait à imaginer ce que la vie pourrait être si…

Pour résister à la vague de nostalgie qui menaçait de le submerger, Royce inspira profondément l'air vivifiant venu du lac et fourra les mains dans ses poches. Tant de choses avaient changé depuis la nuit où ils avaient surpris Alice dans le hall que la jeune fille elle-même commençait à l'intriguer.

Elle était bien la dernière personne à qui il aurait pu s'intéresser. Pourtant, il émanait d'elle une telle détresse et une telle force en même temps qu'il ne pouvait s'empêcher d'éprouver à son égard de la curiosité, voire même une certaine sympathie.

Il avait été impressionné par les changements qui l'avaient métamorphosée en quelques mois, grâce aux bons soins de Meg. La jeune fille méfiante, sournoise et violente qui avait débarqué chez eux presque un an auparavant n'était plus qu'un lointain souvenir.

Intrigué par un coquillage de forme curieuse à ses pieds, Royce se pencha pour le ramasser. Tout en le faisant glisser d'un air pensif entre ses doigts, il songea que le comportement agressif d'Alice l'autre nuit, à la lumière des progrès qu'il avait constatés chez elle depuis son retour, ne manquait pas d'être surprenant. D'une manière ou d'une autre, songea-t-il, l'arrivée d'Amanda avait dû réactiver chez elle quelques vieux démons, quelques vieilles angoisses endormies.

— Bas les pattes ! marmonna-t-il entre ses dents. Ce n'est ni ta maison, ni ta famille, ni ton problème...

Prenant son élan, Royce rejeta le bras en arrière et lança le coquillage aussi loin et aussi fort qu'il le put. Avant même qu'il ait atteint la surface grise du lac, il se retourna pour continuer sa promenade, incapable qu'il était de regagner cette maison dans laquelle il lui était interdit de se sentir chez lui.

Le nez collé à la vitre qu'elle embuait de son souffle, Meg vit Royce traverser la rue et s'éloigner du lac en direction du coffee shop. En le voyant si sombre, elle ne pouvait s'empêcher de se demander à quoi il pensait en ce moment.

Mais comment aurait-elle pu espérer sonder ses pensées alors que les siennes étaient déjà tellement confuses et insondables ?

Royce disparut au coin de la rue. Le cœur en berne, Meg relâcha le rideau pour s'éloigner de la fenêtre. Depuis qu'ils avaient échangé ce baiser plein de fureur et de passion l'autre nuit, elle était constamment sur le point de se mettre à pleurer, écartelée qu'elle était entre l'espoir et le désespoir.

La spontanéité avec laquelle elle avait répondu au désir de Royce l'avait profondément déstabilisée. Même après tout ce temps, malgré tout ce qui s'était passé entre eux, cet homme avait toujours le pouvoir de la bouleverser avec rien de plus qu'un baiser.

Découragée, Meg se laissa glisser sur la chaise de sa coiffeuse. Jusqu'à ce qu'elle retrouve le piège de ses bras, il lui avait été possible de prétendre que tout était fini entre eux. Maintenant, le mieux qu'elle eût à espérer, c'était qu'il se tiendrait suffisamment éloigné d'elle pour ne pas succomber à la tentation.

D'un regard absent, Meg contempla son reflet dans le miroir qui lui faisait face. Il lui avait été plus facile de ne pas aimer un homme incapable de se laisser toucher par la vue d'un enfant innocent. Mais à présent qu'elle avait surpris l'expression émerveillée de son visage tandis qu'il berçait Amanda, qu'elle l'avait entendu l'appeler *petite Manda*, comment aurait-elle pu encore croire à cette soi-disant indifférence ?

Il ne lui restait plus qu'à se raisonner en se rappelant qu'elle n'était pas la femme dont il avait besoin. Une fois déjà, ils s'étaient rendus malheureux. Cela ne lui suffisait-il donc pas ? Et pourtant, vivre aux côtés de Royce, même pour cette vie de couple en trompe-l'œil qu'ils menaient depuis son retour, comblait en elle quelque besoin enfoui.

A ce point que dans ses accès de faiblesse, il lui prenait presque l'envie de courir le risque d'essayer encore, de faire une nouvelle tentative de vie commune pour lui prouver qu'après tout elle était bien la femme qu'il lui fallait…

Saisie par un frisson, Meg se frotta frileusement les bras. Qui espérait-elle tromper avec de telles lubies ? Comment pouvait-elle se leurrer au point d'imaginer qu'il leur serait possible cette fois de surmonter leurs différends ? Sur le fond, ils n'avaient ni l'un ni l'autre bougé d'un iota. Et Royce ne l'aimait pas…

L'œil rivé au miroir, Meg vit derrière l'image d'elle-même qu'il lui renvoyait d'autres images issues du passé. Toutes les maladresses dont elle s'était rendue coupable aux côtés de Royce à diverses occasions, familiales ou professionnelles. Le mécontentement qui n'avait cessé de grandir en lui et dont elle ne pouvait que lire l'évolution au fond de ses yeux. Les lèvres pincées de Mme Adler mère quand elle avait prédit : « Cela ne durera pas. » Et la silhouette de celle qu'elle avait si rarement appelée « maman », quittant la maison des Niven en la laissant derrière elle, pour ne plus jamais y revenir.

Meg essuya d'un geste rageur les larmes qui lui maculaient les joues et retint un rire grinçant. Comment Alice pouvait-elle s'imaginer qu'elle était forte ? Cela aurait pu être risible si ce n'était si pitoyable… Risible aussi, sa prétention à avoir laissé derrière elle le passé reposer en paix. Si tel était le cas, que faisait-elle là, à quelques jours de Noël, à ressasser de vieilles histoires en s'apitoyant sur son sort ?

Décidée à se ressaisir, Meg se redressa sur sa chaise et piocha un mouchoir dans le distributeur pour se sécher les joues. Elle avait assez perdu de temps. Il ne lui était possible de rattraper ni les erreurs de sa mère ni celles qu'elle avait commises dans son mariage. En revanche, le choix lui appartenait de se mettre en route et d'aller de l'avant.

En se lançant résolument dans les premières tâches de la journée — toilette, habillage, maquillage —, c'est ce qu'elle fit. Amanda s'éveilla fort à propos quand elle en eut terminé et Meg prit tout son temps pour jouer avec elle en lui donnant son bain et les soins quotidiens. Elles étaient toutes deux pimpantes et descendaient l'escalier pour se préparer un biberon et un solide petit déjeuner quand Meg entendit claquer des portières de voiture dans l'allée.

En hâte, elle alla installer Amanda en sécurité dans son parc dans le salon et courut à la porte voir qui arrivait.

— Maman ! Papa ! s'exclama-t-elle. Qu'est-ce que vous faites ici ?

— Bonjour, ma chérie..., répondit Eileen Niven en venant vers elle. J'espère qu'on ne te dérange pas ?

— Pas du tout ! En fait, votre visite est tout à fait ce dont j'ai besoin par cette journée froide et grise... Entrez !

Le break de Louise vint se garer juste derrière la Ford de ses parents et les deux jumeaux de sa sœur, Jacob et Joshua, en bondirent tels deux diables de leur boîte à malice. De l'arrière du véhicule dépassait la cime d'un sapin de bonne taille.

— Louise ? s'étonna Meg. Je croyais que ton arbre de Noël était prêt depuis Thanksgiving...

— Il l'est, répondit-elle en descendant du véhicule. Celui-ci est pour toi.

Sur le ton de la confidence, Eileen expliqua :

— Nous savions que tu avais été trop occupée pour t'en occuper, et ton père ne pouvait supporter l'idée qu'il n'y ait pas encore d'arbre de Noël dans ton salon.

Avec un sourire fier, sa mère lui tendit un large plat recouvert d'une feuille d'aluminium.

— Cookies et cakes aux fruits, dit-elle. Exactement comme tu les aimes.

Les yeux de Meg s'embuèrent instantanément.

— Oh, maman ! T'ai-je dit récemment à quel point je t'aime ?

Les joues d'Eileen Niven se colorèrent de plaisir tandis que Meg les embrassait avec effusion.

— Je t'aime aussi, Megan Katherine. A présent...

D'un air réjoui, la vieille dame frotta ses mains gantées l'une contre l'autre et ajouta :

— Où est ma petite-fille ? Je meurs d'envie de lui prouver à quel point je l'aime, elle aussi...

— Dans le salon..., indiqua Meg en regardant sa mère et sa sœur s'engouffrer dans la maison.

Puis, se tournant vers son père qui commençait à s'activer à l'arrière du break de Louise :

— Papa ? Tu viens ?

— Dès que j'aurai réussi à me rendre maître de ce sapin ! Tu peux m'envoyer Royce pour m'aider ?

Meg déglutit péniblement mais parvint à garder le sourire.

— Royce ? répéta-t-elle. Il n'est pas là. Il est parti... chercher le journal.

Dès que ce mensonge eut franchi le seuil de ses lèvres, elle le regretta. A présent, elle n'avait plus qu'à prier pour que Royce ne tarde pas trop à rentrer.

— Laisse donc cet arbre pour le moment, reprit-elle. Et viens prendre le café avec nous. Royce t'aidera tout à l'heure à l'installer.

A l'intérieur, chacun eut bien vite fait de trouver ses marques. Eileen Niven, aux anges, paraissait plus jeune de vingt ans et ne lâchait plus Amanda. Brandissant des épées imaginaires, les jumeaux se battaient à grand bruit dans l'escalier. Louise et son père, comme chaque fois qu'ils en avaient l'occasion, se disputaient à propos des initiatives de politique étrangère du Président. Tout en donnant le change à tout ce petit monde, Meg, quant à elle, surveillait discrètement la pendule — et priait…

Finalement, un bruit de clé dans la serrure de la porte d'entrée se fit entendre. Meg se dressa sur ses jambes et se hâta vers le hall pour prévenir Royce de ce qui l'attendait mais celui-ci, plus rapide qu'elle, apparaissait déjà au seuil du salon.

— Royce, chéri ! lança-t-elle en se précipitant pour passer un bras sous le sien. Te voilà de retour…

Les yeux ronds, Royce la contempla d'un air inquiet.

Meg ne lui laissa pas le temps d'exprimer sa surprise.

— Tu sais quoi ? Mes parents sont venus nous rendre une petite visite. Et ils nous ont apporté un sapin pour Noël… C'est gentil, non ?

Avant que Royce ait pu répondre, Billy Niven émergea de la cuisine et s'avança à sa rencontre.

— Royce ! Comment va, fils ?

Royce se prêta volontiers à la franche poignée de main qu'il lui offrait.

— Tu n'as pas trouvé ton journal ? s'étonna le père de Meg. Le marchand a dû être dévalisé...

A la dérobée, Royce capta le regard suppliant que lui lançait Meg. Décidé à jouer le jeu, il sourit à celui qui était toujours son beau-père.

— Je me suis rabattu sur le coffee shop, expliqua-t-il en montrant le sachet de papier Kraft qu'il tenait à la main. Vous savez à quel point votre fille est folle de cappuccinos... Meg m'a annoncé que vous nous avez apporté un sapin de Noël. Serait-ce par chance cet arbre magnifique que j'ai pu voir dans le break de Louise ?

— Et comment ! s'exclama-t-il en mâchouillant l'extrémité de son cigare éteint. A trois jours de Noël, Eileen ne pouvait plus supporter l'idée que vous n'aviez toujours pas de sapin. Elle en aurait fait une jaunisse...

— Billy Niven ! s'exclama l'intéressée en surgissant à son tour de la cuisine, Amanda bien calée sur sa hanche et les jumeaux sur ses talons. Veux-tu bien dire la vérité à ces enfants tout de suite... C'est toi qui étais malade à l'idée que ta petite-fille n'ait pas d'arbre de Noël à contempler.

Avec un sourire contrit à l'intention de Royce, elle s'excusa :

— J'espère que vous nous pardonnerez de nous être mêlés de ce qui ne nous regarde pas...

Son mari haussa les épaules et marmonna :

— Où va-t-on si des grands-parents ne peuvent même plus gâter leurs petits-enfants !

Ragaillardi par cet accueil chaleureux, Royce sourit et se pencha pour embrasser sa belle-mère sur les deux joues. Il avait oublié à quel point les parents de Meg étaient touchants, et à quel point il les appréciait.

— Je suis heureux de vous revoir, Eileen.

Un instant, elle sonda son regard, puis, comme satisfaite de ce qu'elle y avait découvert, elle hocha la tête et renchérit :

— Nous sommes tous très heureux de vous voir enfin réconciliés...

Réconciliés ? Les sourcils froncés, Royce chercha le regard de Meg, qui avait promptement détourné les yeux.

— Alors..., reprit Eileen d'un air joyeux. Quel effet cela vous fait-il ?

Prudemment, Royce demanda :

— Quel effet me fait quoi ?

— D'être père, bien sûr ! Votre charmante Manda est la plus belle petite fille qu'il m'ait été donné de voir depuis longtemps...

Affectueusement, elle frotta son nez contre celui du bébé, qui éclata d'un rire joyeux.

— Meg nous a expliqué que c'est vous qui lui avez donné ce petit nom... C'est délicieux !

Frappé de stupeur, Royce hocha la tête en souriant vaguement. Que Meg ait pu surprendre son petit secret ou qu'elle ait cru bon d'en informer ses parents, il n'aurait su dire ce qui le choquait le plus.

— Mais je ne voudrais pas la monopoliser..., reprit Eileen en lui tendant l'enfant. Elle a sûrement envie des bras de son papa !

Comme pour lui donner raison, Amanda se mit à gigoter avec un sourire rayonnant. Royce se raidit et lui sourit de son mieux.

La situation, songea-t-il, devenait décidément compliquée…

— Elle ne vous voit pas aussi souvent que moi ! protesta-t-il. D'ailleurs, j'ai un mot à dire à Meg. Profitez-en pour faire connaissance, toutes les deux…

Puis se tournant vers celle qui aux yeux de tous était sa femme :

— Tu viens, *chérie* ?

Sans l'attendre, il se dirigea vers la cuisine. Le cœur lourd et les paumes moites, Meg lui emboîta le pas après avoir adressé un sourire d'excuse embarrassé à ses parents. Comprenant qu'il lui fallait faire diversion auprès d'eux, Louise se lança dans le récit des derniers exploits de ses jumeaux.

— Je peux tout t'expliquer…, murmura Meg dès que la porte se fut refermée derrière eux.

— Ah, tu crois ! s'écria-t-il en venant se planter devant elle, les mains sur les hanches.

— Oui, je…

— Tu as menti ! Tu as dit à tes parents que nous nous étions réconciliés…

— Eh bien… oui ! reconnut Meg. Mais j'avais de bonnes raisons de le faire.

Dans l'attente d'une explication, Royce se contenta de la dévisager durement. Meg se sentit rougir et expliqua :

— Ils n'auraient pas compris, Royce… La vérité aurait été trop dure à accepter pour eux.

— Ah oui ! Et selon toi, ils l'accepteront mieux quand l'adoption deviendra officielle et que *de nouveau* nous nous séparerons ?

— Je verrai comment leur annoncer la chose alors. Je...

— Non, Meg ! l'interrompit-il sèchement. Tu vas leur dire la vérité, et pas plus tard que maintenant.

Meg ferma obstinément les yeux et secoua la tête.

— Je ne peux pas. C'est... au-dessus de mes forces.

— Dans ce cas, c'est moi qui le ferai.

Royce se retourna pour ouvrir la porte mais Meg réussit à agripper son bras avant qu'il n'y arrive.

— Royce..., supplia-t-elle d'une voix blanche. S'il te plaît. Je t'implore de ne pas le faire !

Il se figea sur place, sa détermination réduite à néant, comme chaque fois que Meg le suppliait ainsi. Avec un soupir de frustration, il se détourna et gagna la fenêtre. Le ciel déjà gris avait adopté la couleur du plomb. Un vent violent faisait ployer les branches des vieux chênes du jardin. Curieusement, cette vision hivernale aida Royce à y voir clair en lui.

D'un bloc, il fit volte-face.

— Une fois de plus, reprocha-t-il à Meg, tu n'as tenu aucun compte de moi et de mes sentiments. Vois-tu, j'aime ta famille. Je déteste l'idée d'avoir à mentir à tes parents, et je n'apprécie pas plus de savoir que quand tout sera fini, je passerai une fois de plus pour un salaud à leurs yeux. Ce n'est pas juste !

Meg détourna le regard, incapable de soutenir celui de Royce.

Naturellement, il avait entièrement raison. Comme d'habitude, elle avait foncé à l'instinct, sans réfléchir, en se basant uniquement sur ses doutes et ses propres attentes.

— Je… j'imaginais que vous n'auriez pas… à vous rencontrer, bafouilla-t-elle piteusement. J'avoue que je n'ai pas réfléchi à ce que cela représentait pour toi. Je suis désolée, Royce.

Depuis le salon, les pleurs vigoureux d'Amanda se firent entendre.

— C'est l'heure de son biberon…, expliqua Meg. Je ferais mieux de…

Royce haussa les épaules et se dirigea vers le réfrigérateur.

— Puisque me voilà devenu père, bougonna-t-il, je m'en charge. Va plutôt la calmer.

Avec un soulagement évident, Meg gagna la porte.

— Royce ? fit-elle avant de quitter la pièce.

En découvrant ses yeux implorants, il soupira bruyamment.

— D'accord, d'accord ! lança-t-il, vaincu. Je jouerai le jeu. Pour le moment…

La journée s'écoula dans un flot de bruit, d'activités et de rires. Royce aida Billy à installer le sapin dans le salon, puis monta au grenier pour y dénicher de quoi le décorer. Meg prépara du lait de poule, tandis qu'Eileen et Louise s'attelaient à la préparation d'une grosse marmite de spaghettis.

D'une manière ou d'une autre, le bruit ne tarda pas à courir dans la famille qu'il y avait portes ouvertes chez les Adler, car avant la fin de l'après-midi une douzaine d'autres Niven avaient investi les lieux.

Le soir venu, Royce fut surpris de se retrouver aussi fatigué que ravi de cette joyeuse pagaille, ainsi que plus détendu qu'il ne l'avait été depuis longtemps. Meg était radieuse elle aussi. Confortablement installé dans un fauteuil, il la regardait arranger en compagnie de ses sœurs guirlandes et boules multicolores.

Régulièrement, elles se reculaient pour juger de l'effet produit, chacune cherchant à faire prévaloir son point de vue sur celui des autres en d'incessantes et amicales chamailleries. De temps à autre, un de leurs frères pointait le bout de son nez pour donner son opinion, ce qui suffisait à ressouder les trois sœurs aux dépens de l'intrus.

Quelle famille ! songea Royce avec envie. Bruyante et querelleuse, parfois envahissante, mais toujours chaleureuse et aimante.

Combien fade paraissait en comparaison la relation sage et policée qu'ils entretenaient depuis toujours, sa sœur et lui. Ce n'était pas vraiment qu'ils ne s'aimaient pas, non. Peut-être tout simplement ne leur avait-on pas appris à s'aimer...

Refusant de se laisser aller à la mélancolie, Royce chassa ces pensées et laissa ses yeux courir à travers la pièce avant d'en revenir à Meg. Avec son teint de lait et ses cheveux noirs comme la nuit au milieu de tous ces visages constellés de taches de rousseur, comment aurait-elle pu ne pas paraître exotique ?

Souvent, sans jamais oser lui poser la question, il s'était demandé si en grandissant elle s'était sentie faire partie intégrante de cette famille, ou s'il y avait toujours eu chez elle le sentiment d'être à part. Un peu comme Alice, qui donnait l'impression d'être ailleurs depuis son arrivée, malgré tous les efforts déployés par Meg pour l'intégrer.

Du coin de l'œil, il observa la jeune fille. Comme lui, elle s'était installée à l'écart dans un fauteuil. Mais contrairement à lui, il paraissait évident à son air renfrogné qu'elle n'appréciait guère la scène à laquelle il leur était donné d'assister.

Le tirant de ses pensées, Eileen Niven apparut soudain à ses côtés, le bébé endormi dans ses bras.

— Je crois que je vais me joindre à mes filles..., lui dit-elle. Je peux vous la confier ?

Agrippé à ses accoudoirs, Royce considéra un long moment sa belle-mère avant de murmurer :

— Je vous demande pardon ?

— Amanda..., expliqua-t-elle en souriant à l'enfant assoupi. Vous pouvez vous en occuper ?

Royce se redressa dans son fauteuil et s'éclaircit la voix.

— Mais bien sûr ! répondit-il avec empressement. J'en serais ravi.

Précautionneusement, Eileen déposa dans ses bras sa petite-fille, qui s'étira et protesta faiblement dans son sommeil. Royce lui caressa la tête et se mit à lui murmurer des mots doux pour la calmer, sans même s'étonner de ce qu'il était en train de faire.

10.

L'un après l'autre, tous les membres de la famille de Meg se retirèrent.

Alice disparut comme une ombre, sans un mot ni un au revoir. Depuis deux bonnes heures déjà, Amanda dormait du sommeil du juste dans sa chambre. Meg et Royce se retrouvèrent seuls dans le salon, à admirer les lumières clignotantes de l'arbre de Noël.

Dans le vain espoir de les empêcher de trembler, Meg fourra les mains dans ses poches. Tout son corps était pris de tremblements, frémissait dans l'attente vague de ce qui allait se produire.

Secouant les épaules, elle tenta de se reprendre. Que lui arrivait-il ? N'était-elle qu'une gamine à son premier flirt ? Elle désirait avec une telle ferveur que Royce se décide à l'embrasser qu'elle en avait presque mal au ventre.

— Eh bien…

Ne sachant comment poursuivre, Meg se tut.

Ce qu'elle *voulait* lui dire était tout à fait hors de question et elle n'avait aucune idée de ce qu'elle *devait* lui dire.

Mal à l'aise, elle lança à Royce un coup d'œil furtif avant de reprendre :

— Cet arbre de Noël est superbe. C'est tellement gentil à mes parents d'y avoir pensé...

— Oui, répondit-il d'une voix neutre. Tes parents ont toujours été adorables.

Meg lui lança un nouveau coup d'œil, plus appuyé cette fois, avant d'en revenir à la contemplation du sapin. Son cœur battait si fort qu'elle redoutait qu'il ne finisse par l'entendre. Pour meubler le silence, elle crut bon d'ajouter :

— Je me suis beaucoup amusée aujourd'hui. Merci de l'avoir permis. Je voulais te dire que si j'ai un peu passé les bornes, je...

— Meg ?

Surprise, elle se tourna vers lui, s'abîmant sans pouvoir s'en empêcher dans la contemplation de ses lèvres pleines. Les mains dans les poches, Royce fit un pas vers elle et dit :

— Je n'ai aucune envie de faire la conversation.

La gorge sèche, Meg déglutit péniblement.

— Non ?

— Non.

Figée sur place, elle le vit faire un nouveau pas vers elle.

— Je... suppose que je devrais..., bafouilla-t-elle. Amanda ne va pas tarder à se réveiller, et...

Sa voix la trahit et un frisson la traversa quand les doigts de Royce se perdirent dans ses cheveux.

— Et ? insista-t-il.

— Il vaudrait mieux que j'y aille.

— Alors, va...

Comme hypnotisée, Meg ne bougea pas d'un pouce. Royce enroula une mèche de ses cheveux autour de son index.

— J'ai voulu faire cela toute la soirée..., confia-t-il dans un souffle.

Sans la quitter des yeux, il porta la mèche à son visage et s'en caressa les lèvres. Meg ravala un soupir, de peur qu'à la moindre réaction de sa part il ne fasse cesser cette affolante torture. Elle désirait Royce avec une telle intensité qu'il lui semblait griller à petit feu.

A cet instant, peu lui importait de savoir ce qui se passerait le lendemain, quelles conséquences pourrait avoir cet instant d'égarement. Seul comptait pour elle l'assouvissement de ce besoin impérieux qu'elle avait de lui.

La main passée derrière sa nuque, Royce se décida enfin à attirer son visage vers le sien. Et quand leurs lèvres se mêlèrent, Meg eut la sensation de retrouver après un long exil la douceur du pays natal.

Un cri de surprise et de douleur vint mettre un terme prématuré et brutal à leur baiser. En sursaut, ils se séparèrent et tournèrent la tête à temps pour voir Alice s'enfuir précipitamment.

— Oh, non ! protesta Meg.

Difficile d'imaginer retour à la réalité plus pénible et plus mal venu... Prudemment, elle observa Royce et comprit que cette intrusion l'avait tout aussi contrarié qu'elle. Le visage fermé, il relâcha ses épaules et fit un pas en arrière. Incapable de supporter l'idée de perdre le contact avec lui, Meg le rejoignit et lui caressa la joue.

— Royce..., gémit-elle. Ne fais pas ça.

— Quoi ? s'impatienta-t-il, le visage crispé. Me mêler de *tes* affaires, dans *ta* maison, empiéter sur *tes* responsabilités ?

Blessée et furieuse, Meg retira sa main.

— C'est trop facile ! C'est toi qui as commencé.

— Je sais..., reconnut-il avec découragement. Je n'aurais pas dû.

Avant qu'il n'ait eu le temps de s'éclipser, Meg le retint par le bras.

— Que se passe-t-il, Royce ? Si tout est fini entre nous, pourquoi en sommes-nous arrivés là ?

Les sourcils froncés, il la dévisagea froidement avant de lâcher :

— Nous jouons avec le feu, Meg. Il semble que nous ayons du mal à nous en empêcher...

Sans rien ajouter, il lui tourna le dos et quitta la pièce. La gorge pleine de sanglots retenus, Meg le regarda sortir.

— Comment peux-tu dire ça ? demanda-t-elle d'une voix brisée à la porte close. Comment peux-tu prendre pour un jeu ce qui pour moi est de l'amour ?

Au désespoir, Meg se retourna et fut presque peinée de découvrir le sapin de Noël qui une heure auparavant la comblait de bonheur. A travers l'écran de ses larmes, ses lumières vives et colorées semblaient bien tristes et dérisoires...

Le matin suivant, Royce fut réveillé par les pleurs d'Amanda. Un coup d'œil à son réveil le décida à se lever sans attendre. A 6 heures du matin, les chances étaient minces qu'il parvienne à se rendormir.

Assis au bord de son lit, il s'étira et se frotta longuement les yeux. Il n'avait pas passé une très bonne nuit. Durant ce qui lui avait semblé durer des heures, avant de trouver enfin le sommeil, il avait remué sous son crâne la question gênante que Meg lui avait posée la veille, et la réponse maladroite qu'il lui avait fournie.

Il n'avait pourtant rien à renier de ce qu'il lui avait dit. A force de jouer avec le feu dans ses relations avec Meg, Amanda et Alice, il s'empêtrait de jour en jour un peu plus dans une situation inextricable. D'une manière ou d'une autre, il était temps que cela cesse.

Royce grogna et se leva pour prendre une douche et s'habiller. Plus que tout, il avait besoin d'un bon café — noir, brûlant, corsé — pour se remettre les idées en place.

Meg était déjà dans la cuisine lorsqu'il y pénétra. Amanda calée sur sa hanche, le téléphone sans fil coincé entre sa joue et son épaule, elle avait tout d'une femme harassée et débordée par les événements. Le vieux sweat-shirt qu'elle portait, qu'il lui connaissait depuis des années, ne gardait plus de sa couleur d'origine qu'un lointain souvenir. Les reliefs qu'il ne parvenait pas à masquer tout à fait n'en paraissaient que plus suggestifs.

Troublé, Royce s'empressa de détourner le regard et reporta son attention sur la cafetière qui répandait dans la pièce une agréable odeur.

Même si Meg semblait aujourd'hui particulièrement stressée, ce n'était pas son problème et il n'allait sûrement pas lui demander ce qui se passait. Muni de sa tasse, il s'installa à table et s'absorba dans la consultation des titres du journal.

Mais lorsqu'elle raccrocha avec un long soupir, il leva les yeux malgré lui. Tout en se traitant de fou, il ne put s'empêcher de demander :

— Quelque chose ne va pas ?

Le menton fièrement relevé, Meg le toisa un instant avant de répondre sèchement :

— Rien dont je ne puisse venir à bout. Merci.

Royce haussa les épaules et retourna à son journal. Après ce qui s'était passé la veille, sans doute avait-il mérité un tel traitement.

Mais il eut beau essayer de se concentrer sur sa lecture, les allées et venues de Meg et les soupirs de plus en plus appuyés qu'elle poussait se laissèrent difficilement ignorer.

— Bon sang, Meg ! fulmina-t-il en refermant son journal d'un geste sec. Arrête de tourner en rond et dis-moi ce qui se passe…

— Fiche-moi la paix ! rétorqua-t-elle vertement. J'ai déjà suffisamment de soucis sans avoir en plus à supporter ta mauvaise humeur.

Amanda se mit à pleurer sur son épaule et Meg émit un gémissement de détresse.

— Qu'as-tu ce matin, Manda ? demanda-t-elle en lui caressant le dos. Tu n'as pas assez dormi ? Tu t'es réveillée de mauvaise humeur, toi aussi ?

Incapable de rester insensible aux pleurs de l'enfant, Royce s'inquiéta :

— Elle n'est pas bien ?

— Je n'en sais rien, répondit-elle d'un air sombre. Elle s'est réveillée plusieurs fois dans la nuit sans raison apparente. Et ce matin, cela n'a pas l'air d'aller mieux.

Confortablement installée sur l'épaule de Meg, Amanda s'était calmée et paraissait sur le point de se rendormir.

— Elle a peut-être un peu de mal à récupérer de sa journée d'hier, hasarda Royce. Elle n'a pas l'habitude. Toute cette agitation l'aura perturbée.

— C'est ce que je me suis dit, reprit Meg d'un ton dubitatif. Mais à présent, voilà que j'ai…

Renonçant à poursuivre, elle détourna le regard.

— Aucune importance, conclut-elle. Je peux me débrouiller…

Cette fois, son obstination à ne pas céder un pouce de terrain fit sourire Royce.

— Meg…, dit-il en cherchant son regard. Etant donné les circonstances, on pourrait peut-être enterrer la hache de guerre, non ? Dis-moi ce qui se passe.

En se mordillant la lèvre inférieure, Meg soutint son regard sans ciller et hésita encore un court instant avant d'expliquer :

— Jacob et Joshua sont malades et Louise n'a personne pour les garder. Impossible aussi de lui trouver une remplaçante à *La Plantation* — tout le monde est pris jusqu'à cet après-midi.

— Alice ne pourrait pas s'en charger ?

— C'est elle qui devait s'occuper du coffee shop avec Louise ce matin. D'ailleurs elle est déjà à pied d'œuvre et je ne pense pas qu'elle puisse s'en sortir seule, même si les affaires tournent au ralenti.

Meg installa le bébé assoupi dans une position plus confortable sur son épaule et conclut dans un soupir :

— Il n'y a pas d'autre solution. Amanda et moi allons devoir y aller. J'espère au moins qu'elle va me laisser me préparer. Chaque fois que j'ai tenté de la déposer dans son berceau ce matin, elle s'est remise à pleurer.

La proposition fusa des lèvres de Royce avant qu'il ait pu songer à la retenir.

— Laisse-moi y aller à ta place.

D'un air buté, Meg secoua la tête.

— Non, merci, dit-elle. Je ne voudrais pas te forcer la main.

— Si j'avais eu l'impression que tu me forçais la main, argumenta Royce, je ne t'aurais pas fait cette proposition.

— Tu es très gentil et je te remercie de ta sollicitude, s'obstina-t-elle. Mais c'est à moi de régler ce problème et j'en suis parfaitement capable.

— Ne sois donc pas ridicule ! Tu ne comprends pas que tu ne seras pas d'un grand secours à Alice avec un enfant en pleurs perché sur ta hanche ?

Les yeux embués, Meg accusa le coup.

— Il est vrai qu'Amanda serait bien mieux dans son lit…, murmura-t-elle. Elle a besoin de récupérer.

— Je ne te le fais pas dire, renchérit Royce aussitôt. La faire sortir par ce temps alors qu'elle est patraque n'aurait aucun sens. Surtout quand je suis disponible et disposé à t'aider…

Sans le quitter des yeux, Meg parut hésiter encore un instant.

Au soulagement qui se lisait sur son visage, Royce comprit pourtant qu'il avait su la convaincre.

— Tu es sûr que…

— Tout à fait sûr ! l'interrompit-il. Sassy's est fermé pour la journée et ma compta peut attendre.

— Ce n'est pas ce que je voulais dire, corrigea Meg avec un sourire triste. Es-tu sûr de pouvoir t'entendre avec Alice ? Tu te doutes qu'elle ne devrait pas être des mieux disposée à ton égard… Et tu sais comment elle est quand quelque chose lui déplaît.

— Qu'elle me maudisse tant qu'elle veut ! s'amusa Royce en vidant sa tasse. Du moment qu'elle fait son travail et me laisse faire le mien…

Effectivement, Alice fut pour le moins contrariée de voir débarquer Royce au coffee shop pour l'aider à la place de Louise. Durant les trois premières heures qu'ils passèrent à se côtoyer au bar et en salle, elle ne lui adressa pas plus que les quelques mots nécessaires à la bonne marche du service.

Royce était bien trop occupé pour s'en formaliser. Comme par un fait exprès, une clientèle nombreuse et pressée semblait s'être donné le mot pour faire le siège de *La Plantation* ce matin-là. Il profitait de ses rares instants de répit pour étudier l'adolescente sans qu'elle s'en doute. Et ce qu'il découvrait le surprenait. Alice était tout à la fois habile, aimable et disponible avec les clients, ne manquant jamais une occasion de mettre en valeur les produits ou le savoir-faire de la maison.

Alors qu'il prenait commande à une table et lui tournait le dos, il surprit même un commentaire de sa part qui l'étonna.

— La plupart des gens pensent que plus un café est torréfié, plus il est fort..., expliquait-elle à un client. Or, c'est l'inverse qui est vrai, car la torréfaction a pour effet de débarrasser le grain de sa caféine.

Aux alentours de midi, quand la clientèle leur offrit un moment de répit et qu'ils se retrouvèrent seuls en salle pour remettre un peu d'ordre, Royce lâcha négligemment :

— Je ne le savais pas...

Alice, occupée à frotter les tables, ne releva même pas les yeux.

— Quoi ? grogna-t-elle.

— Que plus un grain est torréfié, moins il est fort.

— On ne vous a jamais dit qu'il est impoli d'épier les conversations ?

Sans s'émouvoir, Royce continua à passer le balai et reprit :

— Tant d'érudition me surprend, c'est tout. Où es-tu allé pêcher tout ça ?

Piquée au vif, Alice se redressa et lui fit face, le torse bombé et la mâchoire crispée.

— Cela vous étonnera peut-être, mais je sais lire ! Vous devriez essayer, vous aussi...

— D'accord, Alice.

Royce posa son balai et alla se camper devant elle, les mains sur les hanches.

— Allez, vas-y ! l'encouragea-t-il d'un air de défi. Vide ton sac...

— Je ne vois pas de quoi vous voulez parler.

— Laisse tomber ! Tu ne m'as pas adressé trois mots de toute la matinée, et quand tu me regardes, il est clair que tu préférerais me voir mort plutôt que dans tes jambes... Puisque nous sommes seuls, profitons-en pour nous expliquer. Pourquoi ne m'aimes-tu pas ?

Dressée sur ses ergots, Alice le toisa sans se laisser impressionner.

— Qu'y aurait-il à aimer ?

Bien plus amusé qu'offensé, Royce se laissa aller à sourire.

— Bien joué...

D'abord surprise de sa réaction, la jeune fille se reprit bien vite et plissa les yeux pour le dévisager.

— Je sais parfaitement ce qui se passe entre vous et Meg ! lança-t-elle d'une voix sifflante. Je ne suis plus une enfant.

— Ah non ? Alors pourquoi avoir réagi comme si tu en étais encore une, hier soir ?

Les bras croisés, Alice pointa fièrement le menton.

— Qu'est-ce que ça peut vous faire ? C'est Meg, ma tutrice. Vous, vous n'êtes que... de passage !

Elle avait raison, se dit Royce en encaissant le choc. Tout à fait raison. Il n'était pas son tuteur, et il n'était que de passage. Ce qui ne l'empêchait en rien d'être de plus en plus intrigué, sans parvenir à savoir pourquoi, par la jeune rebelle qui lui tenait tête. D'une certaine manière, il se sentait étrangement proche d'Alice.

— Toi qui prétends savoir ce qui se passe entre Meg et moi, tu pourrais peut-être éclairer ma lanterne, dit-il enfin. Parce que moi, j'avoue que je suis paumé...

— Vous lui tournez autour ! lança-t-elle d'un ton accusateur. Et je n'aime pas ça. Laissez-la tranquille…

Par ces mots, Royce eut la confirmation de ce qu'il soupçonnait déjà. En la personne d'Alice, Meg avait la plus farouche et la plus dévouée des gardes du corps…

— Et si c'était l'inverse ? demanda-t-il en haussant un sourcil. Et si c'était Meg qui me tournait autour ?

— Impossible ! s'insurgea-t-elle. Elle respecte trop les autres. Elle ne ferait jamais ça. Tandis que vous autres riches, vous ne pouvez supporter l'idée de ne pas posséder ce qui vous fait envie.

Ce commentaire eut le don de réussir là où toutes ses autres insultes avaient échoué. D'un coup, Royce sentit une colère noire fondre sur lui.

— Tu penses donc que j'ai tout ce que je peux désirer ?

Le visage levé au plafond, l'adolescente laissa fuser un rire grinçant.

— Ne me faites pas rire ! railla-t-elle. Vous êtes né avec une cuillère en argent dans la bouche. Vous avez toujours eu tout ce que vous désiriez — costumes hors de prix, voitures étrangères, maison sur le lac… Vous ne reconnaîtriez pas la misère si elle venait vous ricaner au visage !

Furieux, Royce avança d'un pas et planta son regard dans le sien.

— Et comment sais-tu qu'elle ne l'a pas déjà fait ? Tu t'imagines peut-être que tu es la seule à avoir une triste histoire à raconter ?

— Oh…, minauda Alice. Le pauvre petit enfant riche a bobo à son petit cœur. Ne me faites pas rire !

— Il ne t'est jamais venu à l'idée, rétorqua Royce en articulant soigneusement, que Meg avait peut-être eu bien plus que ce que j'ai jamais eu ?

Avec une grimace de dégoût, Alice tenta de faire volte-face mais il la retint par le bras.

— Tu ne t'es jamais imaginé, insista-t-il, qu'être aimé peut valoir toutes les fortunes du monde ?

D'un geste brusque, elle se dégagea mais ne chercha plus à s'esquiver.

— Foutez-moi la paix ! Vous allez peut-être me sortir à présent que l'argent ne fait pas le bonheur, ce vieux cliché rebattu inventé par les riches pour que les pauvres se tiennent tranquilles ?

Dans les yeux d'Alice, Royce voyait brûler une rage intérieure assez semblable à celle qui le consumait.

— Quand je vois les Niven, dit-il sans lui répondre, je ne peux m'empêcher de me demander ce que cela fait de savoir qu'on peut compter sur une famille qui ne vous laissera jamais tomber.

— Vous avez une famille.

Cette fois, ce fut au tour de Royce d'éclater de rire.

— Oui, c'est vrai. J'ai une famille, tout comme toi. Mais je sais que nous n'avons ni l'un ni l'autre à nous en féliciter.

— Vous ne savez rien du tout !

Les poings serrés et le visage déformé par la colère, Alice hurlait à présent.

— Et je ne vous permets pas de vous comparer à moi… Avez-vous porté étant gosse des loques bonnes à jeter parce que vos parents dépensaient tout l'argent pour se cuiter ? Avez-vous passé seul chacun de vos anniversaires, et toutes vos vacances planqué dans un coin en espérant que vos vieux s'affaleraient ivres morts assez tôt pour ne pas vous tomber dessus ? Avez-vous enduré les moqueries des autres enfants et la douleur de ne pouvoir vous faire d'amis ?

Le cœur déchiré pour elle, Royce se garda bien de lui manifester ses sentiments. Alice n'avait que faire de sa sympathie et de sa pitié. Elle pourrait s'y vautrer pendant des années sans en ressentir aucun réconfort, tout comme ses parents à elle s'étaient vautrés dans l'alcool, et tout comme les siens s'étaient vautrés dans l'opulence et l'égoïsme.

— Tu as parfaitement raison, approuva-t-il enfin. Je n'ai rien connu de tel. Mais je sais que les enfants peuvent souffrir de toutes sortes d'abus, de toutes sortes de négligences.

— Assez papoté, décréta Alice en détournant la tête. J'ai du travail.

Sans se laisser dévier de son but, Royce poursuivit, d'une voix douce et persuasive :

— Mes parents étaient tellement convaincus que tout peut s'acheter, y compris les gens et l'affection, qu'ils n'en avaient plus rien d'humain. Et Dieu sait qu'ils n'avaient pas la moindre notion de ce qu'être parent signifie ! Donner de soi, prendre soin des autres, vivre pour autrui n'avaient aucune valeur à leurs yeux. Seuls comptaient le pouvoir, le prestige, l'apparence.

Comme à contrecœur, Alice cessa de le fuir et le fixa droit dans les yeux. Dans son regard, Royce fut heureux de constater que quelque chose avait changé.

— Oui, dit-il d'une voix lasse. J'ai eu dans mon enfance tout ce qu'un enfant peut avoir, matériellement parlant. Toi, au contraire, tu as dû vivre dans le plus grand dénuement. Ce qui nous rapproche, c'est que nous avons l'un et l'autre manqué de ce qui importait le plus à nos yeux : l'amour de nos parents.

Un peu surpris d'avoir été capable de se livrer avec tant de spontanéité et de sincérité, Royce se tut. Jamais il n'aurait imaginé que ces mots étaient là, sur le bout de sa langue, ne demandant qu'à être prononcés. Il en éprouvait une sorte de soulagement qui l'étonnait. En se penchant sur le cas d'Alice pour tenter de remonter à la racine de ses comportements récents, il n'avait fait que mettre à nu ses propres sentiments.

La jeune fille paraissait aussi surprise et affectée par ses paroles qu'il l'était lui-même. Un peu interdits l'un et l'autre, ils se dévisagèrent durant une longue minute avant que le visage de l'adolescente ne se fige de nouveau en son masque habituel de morgue et de défi.

— Si vous espérez m'amadouer avec vos salades, marmonna-t-elle, c'est raté. Je ne vous aime pas !

Elle avait prononcé ces mots comme on crache une insulte, mais un léger tremblement de son menton, une lueur interrogative dans son regard, lui laissaient à penser qu'elle n'y croyait pas vraiment. Royce ne comprenait pas pourquoi il en était heureux. Il n'aurait pas dû l'être.

Et pourtant, il l'était. Diablement, même !

— Tu n'as pas besoin de m'aimer, conclut-il d'une voix apaisée. Contente-toi de t'aimer, toi.

11.

Alertée par un sombre pressentiment, Meg s'éveilla et se dressa dans son lit avant même qu'Amanda ne se mette à pleurer. Une fois encore...

Tâtonnant dans le noir, elle enfila sa robe de chambre et se rua dans le couloir. Elle ne pouvait tout de même pas avoir faim, songea-t-elle en se hâtant vers la nurserie. Une heure à peine auparavant, elle n'avait bu que la moitié de son biberon.

Le cœur de Meg se mit à battre plus fort dès qu'elle eut pénétré dans la chambre à l'obscurité adoucie par la veilleuse. Les cris d'Amanda n'étaient pas normaux. Ils lui paraissaient bien moins rageurs, bien plus plaintifs que d'habitude. Quelque chose n'allait pas. Il était arrivé quelque chose à son bébé...

— Mon ange..., murmura-t-elle d'une voix douce en se penchant sur le berceau. Maman est là. Que se passe-t-il, mon cœur ?

Meg la souleva dans ses bras et se retint de crier. Les langes d'Amanda était trempés de sueur. Son front et tout son petit corps étaient brûlants de fièvre. Au bord de la panique, elle déposa le bébé contre son épaule et déambula dans la pièce en lui tapotant le dos, pour tenter d'apaiser ses plaintes.

— Du calme, ma douce..., murmura-t-elle. Maman va...

Réalisant qu'elle n'avait pas la moindre idée de ce qu'il lui fallait faire, Meg se tut. Tous ses efforts pour rester calme et penser sereinement restaient sans effet. Une seule idée l'obsédait — son bébé était malade, peut-être même gravement malade, et elle se trouvait complètement désarmée pour lui venir en aide.

Un éclair de lucidité lui traversa soudain l'esprit. *Royce !*

Elle avait besoin de Royce... Lui saurait que faire. Au pas de course, serrant Amanda tout contre elle, elle quitta la nurserie et remonta le couloir, priant pour le trouver dans sa chambre. En découvrant dans le lit la forme allongée de son corps, elle faillit se mettre à pleurer de soulagement.

— Royce..., gémit-elle. S'il te plaît, réveille-toi !

Il lui fallut secouer son bras pour parvenir à le tirer du sommeil. Instantanément réveillé, il sauta d'un bond au bas du lit.

— Meg ! s'écria-t-il. Que se passe-t-il ?

— C'est Manda, tenta-t-elle d'expliquer entre deux sanglots. Elle est brûlante de fièvre... J'ai essayé de la calmer, mais rien n'y fait et je... je ne sais absolument pas quoi faire !

Doucement, Royce approcha le dos de sa main du front du bébé et la retira aussitôt, alarmé. Constatant dans quel état d'affolement se trouvait Meg, il lutta pour dominer sa peur et faire face à la situation.

— As-tu pris sa température ? s'enquit-il.

Meg secoua longuement la tête.

— Non. Je voulais d'abord la calmer, je...

— As-tu appelé la pédiatre ?

— Au milieu de la nuit ? Je ne sais pas si...

— C'est pour cela qu'elle est payée ! s'impatienta-t-il en enfilant son peignoir. Quel est son numéro ?

— Dans la cuisine, près du téléphone.

Soulagée de le voir prendre les choses en main, Meg lui emboîta le pas, inspirant profondément pour se calmer.

— Le docteur va demander sa température, ajouta-t-elle. Le thermomètre est dans notre salle de bains.

Sans faire de commentaires sur ce « notre » qui l'avait cueilli de plein fouet, Royce alla le chercher.

Quand ils eurent pris la température d'Amanda, il dut regarder par deux fois les chiffres digitaux sur le petit écran témoin pour être sûr d'avoir bien lu.

— Quarante degrés et quatre dixièmes..., annonça-t-il en soutenant calmement le regard de Meg.

— Il doit y avoir une erreur ! protesta-t-elle. Ce n'est pas possible...

Déjà, Royce se précipitait dans la cuisine.

— Il ne peut pas y avoir d'erreur, lança-t-il par-dessus son épaule. Allons réveiller ce toubib...

Ce fut lui qui se chargea de composer le numéro et d'expliquer la situation à la pédiatre tirée du lit. Tout en détaillant l'état dans lequel se trouvait le bébé, il regarda Meg faire les cent pas dans la pièce en berçant Manda pour tenter en vain de la calmer.

Ses cris étaient devenus de petits miaulements plaintifs, que Royce trouvait bien plus inquiétants encore. A en juger d'après les regards épouvantés que lui lançait Meg de temps à autre, il n'était pas le seul.

Au prix d'un gros effort, Royce se concentra sur les conseils que la pédiatre était en train de lui prodiguer. Quand il fut certain d'avoir bien compris et qu'il l'eut remerciée, il raccrocha et se tourna vers Meg. Pendue à ses lèvres, elle affichait une mine aussi lugubre que la sienne, sans doute, devait l'être.

— D'après les symptômes que je lui ai décrits, expliqua-t-il, elle suspecte une simple otite. Cela n'a rien que de très commun chez les enfants de cet âge. Une infection de l'oreille qui apparaît brusquement et s'accompagne de fortes températures.

Brusquement soulagée, Meg ferma les yeux et lâcha dans un souffle :

— Dieu merci !

— Cela dit, s'empressa de préciser Royce, une aussi forte fièvre ne doit pas être prise à la légère. L'objectif numéro un est de la faire baisser. Il faut la découvrir et lui faire prendre tout de suite du paracétamol en dosage pédiatrique. Tu crois que tu en as ?

Meg hocha la tête avec empressement.

— J'en ai toujours dans la trousse de secours.

— Parfait. Il faut lui en faire prendre une dose adaptée à son poids et reprendre sa température dans une heure. Si elle n'est pas revenue à la normale, nous devrons lui donner un bain tiède et réessayer. Et si ça ne marche toujours pas…

Royce marqua une pause. Meg eut l'impression que son cœur en marquait une aussi.

— Si ça ne marche toujours pas, acheva-t-il d'un air sombre, alors nous devrons l'emmener aux urgences.

Sa température est beaucoup trop haute, Meg, presque dangereuse. Il est essentiel qu'elle ne continue pas de monter.

Ils lui administrèrent le médicament, puis Royce et Meg se relayèrent pour bercer Amanda à travers la pièce. Seule cette déambulation incessante semblait la calmer quelque peu. Ils ne parlèrent ni l'un ni l'autre au cours de cette heure interminable et éprouvante. Enfin, quand le moment fut venu de vérifier sa température, Meg retint son souffle en attendant le verdict, même si elle avait déjà compris en tâtant le front de l'enfant que la fièvre ne pouvait avoir suffisamment baissé.

— Quarante degrés et quatre dixièmes...

Royce avait annoncé la mauvaise nouvelle sur un ton lugubre. Meg secoua la tête d'un air découragé. Ses yeux s'emplirent de larmes. Pour capter son regard et lui donner un peu du courage qui lui restait encore, il la saisit par les épaules et la secoua doucement.

— Ça va aller, Meg ! lança-t-il pour l'encourager. Il le faut... Déshabille-la. Je vais faire couler le bain.

Malgré son assurance de façade, c'est en tremblant qu'il fit tourner les robinets de la baignoire.

Muni d'un thermomètre de bain, il dut recommencer plusieurs fois avant d'obtenir la température de l'eau préconisée par la pédiatre. Quand ce fut fait, il se retourna et sentit l'émotion le gagner en découvrant le spectacle qui s'offrait à lui.

Après s'être débarrassée de sa chemise de nuit, Meg lui apparaissait dans sa glorieuse nudité, tenant le bébé dans ses bras. Conscient qu'il aurait mieux fait de s'en abstenir, Royce caressa tout son corps du regard.

Dans la lumière tamisée de la salle de bains, sa peau était aussi rose et semblait aussi douce que celle de Manda. Comme attiré par un aimant, il s'aventura jusqu'au triangle d'ébène de son pubis avant de remonter bien vite jusqu'à ses yeux.

— Le bain est prêt, annonça-t-il d'une voix rauque.

Meg hocha la tête et pénétra sans hésiter dans l'eau à peine tiède. Amanda tressaillit entre ses bras lorsque l'eau entra en contact avec sa peau brûlante de fièvre, puis se détendit de manière spectaculaire et cessa de se plaindre.

Pour ne pas se focaliser sur la chair de poule qui couvrait les bras de Meg et sur ses deux mamelons durcis par le froid, Royce aspergea doucement le visage du bébé avec une éponge.

Cinq minutes plus tard, elle était profondément endormie. Avec un luxe de précautions pour éviter de la réveiller, Royce reprit sa température. Quand retentit le bip du thermomètre et que le résultat s'afficha, un soupir de soulagement lui échappa.

— Presque normale..., annonça-t-il à Meg avec un grand sourire.

— Dieu merci ! murmura-t-elle en soupirant à son tour.

— Je vais la sécher... pendant que tu... t'habilles.

Evitant soigneusement de laisser ses yeux s'attarder sur la nudité de Meg, Royce prit Amanda dans ses bras et se retourna pour l'envelopper d'une serviette. Il lui était presque physiquement douloureux d'être à ses côtés dans ces conditions.

Autrefois, il aurait pu tout à son aise se réjouir de la contempler dans le plus simple appareil. Etait-ce à une époque si éloignée que cela ? Il lui semblait que c'était hier…

Ils regagnèrent la nurserie et s'activèrent à rhabiller Amanda pour la remettre au lit sans risquer de la tirer du sommeil profond et paisible dans lequel elle était plongée.

Quand ce fut fait, ils demeurèrent un long moment côte à côte, penchés sur son berceau, aussi épuisés que rassurés.

Meg se laissa aller à prendre appui contre Royce, puisant dans ce contact un grand réconfort.

— Je ne sais pas ce que j'aurais fait sans toi…, avoua-t-elle à voix basse. J'étais tellement désemparée, tellement…

— Chut ! lui intima-t-il en entourant de son bras ses épaules. C'est passé maintenant.

Avec reconnaissance, Meg laissa sa tête reposer sur son épaule et reprit avec tristesse :

— Peut-être ne suis-je pas faite pour être mère après tout. Tout ce que j'ai su faire pour l'aider, c'est paniquer comme une imbécile…

Les larmes, de nouveau, assaillaient ses paupières rouges et gonflées.

— Ne sois pas si dure avec toi-même, protesta-t-il. Tu étais épuisée. Et tu l'es encore plus à présent. Va donc te recoucher et profite de ce répit pour dormir.

Meg se pencha pour poser la main sur le front d'Amanda, rassurée de le trouver frais sous sa paume.

— Non, répondit-elle en secouant la tête. Je dois veiller auprès d'elle.

— Ne sois pas ridicule ! protesta-t-il. Tu tiens à peine debout. Il fera bientôt jour et tu n'as presque pas dormi de la nuit.

— Et si elle se réveille ?

Un sourire amusé flotta sur les lèvres de Royce.

— Elle te le fera savoir, ne t'inquiète pas... Il me semble que ce bébé a amplement prouvé ses talents en ce domaine.

Voyant qu'elle hésitait toujours et que ni son humour ni ses sollicitations pressantes n'avaient d'effet sur elle, Royce desserra de force les mains de Meg accrochées au rebord du berceau.

— Ce dont Manda a le plus besoin, assura-t-il d'une voix forte, c'est d'une mère reposée, calme et en pleine possession de ses moyens.

Vaincue, Meg se laissa entraîner hors de la pièce. En toutes circonstances, songea-t-elle, Royce restait cet homme rationnel et maître de lui qu'elle avait toujours connu. Mais alors qu'il lui était maintes fois arrivé de le déplorer, elle ne pouvait en cette occasion que s'en féliciter.

Dans sa chambre, Royce aida Meg à se défaire de sa robe de chambre et la borda dans son lit. Puis, incapable de s'en empêcher, il se pencha pour déposer un rapide baiser sur ses lèvres.

— Essaie de dormir, murmura-t-il. Tout va bien à présent.

Meg soutint tranquillement son regard et lui rendit son sourire.

Les instants angoissants qu'ils venaient de vivre côte à côte avaient gommé leurs différends et resserré les liens entre eux. Près de lui, elle se sentait rassurée, protégée, chérie. Pour rien au monde elle n'aurait voulu qu'il regagne son lit.

Mais ce qui la convainquit de tenter de le retenir, ce fut la lueur si familière et si troublante qu'elle lut au fond de ses yeux.

— Royce ? murmura-t-elle dans un souffle.

— Oui ?

— Ne pars pas..., supplia-t-elle en refermant ses deux bras autour de son cou. Reste avec moi.

Sa supplique atteignit Royce comme un coup de poing au plexus solaire.

— Je ne serai pas loin. Juste à l'autre bout du couloir.

— Reste avec moi ici..., insista-t-elle en le fixant droit dans les yeux. Dans ce lit. Notre lit. J'ai besoin de sentir tes bras autour de moi.

La gorge soudain aussi sèche qu'un désert, Royce déglutit péniblement. Il se faisait l'effet d'un homme à moitié mort de faim et de soif à qui le diable viendrait proposer en échange de son âme un fastueux banquet. Un coup d'œil au visage épuisé de Meg suffit à lui faire entendre raison. Ce dont elle avait besoin, c'était bien plus d'un contact chaleureux et consolateur que de ce qu'il avait à lui proposer quant à lui...

— Désolé, Meg..., répondit-il avec un sourire amer. Ce soir, je ne peux pas te donner ce dont tu as besoin.

Mais s'accrochant à lui, elle resserra l'emprise de ses bras autour de son cou.

— Je ne t'ai rien demandé d'autre que de rester auprès de moi, protesta-t-elle. Comment peux-tu me le refuser ?

Royce le lui aurait volontiers expliqué, mais il lui aurait alors été impossible de ne pas succomber à la tentation de lui céder. Il tenta de se libérer de son étreinte, mais elle ne le lui permit pas.

— Meg…, plaida-t-il d'une voix désespérée. Nous avons eu une nuit agitée. Tu as besoin de dormir, et moi de même.

— S'il te plaît, le supplia-t-elle. Reste.

Royce sentit sa résolution vaciller.

— Si je reste, prévint-il, je ne peux pas te promettre que…

— Au diable les promesses ! l'interrompit-elle. Tout ce dont j'ai besoin, c'est de la chaleur de tes bras.

Certain qu'ils étaient en train de se fourvoyer et qu'il allait regretter sa faiblesse, Royce soupira et ôta en un tournemain peignoir et pyjama.

Comme dans un de ces rêves qui le tourmentaient depuis des semaines, il se retrouva nu dans le lit. Blottie tout contre lui, Meg avait posé sa main sur sa poitrine et niché son visage dans le creux de son cou.

Royce ne s'était plus senti aussi bien, aussi en paix avec lui-même, depuis très longtemps.

Les secondes succédèrent aux secondes, les minutes aux minutes. Furtivement, il se demanda si Meg se rendait compte de l'état d'excitation dans lequel il se trouvait, puis il réalisa que son sexe tendu frôlait sa cuisse, ce qui rendait cette question sans objet.

Cette découverte ne fit qu'accentuer son trouble. Que Meg ne pût désormais ignorer le désir qu'elle lui inspirait ne signifiait pas qu'elle le partageait.

De peur de provoquer un désastre par trop de précipitation, il se tint parfaitement tranquille, goûtant avec délice la chaleur et la douceur qu'ils partageaient. Il lui suffisait d'être dans un lit avec elle pour avoir l'impression de fondre de bonheur. Elle lui avait toujours fait cet effet-là. Apparemment, cela n'était pas près de changer.

Le cœur battant, Meg emplissait ses narines de l'odeur de Royce, se réchauffait aux reliefs si connus de son corps. Une profonde tendresse les nimbait tous deux comme un cocon protecteur.

Cet homme qui avait juré ses grands dieux de ne jamais s'occuper d'Amanda avait été cette nuit terrifié de la voir malade. Il avait eu beau essayer de le cacher pour ne pas l'affoler, elle avait lu dans ses yeux la même peur que celle qui l'habitait, entendu dans le timbre de sa voix la même angoisse que la sienne.

Avec un sourire ému, Meg redressa la tête pour poser un baiser sur son épaule. Manda avait fini par conquérir le cœur de Royce. Elle ne savait ni quand ni comment cela s'était produit, mais elle s'en fichait.

Il était bien l'homme qu'elle avait toujours cru qu'il pouvait être, et cela seul importait. Elle n'en regrettait que plus amèrement de ne pas être la femme qu'il lui fallait, de n'avoir aucune chance de l'amener un jour à l'aimer de nouveau.

Décidée à ne pas gâcher la douceur de l'instant par des regrets, Meg s'étira contre Royce, caressa de ses membres son corps inerte et offert. Peut-être pourrait-elle ainsi lui faire comprendre sans paroles à quel point elle avait besoin de lui ?

N'y tenant plus, elle laissa ses lèvres s'aventurer le long du torse de Royce, partit à la conquête du bout de la langue d'une aréole brune et dressée. Avec satisfaction, elle le sentit se raidir et trembler sous la caresse.

— Meg..., lâcha-t-il dans un souffle.

— Mmm ?

Sans cesser de parcourir sa poitrine du bout des lèvres, elle caressa sous sa cuisse son membre dressé. Manifestement, songea-t-elle avec un frisson de plaisir anticipé, il la désirait autant qu'elle le désirait.

Sur ce point, au moins, leurs sentiments étaient au diapason...

Rejetant résolument cette pensée, Meg fit courir sa main là où sa cuisse reposait précédemment. Comme un arc qui se bande, à ce contact Royce s'arc-bouta sur le matelas.

— Bon sang, Meg ! lança-t-il d'une voix haletante. Sais-tu ce que tu es en train de faire ?

— Mais bien sûr..., répondit-elle sans cesser ses caresses. J'ai bien l'intention de faire l'amour avec mon mari.

Vaincu, Royce poussa un grognement rauque. Sans douceur, ses mains se refermèrent sur les fesses de Meg. Il l'attira contre lui, emprisonnant sa main entre leurs deux pubis. Une joie rendue plus intense par un sentiment de triomphe fulgura en elle. A présent, il ne pourrait lui refuser ce que plus que tout à cet instant elle désirait. Elle allait y veiller...

Royce redressa la tête pour déposer sur sa bouche un baiser fiévreux. Les lèvres de Meg, déjà chaudes, devinrent brûlantes sous les siennes. Il prit ce qu'elle avait à offrir, tout en ne cessant de se répéter qu'il commettait une erreur. Sa raison lui criait qu'il aurait à regretter au matin ce qu'ils étaient en train de faire. Mais à cet instant, il y avait bien longtemps qu'il ne faisait plus que jouer avec le feu. Consciemment, il avait choisi de se laisser consumer par lui. S'il devait en éprouver des regrets, ils devraient attendre jusqu'au lendemain.

Elevant ses mains jusque dans les cheveux de Meg, Royce y emmêla ses doigts et approfondit le baiser. Elle avait l'impression de redécouvrir des sensations qu'elle n'avait pas oubliées, mais qu'elle avait enfouies profondément en elle. D'un bloc, tout lui revenait à la mémoire — l'odeur suave qui s'élevait de leurs deux corps, les petits grognements de plaisir qu'il poussait, sa façon de mouvoir sa langue contre la sienne, le contact, dur et doux à la fois, de ses mains caressant sa peau à travers la chemise de nuit.

Et quand les lèvres de Royce quittèrent sa bouche pour partir à l'assaut de sa gorge, Meg poussa un long soupir et creusa les reins pour mieux se prêter à ses baisers.

Ses joues, rugueuses de la barbe du matin, frottaient contre sa peau, soulevant des vagues de frissons. Sous la soie de sa nuisette, les pointes de ses seins durcirent instantanément. Comme s'il avait pu deviner avant elle le moindre de ses désirs, Royce y porta la main, puis la bouche.

Décidé à pousser plus loin l'exploration du corps de Meg, Royce se mit à genoux et la coucha sur le matelas à côté de lui. Il y avait trop longtemps qu'il n'avait pu réjouir ses yeux au spectacle de sa beauté radieuse et épanouie pour qu'il pût y résister plus longtemps.

Lentement, s'accordant de longs détours, il fit courir son regard le long de son corps alangui, depuis la couronne épanouie de ses cheveux d'ébène étalée sur la blancheur de l'oreiller jusqu'au bas de sa très sage et très chaste chemise de nuit.

Finalement, leurs yeux se croisèrent. Royce ne fut pas surpris de découvrir ceux de Meg à la fois timides et provocants. Du bout des doigts, il suivit les contours de son visage comme pour en percer les mystères.

— On dirait qu'il y a à la fois de l'ange et de la gitane en toi, murmura-t-il. Qui donc es-tu, Megan Katherine Niven ? Sainte ou bohémienne ?

Après avoir dévalé le long de son cou, les mains de Royce dessinaient les contours de ses seins. Le souffle court, Meg bomba le torse.

— Ni l'une ni l'autre…, répondit-elle dans un souffle. Juste Meg. Une femme comme une autre…

Royce manifesta sa réprobation en secouant la tête. Avec une lenteur éprouvante, sans quitter des yeux son regard, il remonta le long de ses cuisses le dernier rempart à sa pudeur.

— Non, non, non…, protesta-t-il. Je la connais bien. Megan Katherine Niven est une femme excitante, tentatrice, ensorcelante, mais sûrement pas comme les autres.

Alors, seulement, il s'autorisa à contempler les plages de chair que le vêtement découvrait peu à peu. Meg s'agrippa de toutes ses forces au couvre-lit. Le frottement de la soie contre sa peau était une affolante torture. Mais plus insoutenable et plus érotique encore était le soin que mettait Royce à dévorer de la bouche et des yeux le moindre bout de peau qu'il mettait à nu.

Finalement, il dénoua le ruban de l'encolure et acheva de faire glisser le vêtement par-dessus ses épaules.

Il prit le temps de l'admirer longuement, et quand il revint fixer ses yeux à ceux de Meg, ils étaient emplis d'une émotion si manifeste et si bouleversante qu'elle en eut le souffle coupé.

— Tu es magnifique, murmura-t-il. Toujours aussi magnifique...

A pleines mains, il se fit un devoir de lui prouver son admiration en caressant, massant, palpant, titillant tout ce qu'il pouvait, de ses épaules à ses hanches, ne s'arrêtant qu'au seuil de cette partie intime d'elle-même où Meg avait le plus envie qu'il s'aventure.

— Tu te rappelles ? demanda-t-il d'une voix émue. Tu te rappelles nos jeux ?

— Je me souviens de tout !

— Et de celui-ci ? insista-t-il. Tu t'en souviens ?

Du bout de l'index, il écrivit dans le pli de son aine un message invisible. Toute pantelante qu'elle fût, Meg sourit avec nostalgie. Ce jeu sensuel, ils l'avaient inventé ensemble, au début de leur mariage. En devinant juste, elle gagnerait le droit de mettre fin aux préliminaires. Si elle se trompait, il lui faudrait encore subir de longues minutes de délicieuses caresses.

Meg n'hésita pas une seconde. Elle aurait pu faire semblant de se tromper pour prolonger le plaisir, mais après de si longs mois de séparation, rien ne lui semblait plus urgent ni plus impératif que d'accueillir Royce en elle.

— Ton nom ! lança-t-elle tout bas. Tu as écrit ton nom…

Conquérante et possessive, la main de Royce se referma sur le bas-ventre de Meg. Avec un petit soupir étranglé, elle bascula le bassin pour mieux se prêter à l'affolante caresse de ses doigts. Et quand elle n'y tint plus, qu'un désir irrésistible de l'avoir tout à elle lui tenailla le ventre, elle l'attira dans ses bras et enferma ses hanches dans l'anneau de ses jambes.

Mais Royce, loin de lui donner satisfaction en se positionnant pour se glisser en elle, fit en sorte de retarder encore l'issue inévitable.

— Que veux-tu ? murmura-t-il en la crucifiant de son regard de braise. Dis-le-moi, Meg…

Elle aurait voulu lui crier qu'elle voulait tout… Tout ce qui pendant un temps avait été à eux, et qui n'était plus à présent que regrets et souvenirs. Tout ce qu'il avait à lui offrir, sans réserve et sans restrictions, sans contreparties ni conditions… Mais elle savait que se laisser aller à lui dire ces choses serait le meilleur moyen de le faire fuir. Alors, elle lui dit simplement :

— Je te veux ! Je veux tout de toi ! Maintenant !

Saisissant d'une main impatiente son sexe dressé pour le guider en elle, ce fut à elle cette fois de le voir, suffoquant de plaisir, perdre de sa superbe et de ses moyens…

12.

Royce était parti quand Meg se réveilla au matin. Sur son oreiller, il avait déposé une note expliquant qu'il avait un rendez-vous matinal avec un fournisseur, qu'il devait passer la journée chez Sassy's, mais qu'il rentrerait le soir bien à temps pour le dîner. Il affirmait détester devoir partir sans l'avoir embrassée, mais il avait préféré la laisser dormir. Il concluait en disant que si la visite chez la pédiatre se révélait alarmante, ou si elle avait besoin de lui pour quoi que ce soit, elle ne devait pas hésiter à l'appeler.

Les larmes aux yeux, Meg serra longuement la note contre son cœur.

Son mari serait là pour le dîner. Il insistait pour qu'elle l'appelle en cas de besoin. Peut-être n'en était-il pas conscient lui-même, mais en agissant de la sorte il lui offrait cette seconde chance dont elle avait tant rêvé… Et cette fois, Meg était bien décidée à ne pas laisser le bonheur lui filer entre les doigts.

Riant et pleurant à la fois, elle se laissa retomber dans ses oreillers.

Ce Noël promettait d'être le plus merveilleux qu'elle eût vécu depuis longtemps. Elle et Royce réunis, Amanda et Alice auprès d'eux — ce serait, pour la première fois de leur existence à tous quatre, de véritables fêtes de Noël en famille...

Avec l'impression d'avoir de nouveau dix-huit ans et suffisamment d'énergie pour dévorer à pleines dents le reste de la journée, Meg bondit de son lit et courut dans la chambre d'Amanda.

Toujours endormie, celle-ci commençait à montrer les premiers signes d'éveil. Profitant du répit que sa fille lui laissait, elle fit sa toilette, s'habilla et eut le temps de prendre rendez-vous chez la pédiatre avant qu'elle ne se manifeste.

La praticienne confirma son diagnostic de la nuit précédente et prescrivit des antibiotiques. Elle rassura également Meg sur le fait que ce petit contretemps ne perturberait pas leurs vacances de Noël, à condition qu'Amanda réagisse bien au traitement et ne connaisse plus d'épisode d'agitation ou de fièvre.

Réconfortée par ces nouvelles réjouissantes, Meg put focaliser son attention sur de plus futiles mais tout aussi importants sujets de préoccupation. Noël tombait le lendemain, et elle avait encore un million de choses à faire pour qu'ils puissent passer ce soir un réveillon digne de ce nom.

Au retour de la pharmacie où elle était allée acheter les médicaments d'Amanda, elle fit donc un saut chez sa mère, dans l'espoir qu'elle serait disponible pour quelques heures de baby-sitting au pied levé.

— Maman ? appela-t-elle en passant la tête par la porte entrouverte de ses parents. Maman, tu es là ?

Des chants de Noël jouaient en sourdine et une odeur de cuisine de fête flottait dans l'air. Meg entra et sourit en retrouvant le confort domestique tranquille et rassurant de la maison où elle avait grandi.

C'était un foyer comme celui-ci dans lequel elle voulait faire grandir sa fille. Sa plus grande ambition, c'était qu'Amanda puisse un jour lui rendre visite à l'âge adulte et éprouver le même sentiment de sécurité et la même nostalgie qui l'assaillaient.

Elles trouvèrent Eileen Niven dans la cuisine, plongée jusqu'aux coudes dans la préparation d'une dinde farcie et fredonnant *Jingle Bells* avec entrain.

— Bonjour, maman…

Alarmée, elle se retourna d'un bloc. Son visage se fendit d'un grand sourire dès qu'elle les découvrit sur le seuil.

— Meg !

Avant de traverser la pièce pour aller embrasser sa mère sur les deux joues, elle expliqua sur un ton de reproche :

— La porte était ouverte… Tu sais que ce n'est pas prudent.

Eileen prit le temps de saluer sa petite-fille de quelques risettes avant de répondre :

— Ce doit être Josie qui ne l'a pas fermée tout à l'heure. Je l'ai envoyée faire quelques courses.

Meg prit place sur l'une des chaises de cuisine qui craqua de manière familière quand elle s'y assit.

Devant elle, le plateau de la table de bois gardait quelques traces des innombrables goûters qui y avaient été pris et des tout aussi nombreux devoirs d'école qui y avaient été faits.

— Josie est là pour les vacances ? s'étonna-t-elle.

— De longues vacances..., renchérit sa mère tout en reprenant sa tâche. Figure-toi que, dans cette université, ils laissent un mois entier à leurs étudiants pour se reposer. Tu te rends compte ?

Fouillant dans le sac de change dont elle s'était munie, Meg en tira un hochet coloré qu'elle agita devant le visage réjoui de Manda.

— Je suppose que ce n'est pas elle qui s'en plaindra, dit-elle.

— Qu'est-ce qui t'amène ? reprit Eileen en lui adressant par-dessus son épaule un sourire complice. Tu es juste venue faire un brin de causette... ou demander une faveur ?

Meg se mit à rire, rejointe dans son hilarité par Amanda qui secoua frénétiquement son hochet.

— J'avais effectivement une faveur à te demander, avoua-t-elle. Mais à présent que je te vois si occupée, j'ai des scrupules à le faire...

— Ridicule ! protesta Eileen en balayant l'argument d'un revers de main. Que puis-je faire pour toi ?

Dans les grandes lignes, Meg raconta à sa mère la peur qu'Amanda leur avait faite la nuit précédente et sa visite chez le médecin.

— J'ai encore pas mal de courses à faire pour ce soir, conclut-elle, et je déteste l'idée de traîner Manda dans ces magasins bondés. Alors je me demandais si tu pourrais...

— Pas un mot de plus ! s'écria Eileen.

En toute hâte, elle alla se laver et se sécher les mains et revint tendre les bras avec un grand sourire à Amanda.

— Je serai enchantée de pouvoir chouchouter ma petite-fille pendant quelques heures.

— Tu es sûre que…

— Tout à fait sûre ! Josie se plaignait justement ce matin de n'avoir pas encore eu l'occasion de s'occuper de Manda, et moi je suis en avance sur mon planning.

— Comme d'habitude…

Meg fit un câlin à sa fille et l'embrassa sur les deux joues avant de se lever pour la confier à sa mère.

— Je ne te remercierai jamais assez…

— De quoi donc ? protesta Eileen. De faire ce que j'aime le plus au monde ? C'est moi qui devrais te remercier…

— Où étais-tu passée ?

Après lui avoir ouvert la porte, Alice contemplait d'un air de reproche Meg qui venait d'entrer dans le hall. Tout essoufflée, elle portait Amanda à moitié endormie sur un bras, et de l'autre plusieurs sacs en plastique bourrés à craquer. Déposant son fardeau sur le sol, elle expliqua de manière laconique :

— Shopping. Il y en a trois fois plus dans le coffre.

Sans attendre, elle gravit l'escalier d'un pas décidé.

— Je vais mettre Amanda au lit, reprit-elle. Elle s'endormait dans la voiture.

Alice avait eu le temps de décharger les sacs et de les poser sur les comptoirs de la cuisine quand Meg redescendit quelques minutes plus tard. Avec une énergie retrouvée, elle se mit à ranger les provisions tout en racontant gaiement à sa pupille sa journée.

— Tu n'as pas idée à quel point les magasins étaient bondés aujourd'hui ! Sans parler de l'autoroute… C'est à croire que tout le monde attend la dernière minute pour faire ses courses de Noël. J'ai même vu deux femmes en venir aux mains pour pouvoir emporter la dernière dinde…

— Tu aurais pu me laisser un mot…, reprocha Alice d'une voix glaciale.

Surprise, Meg interrompit ses va-et-vient et la fixa avec étonnement.

— Je te demande pardon ?

— Un mot…, répéta-t-elle. Je ne savais pas où vous étiez passées, Amanda et toi.

— Je suis désolée…, s'excusa Meg. Honnêtement, je n'y ai pas pensé. J'ai emmené Amanda chez la pédiatre tôt ce matin, puis je l'ai déposée chez ma mère pour aller faire mes courses, mais je n'imaginais pas que cela me prendrait autant de temps… C'était vraiment une journée de folie.

Meg ouvrit la porte du réfrigérateur pour y déposer les produits frais.

— Tu as vu toutes les bonnes choses que ma mère nous a données ? renchérit-elle pour changer de sujet. Il y a même une tarte aux noix de pécan… Si nous mangeons tout ça avant la fin de l'année, nous allons devoir changer toute notre garde-robe !

Meg fut la seule à rire de sa plaisanterie.

— Tu aurais pu m'emmener…, bougonna Alice en suivant du bout de sa chaussure de tennis les motifs du carrelage. Je ne vais plus jamais en ville.

Tout en rassemblant dans un seul les sacs de plastique épars pour les glisser dans la poubelle réservée au recyclage, Meg fronça les sourcils.

— Je suis partie tôt, Alice... De plus, je savais que tu étais prise au travail jusqu'à 13 heures. La prochaine fois je t'emmène. Promis !

— D'accord.

La jeune fille balaya le carrelage du plat de sa semelle comme pour effacer sur le sol une ardoise imaginaire.

— Il n'y avait pas foule à *La Plantation* aujourd'hui.

— Ça, commenta Meg, je m'en doute. En prévision du réveillon, tout le monde s'était donné rendez-vous dans les galeries marchandes. Tu allumes la radio pour nous trouver quelques chants de Noël ?

Obligeamment, Alice s'exécuta. Quand elle eut calé le récepteur sur une station qui diffusait de la musique ininterrompue, elle se retourna et ajouta :

— C'était tellement calme que Dana est partie plus tôt.

— Tu peux m'aider à éplucher les pommes de terre ? demanda Meg. L'économe est dans le tiroir près de l'évier.

— Qu'est-ce que tu prépares ? s'enquit Alice en ouvrant le tiroir pour en tirer le couteau.

— Pain de viande et purée.

Alice fit la grimace.

— Plutôt rustique pour un repas de fête.

— Etant donné mes talents culinaires limités, précisa Meg en riant gaiement, je ne peux prétendre me lancer dans quelque chose de plus ambitieux. Mais ne t'inquiète pas, tu auras plus que ta part de dinde farcie et de douceurs demain chez ma mère. Elle en prépare chaque fois pour un régiment. J'espère que tu viens toujours ?

Alice haussa les épaules.

— Bien sûr. Je n'ai nulle part où aller, sinon.

Meg tira un grand plat creux d'un placard, y versa la viande hachée, et commença à y ajouter des épices.

— De toute façon, reprit-elle vivement, Royce a tellement l'habitude de manger des plats sophistiqués au restaurant qu'il adore ma cuisine *rustique*, comme tu dis…

— Qu'est-ce qu'il vient faire là, lui ?

Meg se figea sur place et cessa de pétrir la viande. D'un bloc, elle fit volte-face, et un regard au visage d'Alice lui suffit pour comprendre ce qui se passait. Son visage à elle dut être particulièrement expressif aussi, car l'adolescente croisa les bras d'un air de défi.

— Ainsi, c'est à ça que rime toute cette comédie ! railla-t-elle avec un rictus de dépit. Et moi qui me demandais pourquoi tu étais subitement si guillerette, si excitée, si frivole, à rire de tout et n'importe quoi…

Les joues en feu, Meg s'empressa de s'essuyer les mains à un torchon et fit un pas vers elle.

— Attends un peu… Nous avons besoin de parler toutes les deux.

— Tu m'avais promis qu'il n'y avait aucun risque de réconciliation entre vous !

— La situation est un peu plus compliquée que ça.

Meg tira une chaise.

— Assieds-toi ! ordonna-t-elle. Nous avons besoin d'en discuter.

Le menton fièrement pointé, Alice semblait bien campée sur ses positions.

— A quoi bon, puisque tu ne me dis pas la vérité ?

— Tu es injuste ! protesta Meg en effectuant un nouveau pas vers elle. Quand je t'ai dit ce que je t'ai dit à propos de Royce et moi, je le pensais vraiment. Je n'aurais jamais imaginé qu'une seconde chance de sauver notre couple s'offrirait à nous. Jamais. Mais les choses ont changé, et...

— Tu ne crois pas si bien dire ! lança Alice en saisissant son blouson sur le dossier d'une chaise. Les choses ont changé, et moi je me tire !

Désemparée, Meg la poursuivit jusque dans le hall en criant :

— Attends un peu ! C'est le soir de Noël, nous pouvons tout de même en discuter comme deux...

La porte d'entrée lui claquant au nez l'empêcha de poursuivre, et ce fut pour elle-même qu'elle conclut tristement :

— ... adultes.

Saisie par le découragement, Meg s'adossa à la porte, méditant sur ses erreurs.

Elle se leurrait en essayant de traiter Alice en adulte. Elle n'en était pas une. Elle était une jeune fille de dix-sept ans meurtrie par la vie, aux réactions épidermiques et imprévisibles.

En y prêtant un peu plus attention, elle aurait pu cependant anticiper ses réactions. Si elle n'avait été à ce point aveuglée par son bonheur tout neuf, elle se serait doutée qu'Alice n'accueillerait pas la nouvelle avec le même enthousiasme qu'elle, et lui aurait présenté les choses avec plus de diplomatie...

Cette excitation qui s'était emparée d'elle et dont l'adolescente s'était moquée lui paraissait puérile à présent ; son désir de préparer à Royce son repas favori plus puéril encore. La dernière chose à faire était bien de blesser les sentiments d'Alice, or c'était exactement ce que sans le vouloir elle avait fait. Le plus pénible pour elle était de craindre d'avoir perdu par la même occasion la confiance que l'adolescente, au prix de tant d'efforts, était parvenue à lui témoigner.

Luttant contre ses larmes, Meg regagna la cuisine et se força à se remettre à l'ouvrage. Après tout, c'était le soir de Noël et tout finirait peut-être par s'arranger. Son coup de colère passé, Alice finirait par se calmer et revenir. Elle saurait alors choisir les mots qu'il faut pour lui expliquer la situation et la lui faire accepter. Tout serait pour le mieux, pour tout le monde.

Royce rentrerait tôt et dans de bonnes dispositions. Tous les trois, ils passeraient une merveilleuse soirée. Royce se ferait un plaisir de préparer un feu dans la cheminée. Les lumières du sapin clignoteraient dans le noir. Ils se rassembleraient autour en entonnant des chants de Noël, une tasse de lait de poule à la main.

En somme, ce serait une scène digne d'un tableau de Norman Rockwell... Leur premier Noël en famille.

*
* *

— Joyeux Noël, Honoria…

Royce déposa devant sa sœur assise à sa table de travail un paquet joliment emballé. Le plaçant dans le creux de sa main, Honoria leva la tête et lui sourit.

— Tu n'aurais pas dû…

— C'est vrai…, reconnut-il en se perchant sur le coin de son bureau. Mais si j'avais oublié, tu ne m'aurais pas raté…

— Exact.

Soupesant le cadeau, Honoria l'observa sous toutes les coutures.

— Curieuse ?

— Très !

Résolument, elle reposa le paquet et le poussa sur le côté. La voyant faire, Royce s'empressa de le replacer devant elle.

— Ouvre-le…

— Tu sais bien que j'attends toujours le matin de Noël pour ouvrir mes cadeaux.

— Fais une exception pour celui-là.

Avec un sourire enjôleur, il lui prit la main dans le creux de laquelle il replaça le présent.

— Ouvre-le, insista-t-il gentiment. Je ne te reverrai pas avant ton retour d'Aspen.

Honoria le dévisagea un instant d'un air étonné, puis haussa les épaules et fit ce qu'il lui demandait. En ouvrant l'écrin où reposait sur un lit de velours la petite broche ancienne en perles et marcassite, ses yeux s'arrondirent de surprise.

— Royce ! murmura-t-elle dans un souffle. C'est magnifique… Tu t'es surpassé cette année.

Royce la fixa lui-même au col de son tailleur, ravi de la voir saisir dans un tiroir un petit miroir pour s'admirer. Même pour de petites choses comme celle-ci, Honoria exprimait rarement ses sentiments.

— Je suis ravi qu'elle te plaise.

— Je l'adore ! confia-t-elle en caressant le bijou du bout des doigts.

Bien vite, pourtant, elle rangea le miroir dans son bureau et dit :

— Je pensais t'apporter ton cadeau à la maison ce soir. Tu y seras bien sûr.

Le sourire de Royce se figea sur ses lèvres. La maison à laquelle sa sœur faisait référence était celle de leurs parents.

Les Adler avaient pour coutume de recevoir tous les ans à Noël la famille et leur cercle d'amis au cours d'une fastueuse réception. Comment avait-il pu oublier ? Il n'eut pas à chercher longtemps la réponse. Meg et la nuit éprouvante et merveilleuse qu'ils avaient vécue ensemble auraient suffi à lui faire oublier n'importe quoi.

Pour se donner une contenance, il ramassa dans le bac à courrier la pile de cartes de vœux reçues ce jour-là et la parcourut des yeux.

— Je pensais m'abstenir cette année..., lança-t-il négligemment. De toute façon, je doute qu'ils notent mon absence. Leur liste d'invités s'allonge d'année en année.

Tirant une carte du lot, il l'examina et en lut le texte avec attention.

— Billy Hastings ? s'étonna-t-il. Il est toujours amoureux de toi ?

Sans lui répondre, elle pencha la tête sur le côté et fit observer d'un air mutin :

— Tu sais bien que mère a un don pour repérer les absents. Ils vont être furieux de ne pas te voir. Tu as autre chose de plus excitant programmé pour ce soir ?

Royce se renfrogna et observa un silence prudent. Honoria savait qu'il était retourné vivre auprès de Meg. Il ne lui avait rien caché non plus des raisons qui l'avaient poussé à accepter ce curieux arrangement.

Mais il y avait du nouveau depuis qu'ils avaient eu cette conversation tous les deux. Et il y avait peu de choses qui passaient inaperçues aux yeux de sa sœur, surtout lorsqu'il s'agissait de lui.

Décidé à crever l'abcès, il releva la tête et soutint sans ciller son regard inquisiteur.

— Si tu me disais plutôt franchement ce que tu as sur le cœur ? Tu n'as jamais été du genre à ne pas me dire mes quatre vérités, ce n'est pas aujourd'hui que tu vas commencer.

— Comme tu voudras. Tes horaires de travail ont été pour le moins fantaisistes ces derniers temps. Et je préfère passer sous silence ton manque de disponibilité et de concentration. Je constate que ce changement de comportement coïncide avec ta décision de retourner vivre chez Meg.

Bien qu'il prît garde de rester calme en apparence, Royce sentait une colère noire monter en lui. Il savait exactement où sa sœur voulait en venir, savait qu'elle y viendrait fatalement, mais ne pouvait accepter cette intrusion dans sa vie privée.

— Et… ? l'encouragea-t-il d'une voix menaçante.

— Et je déteste te voir perdre de vue l'essentiel..., conclut Honoria sans se laisser impressionner. Tout comme je détesterais voir ce qui s'est produit la dernière fois se produire de nouveau.

Royce se dressa sur ses jambes, plongea pour se calmer les mains au fond de ses poches, et commença à faire les cent pas dans la pièce.

— Je te remercie de ta sollicitude ! lança-t-il avec véhémence. Mais je t'assure que tu n'as pas à t'en faire pour moi. Je vais bien et suis parfaitement maître de la situation.

— Vraiment ?

— Oui, bon sang ! Vraiment !

Royce se figea devant elle et nota son petit sourire amusé. Il avait bien conscience qu'en perdant son sang-froid, il venait de lui donner raison. Il détestait se voir pris en faute par Honoria. Et il détestait encore plus qu'elle ait raison.

Tout ce qu'elle avait dit était vrai. Ses parents noteraient son absence et ne la lui pardonneraient pas. Et pour ce qui concernait Meg, il ne pouvait leurrer que lui-même en prétendant que la situation était sous contrôle...

Avec un soupir exaspéré, Royce jeta un rapide coup d'œil à sa montre.

— Tu ne m'as pas répondu..., insista sa sœur d'une voix mielleuse. Dois-je apporter ton cadeau ce soir ?

— Tu sais bien que je n'ai pas le choix, maugréa-t-il en gagnant la porte. Mais tu ne m'as pas répondu toi non plus. Billy Hastings te court toujours après ?

Avant que le visage de sa sœur ne se fige en un masque impénétrable, Royce crut y voir passer un soupçon de regret.

— Billy n'est rien pour moi.

Elevant sa main gauche devant elle, Honoria fit briller dans la lumière un anneau passé à son majeur et serti d'un diamant d'au moins cinq carats.

— Cadeau de Noël de Brian Bennett…, expliqua-t-elle. A ce prix-là, c'est aussi une bague de fiançailles.

Secouant la tête comme s'il ne parvenait pas à y croire, Royce se sentit pris d'un intense sentiment de pitié pour elle.

— Pourquoi fais-tu ça ? murmura-t-il.

— Quelle question !

— Une question pertinente, en tout cas… J'ai dû rater un épisode, car il ne me semblait pas que tu étais à ce point folle de lui.

Agacée, Honoria ouvrit d'un geste sec un coffret à cigarettes sur son bureau et en alluma une à petits gestes nerveux avant de lancer sèchement :

— Et moi qui pensais que tu serais heureux pour moi…

— Je le serais si j'étais sûr que c'est ce que tu veux réellement. Il y a quinze jours de cela, tu le traitais encore de bouffon ! Réponds-moi — pourquoi ?

— Pourquoi ? répéta-t-elle, les yeux brillants. Tu veux vraiment savoir pourquoi ? Tout simplement parce qu'il est Brian Bennett III et que je suis Honoria Adler. Au moins, nous n'avons ni l'un ni l'autre à nous faire d'illusions quant à nos motivations.

Royce la dévisagea un instant sans savoir que dire. L'annonce de ces fiançailles n'aurait pourtant pas dû le surprendre. Le célibat prolongé d'Honoria était dans la famille un sujet sensible. Cela faisait des années que ses parents intriguaient pour pousser dans ses bras l'élu de leur choix.

Mais bien plus qu'elle le surprenait, la nouvelle l'emplissait de tristesse. Il y avait quelques mois de cela, il se serait sans doute contenté de lui offrir ses vœux de bonheur. Mais aujourd'hui, pour une raison qui lui échappait, il se sentait le devoir moral de la mettre en garde.

— Les illusions sont parfois préférables..., dit-il enfin. Tu as déjà attendu longtemps. Pourquoi ne pas attendre encore un peu d'avoir trouvé l'élu de ton cœur ? N'épouse pas Brian parce que nos parents ont décrété qu'il est l'homme qu'il te faut. Tu finirais par t'en mordre les doigts.

Au bord des larmes, Honoria darda sur lui un regard noir.

— Toi qui t'es marié par amour, rétorqua-t-elle, regarde où cela t'a mené... Les mariages d'amour ne sont pas pour des gens comme nous, Royce. Je pensais que tu aurais fini par le comprendre.

Résolu à ne pas céder, Royce soutint son regard sans ciller. Sa sœur, la première, baissa les yeux pour écraser dans un cendrier de cristal sa cigarette à peine entamée.

L'instant d'après, elle avait retrouvé son apparence coutumière, et ce fut d'une voix parfaitement maîtrisée qu'elle demanda :

— Si je comprends bien, tu refuses de me présenter tes vœux de bonheur ?

Comprenant qu'il avait échoué, Royce traversa la pièce et se pencha vers elle pour l'embrasser sur les deux joues.

— Tu es ma grande sœur, répondit-il. Comment pourrais-je ne pas vouloir ton bonheur ? Toutes mes félicitations, Honoria. Je suis sûr que tu feras une superbe mariée.

13.

De nombreuses heures s'étaient écoulées lorsque Royce put enfin pousser la porte de la maison qu'il partageait avec Meg.

Dès le hall d'entrée, les chants de Noël qui jouaient en arrière-fond musical et l'odeur de feu de bois qui flottait dans l'air lui arrachèrent un sourire. Quelle différence avec les senteurs exotiques et la cacophonie de bruits de conversation mêlés à ceux de l'orchestre qu'il venait de quitter dans la grande demeure de ses parents…

Après s'être rapidement débarrassé de son manteau, il se hâta vers le salon. Meg s'y trouvait, fredonnant tout bas tout en arrangeant sous le sapin un monceau de paquets.

Noël était partout dans la pièce. Un plateau de friandises et de pâtisseries traditionnelles était posé sur la table basse. Dans les branches de l'arbre, la guirlande lumineuse clignotait gaiement. Pendus au-dessus de cheminée, quatre grands bas rayés n'attendaient plus que le Père Noël.

Appuyé contre le chambranle de la porte, Royce prit le temps d'admirer Meg tout à son aise sans qu'elle s'en doute. Elle était habillée ce soir tout en vert foncé, d'un sweater confortable et d'un pantalon à pinces assorti. Sans doute pour ajouter une touche festive, elle avait drapé un grand foulard rouge et blanc sur ses épaules. Des anneaux d'or brillaient à ses oreilles. Avec le flot de cheveux noirs qui lui cascadait dans le dos, elle ressemblait ainsi plus que jamais à une bohémienne fière et libre.

Une sourde culpabilité assaillit Royce. La place de Meg aurait été ce soir à la réception de ses parents, avec lui, et non seule à la maison à l'attendre. Il n'avait pas manqué de noter la déception qui avait transparu dans le ton de sa voix quand il lui avait expliqué au téléphone les raisons de son retard.

Mais après tout, se dit-il pour soulager sa mauvaise conscience, il n'avait aucune raison de se sentir coupable. Ils ne s'étaient fait aucune promesse, aucun serment, Meg et lui. Ce qui s'était passé la nuit précédente avait... simplement eu lieu. Aux yeux de tous et selon la loi, ils étaient toujours mari et femme. Et puisqu'ils étaient tous deux adultes, attirés l'un vers l'autre et consentants, pourquoi n'auraient-ils pu...

Se retournant à cet instant, Meg le tira de ses pensées.

Dès qu'elle le découvrit au seuil de la pièce, son visage s'éclaira. Son sourire chaleureux, après les visages compassés qu'il venait de quitter, le réjouit et lui réchauffa le cœur.

— Tu es rentré..., constata-t-elle simplement.

Royce hocha la tête d'un air pensif en lui rendant son sourire.

— Trop tard, hélas... Tu es magnifique.

Une charmante rougeur apparut sur ses joues.

— Merci.

S'avançant à sa rencontre, il lui tendit une boîte en carton et une bouteille enveloppée de papier de soie.

— Le champagne ne peut qu'être bon, précisa-t-il. Il vient de la cave de mes parents. Dans la boîte, tu trouveras un assortiment des canapés que tu n'as pu déguster ce soir.

Meg murmura un nouveau merci et le débarrassa de ses présents.

— Tu as faim ? s'enquit-elle. Je peux te réchauffer ton dîner si tu veux.

Dans son regard, Royce crut déceler une fêlure et se maudit de lui avoir fait faux bond.

— Je suis affamé. Tu sais qu'aucun buffet n'arrive jamais à me rassasier.

— Tant mieux..., se réjouit-elle. Le temps que tu ailles te changer, je m'en occupe.

Meg le regarda quitter le salon, en proie au doute. Pour sa part, elle l'aimait tellement qu'elle aurait pu tout sacrifier pour lui. Mais lui ? Comment aurait-elle pu être sûre de ses sentiments ? Comment aurait-elle pu avoir la certitude qu'il était décidé lui aussi à donner une nouvelle chance à leur amour ? Abattue, elle gagna la cuisine et s'activa à préparer son repas.

Une chose était sûre, il ne lui avait pas demandé de l'accompagner chez ses parents. Depuis qu'il l'avait appelée pour prévenir de son retard, elle essayait de se convaincre que c'était à cause du problème de garde posé par Amanda. Mais au fond d'elle-même, elle ne pouvait s'empêcher de craindre qu'il n'ait pas voulu s'afficher en sa compagnie chez les Adler.

Et s'il ne souhaitait rien de plus qu'assouvir avec elle le désir qu'elle lui inspirait ? Repoussant ces sombres pensées, Meg haussa les épaules. Leur situation était tout simplement aussi nouvelle, délicate et incertaine que les premiers bourgeons du printemps.

Elle le savait, Royce n'avait jamais été très à l'aise avec les sentiments — surtout lorsqu'il s'agissait des siens. Lui se voyait en homme raisonnable et aussi solide qu'un roc. Elle le connaissait un peu mieux et savait que se cachait derrière cette façade beaucoup de sensibilité et d'émotions contenues.

Après avoir sorti du réfrigérateur l'assiette qu'elle avait préparée à son intention, Meg la débarrassa de l'aluminium qui la recouvrait et la glissa dans le micro-ondes.

Après tout, conclut-elle pour elle-même, l'essentiel n'était-il pas qu'il n'ait fait qu'une apparition à la réception des Adler pour revenir bien vite chez eux ? Et n'était-ce pas délicat et attentionné de sa part de lui avoir apporté ce champagne et cet assortiment de canapés ? Il fallait lui laisser le temps de se faire à l'idée de leurs retrouvailles, voilà tout…

— Miam ! lança la voix de Royce derrière elle. Ça sent bon…

Meg se retourna et chercha dans son regard à se rassurer. Et si elle se décidait tout simplement à aller vers lui pour lui avouer à quel point elle l'aimait, et pour le supplier de donner une seconde chance à leur union ? Certainement pas ! Si jamais il dédaignait son offre et lui tournait le dos, elle aurait bien du mal à s'en remettre.

— Meg ? s'inquiéta Royce en fronçant les sourcils. Tu es sûre que ça va ?

Meg hocha la tête et se força à sourire. Prenant prétexte de la sonnerie du micro-ondes qui venait de retentir, elle s'occupa les mains en sortant le plat réchauffé. Si seulement elles avaient pu trembler un peu moins…

Royce l'avait rejointe. Penché au-dessus de son épaule, il observait curieusement le contenu de l'assiette.

— Serait-ce ton fameux pain de viande ?

— Ça l'est.

Essayant de feindre la décontraction, Meg tourna la tête pour lui sourire, mais les papillons qui voletaient dans son estomac l'empêchèrent de paraître autre chose que crispée. Il était si proche qu'elle pouvait discerner les éclats d'émeraude dans le bleu de ses yeux, sentir contre sa joue le souffle de sa respiration, percevoir dans son dos la chaleur qui émanait de lui.

— C'est un plat que tu as toujours aimé…, ajouta-t-elle d'une voix trop haut perchée. Hélas, à force d'être réchauffé il doit être complètement desséché…

— Je suis sûr que ce sera parfait ! murmura-t-il sans la quitter du regard.

Mais à en juger d'après la lueur de convoitise qui brillait dans ses yeux, il paraissait évident qu'un tout autre appétit le tenaillait. Meg se sentit rougir. Royce lui prit l'assiette des mains et alla s'asseoir à table. Disposant sur une autre assiette quelques-uns des canapés qu'il avait apportés, elle le rejoignit et s'assit face à lui.

Il avait changé son élégant costume italien et sa cravate pour un jean noir et un sweater beige. Meg ne parvint à détourner les yeux de l'alléchante plage de chair révélée par le col en V qu'au prix d'un gros effort de volonté.

— Comment s'est passée ta journée ? demanda-t-elle vivement, dans l'espoir de masquer sa nervosité.

Royce prit le temps d'avaler une bouchée avant de répondre :

— Très occupée. Et la tienne ?

— Très occupée aussi.

Meg grignota le coin d'un canapé, puis le reposa, cherchant que dire. Pourquoi fallait-il que les choses soient si compliquées entre eux ? Après tout, ils étaient mariés, et faire la conversation le soir après une dure journée n'aurait pas dû constituer une épreuve… Hélas, les seules choses qu'elle aurait eu véritablement envie de lui dire ne pouvaient entrer dans le cadre d'une innocente conversation autour d'une dînette.

— Comment va Amanda ? s'enquit Royce, la tirant de son embarras.

— Beaucoup mieux. Grâce aux médicaments, elle dort comme une souche, et je me demande même si elle ne va pas nous faire sa première nuit complète…

Dans le détail, elle lui fit un compte rendu de sa visite chez le médecin, puis le silence retomba entre eux. Royce fit une nouvelle tentative pour relancer la conversation. Elle en fit une aussi. Du bout des dents, il grignota quelques bouchées de son « fameux » pain de viande. Sans appétit, elle se força à avaler deux canapés. Quelques minutes passèrent ainsi.

Finalement, Royce laissa retomber sa fourchette dans son assiette.

— Meg ?

Pleine d'espoir, elle leva les yeux vers lui.

— Oui ?

— En fait, je n'ai pas très faim.

— Moi non plus.

— Pourquoi n'ouvririons-nous pas cette bouteille de champagne pour aller la boire au pied du sapin ?

Soulagée, Meg lui sourit.

— J'adorerais ça...

Un moment plus tard, ils étaient confortablement installés dans le salon, au milieu d'un impressionnant empilement de coussins. Les bulles glissant le long des parois de cristal, dans leurs flûtes à champagne, suffisaient à conférer à cet instant un air de fête. Ils trinquèrent et la note cristalline de leurs verres entrechoqués vint parfaire l'ambiance.

— Joyeux Noël, Meg...

La tendresse qu'elle lut dans son regard suffit à faire s'emballer le cœur de Meg.

— Joyeux Noël, Royce.

Ils burent de concert, sans se quitter des yeux. Le vin était frais, sec, et aussi délicieux que Royce l'avait annoncé. Enfin, détournant le regard pour observer d'un air amusé l'empilement de cadeaux au pied du sapin, il plaisanta :

— Je vois que le Père Noël est déjà passé.

— Tu sais comment est ma famille..., fit Meg en riant. Inutile de te dire que la plupart d'entre eux sont pour Amanda. Dire qu'elle est déjà trop gâtée !

Reposant son verre, Royce s'empara de sa main et la porta à ses lèvres.

— Elle le mérite..., murmura-t-il. De même que sa mère. Moi aussi j'ai quelques petites choses pour elle

— et pour toi. Mais tu dois me promettre d'attendre jusqu'à demain pour les ouvrir. Sans tricher…

De nouveau, Meg se mit à rire, d'un rire sans joie qui sonna faux à ses propres oreilles. Elle connaissait quant à elle une autre occupante de la maison qui méritait d'être gâtée… Penser à Alice suffisait à lui gâcher sa joie de partager ce réveillon avec Royce. Elle détestait s'être disputée avec elle, surtout en cette veillée de Noël.

Royce, qui n'avait pas manqué de noter sa soudaine mélancolie, suivit du bout de l'index le contour de sa bouche.

— Pourquoi ce pli amer sur tes lèvres ? s'étonna-t-il. Ça ne va pas ? M'aurais-tu caché quelque chose à propos de Manda ?

— Non, non ! s'empressa-t-elle de le rassurer. C'est d'Alice qu'il s'agit. Nous nous sommes disputées ce soir. Elle a quitté la maison en claquant la porte.

— Est-elle revenue ?

— Oui.

Meg poussa un gros soupir et contempla le contenu de sa flûte d'un air songeur.

— Oui, mais à son retour elle est montée directement dans sa chambre sans me dire un mot.

Royce prit de nouveau sa main et la serra entre les siennes, ce qui suffit à la réconforter.

— Quelle était la cause de votre dispute ?

Meg hésita à lui raconter toute l'histoire puis renonça. Comment aurait-elle pu lui avouer qu'Alice et elle s'étaient disputées à cause de sa présence auprès d'elle et du rapprochement intervenu entre eux ?

— Rien d'important..., finit-elle par répondre en détournant les yeux. Ça va s'arranger.

Royce s'empara de nouveau de sa main pour la porter à ses lèvres.

— Tu en es sûre ?

— Oui, sûre.

— Tant mieux, parce que je n'ai plus envie de parler.

— Non ?

— Non.

Lui ouvrant la main, il pressa ses lèvres contre sa paume. Frissonnante, Meg ferma les yeux. D'une voix basse et persuasive, Royce ajouta :

— Et je n'ai pas envie non plus que ton esprit soit occupé par autre chose que nous deux. Viens près de moi...

Il l'installa confortablement contre les coussins, prit son visage en coupe entre ses mains et plongea au fond de ses yeux.

— Toute la journée, murmura-t-il, j'ai eu envie de faire ça...

Avec une lenteur délibérée, il approcha ses lèvres de celles de Meg, pour le plus doux et le plus tendre des baisers.

— Mais ce n'est pas la seule chose que j'ai eu envie de faire...

Meg tendit les bras et les referma autour de son cou, sentant déjà monter dans son ventre une urgence familière.

— Ah bon ? fit-elle mine de s'étonner. A quoi d'autre pensais-tu ?

Royce laissa sa bouche dériver le long de sa joue, dans le creux de sa gorge. A la naissance de son cou, il trouva la pulsation rapide de son pouls et y appuya les lèvres. Avec un soupir de bien-être, Meg arqua le dos.

Patiemment, les doigts de Royce dénouèrent le foulard et firent glisser l'encolure de son sweater le long de son épaule. Tandis que sa bouche reprenait sa lente exploration le long de son épaule et à la naissance de son sein, elle gémit de plaisir.

— Tu portes bien trop de vêtements, Meg Niven..., murmura-t-il.

Avec un petit rire coquin, elle glissa ses mains sous le sweater de Royce. Ses abdominaux durcirent sous ses doigts. Sa peau était chaude, tentatrice et douce.

— Tu en portes bien trop, toi aussi...

Il s'empara de ses lèvres, de sa langue, en un long baiser à couper le souffle, puis se recula et demanda :

— Qu'allons-nous faire pour résoudre ce problème ?

— J'ai quelques idées..., répondit-elle en laissant ses doigts glisser jusqu'à la ceinture de son jean.

Les doigts de Royce se refermèrent sur les siens.

— Accroche-toi à cette idée, glissa-t-il dans un souffle. Je reviens tout de suite.

D'un bond, il alla verrouiller la porte du salon.

— Merci à toi, dit-elle quand il l'eut rejointe.

— De quoi ? s'étonna-t-il.

Meg lui sourit et frotta affectueusement son nez contre le sien.

— D'être si délicat et si prévoyant.

Royce laissa éclater un rire complice et roula sur le côté, de manière à s'allonger en partie sur elle.

— Pur égoïsme..., dit-il en roulant des hanches contre son bassin. Je veux juste écarter tout risque d'interruption fâcheuse. J'ai de grands plans pour nous deux. Où en étions-nous déjà ?

Debout devant la fenêtre du salon, Meg observait Royce jouer avec Amanda dans le jardin. La chose n'avait plus rien d'inattendu à présent. Après ce Noël magique qu'ils avaient passé dans les bras l'un de l'autre, un semblant d'état de grâce s'était installé dans la maison durant toutes les vacances de fin d'année et les trois semaines suivant le nouvel an. Même l'inflexible Alice semblait y être sensible, car son comportement et son humeur au quotidien s'étaient améliorés.

Pourtant, en ce jour de janvier qu'un soleil hivernal rendait étincelant, Meg se sentait incapable de se réjouir comme elle l'aurait dû. Royce s'amusait avec Amanda et riait. Le bébé criait sa joie d'être dans ses bras pour de nouvelles aventures. La scène aurait dû au moins l'amuser, au mieux susciter en elle l'espoir qu'ils finissent par former une vraie famille. Mais pour une raison qui lui échappait, elle lui serrait le cœur et l'emplissait de tristesse.

Une intuition lui soufflait que quelque chose dans ce tableau idyllique ne sonnait pas juste.

Laissant retomber le panneau de voilage devant elle, Meg secoua la tête et soupira. Tout ceci était ridicule… Etait-elle donc à ce point paranoïaque, pour laisser son sentiment d'insécurité et son imagination lui jouer des tours ? Royce jouait à la perfection son rôle de père attentif et d'époux modèle. Au cours des semaines précédentes, ils étaient sortis ensemble de nombreuses fois et avaient…

Alertée par l'écho de deux mots qui résonnaient en elle, Meg retint son souffle. *Royce jouait…*

Une nouvelle fois, elle secoua la tête comme pour se débarrasser de cette pensée parasite. Aucune raison objective n'aurait pu la pousser à mettre en doute leur nouveau bonheur. Ils faisaient l'amour tous les matins et pratiquement chaque soir. Au lit comme en dehors du lit, ils étaient incroyablement heureux tous les deux.

Un nouvel écho, agaçant comme une mouche importune, résonna au fond de son crâne. *Royce jouait… Incroyablement heureux…*

Le front ridé de plis soucieux, Meg se détourna de la fenêtre. Cette fois, il lui était difficile d'échapper à la voix de sa conscience. Avant que leur mariage ne périclite, elle avait su ce que c'était que d'avoir Royce tout à elle, elle avait bénéficié de son amour sincère et sans limite. Or, elle n'avait rien ressenti de tel au cours des quelques semaines qu'ils venaient de vivre. Pour quelle raison ? La réponse à cette question lui donnait la nausée, mais il lui était impossible de l'éluder.

Elle n'éprouvait pas la joie profonde qui aurait dû être sienne d'avoir retrouvé son mari parce que *Royce jouait un rôle.* Il n'était pas en train de donner une seconde chance à leur mariage, il se contentait de se laisser porter par le mouvement qu'elle avait initié.

Le cœur empli de cendres, Meg se mordit la lèvre et retint un sanglot de détresse. Comment avait-elle pu se leurrer à ce point ? Comment avait-elle pu être assez naïve pour s'imaginer que...

Royce et Amanda surgirent dans le salon, la tirant de ses songeries. Les joues rouges et riant comme des fous tous les deux, ils donnaient vraiment l'impression de s'amuser beaucoup. Si elle ne s'était retenue, Meg aurait gémi quant à elle de rage et de déception.

— Sais-tu que ta fille est un vrai petit génie ! s'écria Royce tout en défaisant le manteau de Manda. Elle connaît par cœur les noms de toutes les plantes. Elle peut même les épeler !

Sur son bras, Amanda gigota et gazouilla gaiement.

— Tu entends ? Elle recommence !

Meg le considéra froidement. Une heure auparavant elle se serait prêtée de bonne grâce à la plaisanterie, se serait réjouie qu'il prenne le temps de s'amuser avec Manda. Mais une heure auparavant, elle croyait encore que les rêves peuvent devenir réalité, et qu'il leur serait possible de donner une deuxième chance à leur union.

A présent, elle devait faire face à la vérité nue et ne pouvait que se sentir trahie par son attitude. Royce n'avait aucune intention de devenir un père pour Amanda — ni maintenant, ni jamais. Ce n'était qu'un autre rôle qu'il jouait. Elle aurait voulu se jeter contre lui tous poings devant pour le lui hurler à la figure. Au lieu de quoi elle marcha à sa rencontre pour lui prendre le bébé des bras.

— Rends-la-moi, dit-elle sèchement. C'est l'heure de son biberon.

Tout sourire déserta instantanément le visage de Royce, qui lui emboîta le pas vers la cuisine.

— Meg ? fit-il d'une voix grondante de colère. Tu peux me dire ce qui se passe ? Quand nous sommes sortis tout à l'heure, tu étais tout sourires. Quel est le problème ?

— Je n'ai pas envie d'en discuter, répondit-elle sans le regarder. Pas maintenant. Pas devant Amanda. Je lui donne son biberon et la mets au lit, et nous pourrons en parler tout à l'heure si tu veux.

Sans rien ajouter, Royce jura tout bas et tourna les talons.

Trois quarts d'heure plus tard, Meg trouva Royce occupé à faire les cent pas dans le salon, les bras croisés derrière le dos. A son air renfrogné et à son attitude agressive, elle comprit que sa colère n'avait fait qu'empirer et sentit l'appréhension l'envahir. Pourtant, ce qui devait être dit ne pouvait être remis à plus tard, aussi entra-t-elle dans l'arène, après avoir pris une profonde inspiration.

— Nous avons à parler ! lança-t-elle résolument.

Les yeux réduits à deux minces fentes, Royce se retourna et l'étudia longuement avant de répondre :

— Cela me semble évident. Mais à qui dois-je m'adresser ? Dr Jekyll ou Mr. Hyde ?

Insensible à la raillerie, Meg pointa fièrement le menton.

— Il y a quelques semaines de cela, reprit-elle, quand je t'ai demandé si tu savais ce qui se passait entre nous, tu m'as répondu que nous jouions avec le feu.

Elle fit un nouveau pas vers lui et croisa les bras.

— Aujourd'hui, reprit-elle, j'ai besoin de savoir si ta position a changé ou si tu es toujours en train de... *jouer.*

Nerveusement, Royce fourra les mains dans ses poches.

— Pourquoi cette question, tout à coup ?

— Tu ne t'en tireras pas en répondant à ma question par une autre question, Royce. Essayons une autre approche.

Le cœur battant, Meg le rejoignit et chercha son regard avant de déclarer d'une voix posée :

— Je t'aime, Royce.

Les secondes s'égrenèrent lentement sans qu'il manifeste la moindre réaction. Puis elle vit passer dans son regard comme l'ombre d'un regret et répéta, pour ne pas se mettre à pleurer de dépit :

— Je t'aime.

— Non ! décréta-t-il enfin en secouant la tête. Non, tu ne m'aimes pas.

Au prix d'un terrible effort, Meg se domina pour rester calme. A peine avaient-ils commencé à parler qu'il la rembarrait déjà... Mais elle ne se laisserait pas faire, décida-t-elle. Elle ne le laisserait pas, une fois de plus, refuser le combat.

— Je sais parfaitement ce que je ressens, insista-t-elle tranquillement. Et je sais que je t'aime.

Avec un grognement de rage, Royce fit face au mur, contre lequel il frappa du plat de la main. Quand il se retourna, Meg vit qu'il était en proie à la fureur.

— Pourquoi fais-tu ça, Meg ?

— Pour que les choses soient claires entre nous. Pour que...

Sans la laisser finir sa phrase, Royce reprit, d'un ton accusateur :

— Tu me l'avais pourtant promis : « Ni attaches, ni complications, ni serments. » Tu disais que tu n'avais besoin de rien d'autre que de rétablir un semblant de normalité dans notre couple...

— Tu préférerais donc que les choses en restent là entre nous !

En dépit de tous ses efforts, Meg n'avait pu se retenir de crier son indignation.

— Je t'aime et je veux donner à notre couple une deuxième chance..., plaida-t-elle d'une voix radoucie. Je pense que nous le méritons. Mais j'ai besoin de savoir si tu estimes cela possible pour toi. Etant donné les circonstances, il me semble que ce n'est pas trop demander... Malgré notre séparation, je n'ai jamais cessé de t'aimer. J'avais simplement cessé de croire... en toi et moi.

— Et comme par miracle, tu y crois à présent ?

Le sarcasme atteignit Meg comme une gifle, mais elle fit de son mieux pour ne pas broncher.

— Oui.

Royce se mit à rire longuement, d'un rire sinistre qui ne traduisait que cynisme et désespoir.

— Arrête de te leurrer toi-même, Meg ! Tu m'as demandé de revenir vivre ici afin de pouvoir obtenir qu'Amanda te soit confiée. Tu m'as demandé de *jouer* à être le mari idéal. Et à présent que tu as eu le temps de réétudier la situation, tu voudrais changer les règles du jeu ?

— Réétudier la situation ? répéta-t-elle en croisant les bras devant elle. Tu me prends donc pour une manipulatrice ?

Quand il ne lui répondit qu'en haussant le sourcil droit, comme il savait si bien le faire pour la mettre hors d'elle, Meg vit rouge et alla se planter devant lui.

— Je t'ai dit que je t'aime ! lança-t-elle en martelant ses mots d'un index accusateur contre sa poitrine. Et c'est la vérité. Je t'ai dit que je n'ai jamais cessé de t'aimer. Et cela n'a rien non plus d'une manipulation. *C'est l'exacte vérité !*

— L'amour ! railla-t-il comme s'il crachait un gros mot. La vérité ! Je n'ai jamais cru en l'amour — je veux dire l'amour sincère et désintéressé, celui où l'on se donne sans chercher en retour, celui où l'on se livre sans chercher à retenir l'autre. Quant à la vérité, je vais te la dire, Meg… Si Manda n'avait pas fait irruption dans ta vie, crois-tu que tu serais là aujourd'hui à me dire que tu m'aimes depuis toujours ? Crois-tu que tu me demanderais de donner une seconde chance à notre mariage ?

Plus exaspérée qu'attristée par son attitude, Meg secoua la tête.

— Ce n'est pas juste…, protesta-t-elle. C'est Manda qui nous a réunis, c'est vrai, et c'est ce qui m'a fait comprendre que…

— Non, Meg ! l'interrompit-il d'une voix sans réplique. Ce sont tes machinations qui nous ont réunis. Et la seule chose qu'elle t'ait aidée à comprendre, c'est que tu avais désormais besoin d'un père pour elle…

Ses accusations auraient pu la blesser, la laisser en larmes, brisée et au désespoir. Un an auparavant — et même un mois plus tôt —, elles auraient sans doute eu cet effet-là. Mais aujourd'hui, curieusement, elles ne parvinrent qu'à l'intriguer et à renforcer l'amour qu'elle portait à cet homme impossible...

En une fraction de seconde, elle repensa aux mots doux qu'il lui murmurait à l'oreille lorsqu'ils faisaient l'amour, à la tendresse qui émanait de lui lorsqu'il tenait Amanda dans ses bras, aux délicates attentions qu'il ne cessait de lui prodiguer depuis Noël. Et elle comprit que la situation était loin d'être aussi critique et sans espoir qu'elle y paraissait.

Meg réalisait qu'elle s'était trompée en voyant en Royce depuis toujours un homme solide sur ses bases, quasiment indestructible, entièrement confiant en lui-même et en ses capacités. A présent, elle le regardait fulminer devant elle et découvrait ce qui ne l'avait jamais frappée jusqu'alors.

Elle voyait en lui l'homme qu'elle n'avait jamais vu encore. Un homme vulnérable, un homme qui avait désespérément besoin d'amour et d'affection, mais qui était terrifié de ses propres besoins, et qui s'empressait de fuir dès que quiconque tentait d'y répondre...

En réagissant comme il le faisait à sa proposition, comprit-elle enfin, ce n'était pas elle qu'il rejetait. Inconsciemment, c'était lui qu'il voulait fuir ainsi...

En elle, toute trace de colère ou de ressentiment avait disparu. Un grand calme avait apaisé son tumulte intérieur. Une résolution toute neuve et inébranlable avait remplacé le doute. Quoique Royce pût en penser, il y avait un avenir pour leur union. Leur mariage n'était en rien condamné, mais c'était à elle de l'en convaincre, avec détermination et pugnacité.

Forte de ces certitudes, Meg chercha le regard de Royce et s'y accrocha.

— De quoi as-tu peur ?

Sans répondre à sa question, il détourna les yeux et secoua la tête d'un air têtu.

— Depuis que je suis revenu vivre ici, maugréa-t-il, tu t'es montrée malhonnête avec moi. Je crois que nous n'avons plus rien à nous dire.

Joignant le geste à la parole, il tenta de sortir de la pièce mais elle réussit à le retenir par la main.

— La vérité, insista-t-elle, c'est que tu as peur de tes sentiments, de tout ce que tu ressens, pour Manda, pour moi… Tu dis ne pas croire en l'amour. C'est là qu'est le mensonge, pas dans mes paroles.

Royce haussa les épaules.

— Si cela te rassure de le croire…, grogna-t-il d'un air dédaigneux.

Sans se laisser décourager, Meg lui saisit l'autre main et poursuivit son plaidoyer.

— Si ce n'est de l'amour, que ressentais-tu pour moi quand nous nous sommes mariés ? Rappelle-toi combien nous étions heureux, à l'époque. Tellement qu'il nous était difficile de rester l'un sans l'autre…

— Je voulais croire à l'amour…, confia-t-il sans la regarder. Je voulais encore me forcer à y croire. J'étais un imbécile…

Sans tenir compte de ses réticences, Meg lui passa les bras autour du cou.

— Même quand ma fierté me faisait affirmer le contraire, avoua-t-elle à mi-voix, je t'ai toujours voulu près de moi.

— La vie ne s'écoule que dans un sens. Il ne peut y avoir de retour en arrière.

Sans douceur, Royce décrocha les mains de Meg de son cou et se recula.

— Je te donne déjà tout ce que je peux te donner, ajouta-t-il d'une voix neutre. Désolé de ne pouvoir plus. Désolé de ne pouvoir t'aimer...

Un sourire triste flotta sur les lèvres de Meg.

— Je ne te crois pas, dit-elle.

— Encore en train de pousser à la roue, Meg ? Comme quand tu ne voulais pas croire que je puisse ne pas vouloir d'enfant ?

— Ce n'est pas la même chose.

— C'est exactement la même chose.

— Tu as raison. Il ne peut y avoir de retour en arrière. Mais il est toujours possible d'aller de l'avant...

Meg fit un pas vers lui. Sans qu'il manifeste de réticence, elle se pendit de nouveau à son cou.

— Accorde-nous une autre chance, Royce... Vivons ensemble, mari et femme — véritablement cette fois. Essayons, essayons vraiment. Je suis sûre que nous pouvons le faire. Je suis certaine de parvenir à te prouver malgré toi à quel point je t'aime... de manière sincère et désintéressée, en donnant sans chercher en retour, en me livrant à toi sans chercher à te retenir.

Le fait d'entendre citer ses propres paroles parut ébranler Royce. Voyant passer au fond de ses yeux l'ombre d'un doute, Meg ajouta :

— Qu'est-ce que tu risques ? Dès que l'adoption sera officielle, si tu n'as toujours pas changé d'avis, je te promets de te laisser partir sans chercher à te retenir.

— Meg, je...

— Non ! protesta-t-elle en posant l'index sur ses lèvres. Surtout ne dis rien. N'essaie pas de penser, de rationaliser. Fie-toi à ton instinct... Amanda vient d'avoir quatre mois. Il nous reste deux mois pour nous décider. Donne-nous ce répit, Royce. Ou si cela t'est impossible, laisse-moi au moins croire que ça l'est.

— Meg...

— Non !

Posant ses mains contre ses joues, Meg attira son visage vers le sien.

— Assez parlé..., murmura-t-elle. Pensons plutôt à ce qui nous rassemble. Embrasse-moi !

Royce n'hésita pas plus d'une seconde. Et quand il prit Meg dans ses bras pour écraser ses lèvres sous les siennes, ce fut pour un baiser empli de rage et de frustration bien plus que de tendresse et de douceur.

14.

Cela faisait plusieurs minutes déjà que Royce observait Meg dans son sommeil.

Dix jours s'étaient écoulés depuis leur discussion orageuse. Dix jours au cours desquels il avait réfléchi et commencé à se demander si elle ne pouvait pas avoir vu juste en ce qui les concernait.

Peut-être, après tout, pouvaient-ils s'accorder une autre chance, tous les deux. Peut-être ressentait-il pour elle bien plus que ce qu'il était prêt à lui avouer — ou plus exactement à s'avouer... Mais alors que ces doutes commençaient à s'insinuer en lui, la peur de l'inconnu continuait de le tétaniser.

Il n'avait rien voulu et il ne maîtrisait rien de ce qui lui arrivait. Il n'avait pas prévu de retomber dans les bras de Meg, mais c'était pourtant ce qui s'était passé. Il n'aurait jamais imaginé s'attacher ainsi à Manda, mais il n'avait pu faire autrement que laisser sa jolie frimousse se faire une place dans son cœur.

Finalement, c'était bien ce qui le gênait le plus. Tout s'était fait à son insu et presque malgré lui. Et il aurait beau nier l'évidence encore longtemps, si ce n'était pas de l'amour qu'il ressentait pour Meg et Amanda, cela y ressemblait fort…

Une fois encore, Royce laissa son regard s'attarder sur la forme endormie sous le drap à ses côtés. Ses longs cheveux noirs débordaient de son oreiller pour venir se répandre jusque sur le sien.

Sans pouvoir s'en empêcher, il en saisit une mèche et la porta à ses narines pour s'imprégner de leur odeur. Les cheveux de Meg embaumaient de la senteur fruitée de son shampooing, semblable à celle d'une journée ensoleillée dans un verger.

De dépit, Royce secoua la tête. Voilà qu'il devenait romantique à présent… Tellement romantique qu'il commençait à être heureux, incroyablement heureux, scandaleusement heureux, aux côtés de celle qui pouvait fort bien redevenir la femme de sa vie.

Pour ne pas se laisser aller à caresser la chevelure de Meg comme il en mourait d'envie, Royce se tourna sur le dos et fixa le plafond.

Au terme des deux mois fixés comme échéance, songea-t-il, pourrait-il quitter cette maison, quand bien même il s'y déciderait ? Pourrait-il sans regrets laisser Meg, Amanda et Alice derrière lui ? Cette seule perspective lui était insupportable, sans même prendre en compte le fait de retrouver cette solitude de célibataire qui lui pesait.

Il regretterait les rires de Meg, sa chaleur, sa simplicité, qui emplissaient sa vie d'une douceur telle qu'il n'en avait jamais connu. Non. Décidément, il ne se voyait pas la quitter. Il serait pourtant bien obligé de s'y résoudre, car elle lui avait fait comprendre qu'elle ne se satisferait que d'une véritable relation de couple.

Ce n'était pas cette relation en elle-même qui lui posait problème, mais bien plutôt l'investissement émotionnel sans limite qu'elle exigeait.

Et Amanda ? Qu'en serait-il d'Amanda s'il acceptait de devenir son père ? *Papa*. Royce joua avec les deux syllabes sous son crâne pour s'habituer à leur sonorité. Quelle couleur auraient-elles dans la bouche de leur enfant la première fois qu'elle se risquerait à les prononcer ? Et lui, parviendrait-il à être un bon père ?

Des années auparavant, quand Meg avait évoqué le sujet des enfants, une peur panique s'était emparée de lui. Mais à cette époque, « les enfants » n'étaient pour lui qu'une abstraction assez confuse, mystérieuse et un peu terrifiante. Amanda, elle, était réelle, on ne peut plus réelle — et diablement armée pour séduire...

Malgré son jeune âge, elle était déjà une enfant exceptionnelle, magnifique et brillante, joyeuse et éveillée. Chaque jour il la voyait s'ouvrir, progresser, conquérir le monde qui s'offrait à elle. Les quelques semaines qu'il avait passées près d'elle avaient été magiques et il ne se lassait pas de l'admirer, de goûter à sa présence, à ses cris de joie, à ses rires.

Chaque fois qu'ils se trouvaient ensemble dans des lieux publics, au parc, au supermarché, au restaurant, les gens se retournaient à leur passage et le félicitaient, attendris par une aussi jolie petite fille. Il aurait dû se sentir gêné d'attirer ainsi leur attention mais en fait il en était fier... Et lorsque ces inconnus voyaient en lui le père d'Amanda, il se gardait bien de les détromper.

Mécontent de se laisser aller au sentimentalisme, Royce se maudit de sa faiblesse. La fierté paternelle ne comptait pas pour lui au nombre des compétences indispensables pour faire un bon père.

Fermant les yeux, il vit sur l'écran de ses paupières closes Amanda telle qu'elle lui apparaissait quand il rentrait du travail le soir. Occupée ou non, elle le suivait des yeux dès qu'elle le voyait franchir le seuil, manifestant son contentement à grand renfort de gesticulations et de gazouillis. C'était à se demander si elle ne cherchait pas à lui raconter sa journée, et à lui dire à quel point il lui avait manqué…

C'était ridicule, naturellement. Amanda n'était qu'un bébé, incapable d'intellectualiser ses états d'âme et ses envies. Mais quand elle serrait très fort un de ses doigts dans sa main minuscule, elle n'aurait pu lui manifester son attachement avec plus d'éloquence et suscitait en lui une émotion qui n'avait pas grand-chose à voir avec l'intellect…

Malgré ses compétences limitées en la matière, Royce savait que les enfants ne peuvent se contenter de demi-mesures. Il était impossible de les tromper sur la nature d'un sentiment, ils les comprenaient mieux que des mots, s'en nourrissaient comme du lait qui fait grandir.

S'il se résignait à devenir un père pour Manda, il ne pourrait l'être qu'intégralement. Sa vie n'aurait plus de sens qu'en fonction de la sienne. Il devrait être prêt à tout sacrifier pour elle. En somme, il aurait tout simplement à l'aimer…

Ce qui était en tout cas d'une clarté limpide à ses yeux, c'était qu'il ne serait jamais pour Amanda ce que ses parents avaient été pour lui.

Royce retint son souffle. Une drôle de sensation s'était nichée au creux de son ventre. Il se sentait sur le point de redécouvrir une vérité simple et universelle. Une fois de plus, l'amour se révélait être l'alpha et l'oméga, la solution à tous les problèmes.

Saurait-il aimer son enfant, lui, l'enfant qui n'avait pas été aimé ?

Les larmes aux yeux, Royce songea à ses parents, à sa relation avec sa sœur, aux mois qui avaient précédé sa séparation d'avec Meg. Serait-il capable d'aimer ? Un gros soupir lui échappa quand il comprit qu'il n'en savait rien, et qu'il risquait fort de n'en jamais rien savoir s'il ne se décidait pas à essayer...

Debout au pied de l'escalier, dans l'attente que Meg s'y montre, Royce sentit son cœur s'emballer quand elle déboucha sur le palier.

— Mais..., s'étonna-t-elle. Tu es toujours là ?

Elle ne portait rien de plus qu'un jean et un pull à col roulé, rien de bien élégant ni de provocant, et pourtant elle lui apparaissait comme la plus belle des visions qui se fût jamais offerte à ses yeux.

— Oui, murmura-t-il en l'observant descendre les marches. Je suis là.

— J'imaginais que tu serais parti, reprit-elle en consultant sa montre. Tu sais l'heure qu'il est ?

— Je le sais, confirma-t-il. Mais j'avais besoin de te parler.

Fronçant les sourcils, Meg le dévisagea avec inquiétude.

— Quelque chose ne va pas ? C'est à peine si tu m'as dit deux mots depuis que nous sommes levés.

Elle avait atteint la dernière marche. Royce tendit les bras pour l'attirer contre lui. Elle atterrit contre sa poitrine avec un petit cri de surprise et de joie.

— Royce ! Qu'est-ce que...

Pour la faire taire, il posa son index contre sa bouche et lui sourit.

— Je viens enfin de me rendre compte de la chance que j'avais.

Meg prit du recul pour le dévisager attentivement. Dans ses yeux, Royce put lire l'expression d'une grande surprise mêlée à une joie intense.

— De la chance ? répéta-t-elle d'un air incertain.

— De la chance. J'ai...

La sonnerie du téléphone l'empêcha d'en dire plus. Instinctivement, il resserra l'emprise de ses bras autour de la taille de Meg.

— Laisse le répondeur remplir son office, conseilla-t-il. Ce que j'ai à te dire ne peut pas attendre.

De ses deux mains posées contre sa poitrine, elle essaya de le repousser pour aller décrocher.

— C'est peut-être Honoria, dit-elle en riant. Elle veut peut-être sermonner son petit frère de n'être pas encore au travail.

— Qu'elle aille se faire voir !

— A moins que ce ne soit Louise, insista Meg. Elle a peut-être un problème à *La Plantation*.

— Qu'elle se débrouille toute seule !

La sonnerie retentit une dernière fois, avant que la machine ne prenne le relais pour faire entendre son message enregistré. Royce profita de ce que Meg tendait l'oreille pour lui voler un baiser.

— Madame Adler, annonça une voix qu'ils reconnurent aussitôt, ici Mélanie Kane, de l'agence d'adoption. J'ai besoin de vous parler de manière urgente, ainsi qu'à M. Adler. Un élément nouveau est survenu et...

A ces mots, tous deux retinrent leur souffle. Les bras de Royce retombèrent le long de son corps. Meg se précipita pour décrocher le poste mural dans la cuisine. L'assistante sociale s'apprêtait à raccrocher quand elle y parvint.

— Allô ! lança-t-elle, à bout de souffle. Mélanie ?

— Madame Adler ?

Nerveusement, Meg entoura le fil du téléphone autour de son doigt.

— Oui, c'est moi. Que puis-je faire pour vous ?

A l'autre bout du fil, Mélanie Kane marqua une pause.

— Je me trouve en ce moment non loin de chez vous, annonça-t-elle enfin. Comme je vous le disais dans mon message, j'aurais besoin de vous parler de toute urgence. Puis-je me permettre de passer tout de suite ?

— Tout de suite ? répéta Meg d'une voix étranglée.

— Oui, répondit l'assistante sociale. Cela vous pose un problème ?

A Royce qui l'avait rejointe et lui lançait un regard interrogateur, Meg fit une grimace de détresse.

— Madame Adler ?

— D'accord…, dit-elle enfin, prise de court. Nous vous attendons.

Le cœur au bord des lèvres, elle raccrocha et se tourna vers Royce.

— Elle doit savoir ! lança-t-elle en portant une main tremblante à ses lèvres. A notre sujet… Je ne vois pas d'autre explication.

— Calme-toi…, la rassura Royce en posant la main sur son avant-bras. Cela n'a aucun sens. Comment l'aurait-elle découvert ? Ce n'est probablement qu'une de ces visites surprises dont elle nous avait parlé.

— Tu crois vraiment ?

— Bien sûr !

Pour la réconforter, il lui passa un bras autour des épaules.

— Nous n'avons rien à craindre, tu verras.

Mais dès l'instant où Mélanie Kane les eut rejoints, ils comprirent tous deux à son visage fermé que tel n'était pas le cas.

— Puis-je vous offrir un peu de café ? suggéra Meg en se tordant les mains. Un thé glacé ?

— Non, je vous remercie.

Du menton, l'assistante sociale désigna le salon.

— Pouvons-nous nous asseoir un instant ?

— Mais naturellement ! répondit Royce d'une voix assurée, en montrant le chemin.

Une fois qu'ils furent tous trois installés, Mélanie regarda d'un air curieux autour d'elle.

— Où se trouve Amanda ?

Meg s'empara de la main de Royce et la serra très fort dans la sienne.

— Elle fait sa sieste, répondit-elle.

— Bien…

Comme à contrecœur, le regard de la jeune femme revint se fixer sur eux. Après s'être éclairci la voix, elle leur expliqua d'un air tendu :

— J'ai quelques nouvelles… qui ne sont pas très agréables à vous annoncer, et je ne sais pas par où commencer pour vous les rendre moins pénibles.

— Allez à l'essentiel…, maugréa Royce en serrant plus étroitement la main de Meg entre les siennes. C'est toujours mieux ainsi.

— Vous avez raison, monsieur Adler. J'irai droit au but. La mère biologique d'Amanda souhaiterait vous voir.

Meg eut la sensation que son cœur s'arrêtait de battre. Muette de stupeur, elle dut inspirer longuement et dévisagea leur interlocutrice, à la recherche sur son visage d'une expression rassurante qui ne s'y trouvait pas, avant de pouvoir réagir.

— Je suppose que… ce n'est rien qu'une rencontre de routine. Vous nous garantissez que… nous n'avons rien à… craindre d'elle ?

Voyant la jeune femme croiser nerveusement les mains sur ses genoux, Meg comprit que sa réponse ne serait pas celle qu'elle espérait.

— Je suis désolée, dit-elle enfin. Elle commence à se poser des questions.

Transpercée par une douleur dans la poitrine, Meg porta la main à son cœur et protesta d'une voix faible, les yeux écarquillés :

— Cela ne peut pas être sérieux… Après quatre mois et demi, la voilà qui subitement se pose des questions ! Il doit y avoir une erreur.

— Il n'y a pas d'erreur. Je suis tellement désolée…

Manifestement mal à l'aise, Mélanie Kane laissait courir son regard de l'un à l'autre. Comme si cela avait été de nature à les rassurer, elle s'empressa d'ajouter :

— Mais elle n'a pas encore fait part de sa volonté de récupérer Amanda… Tout ce qu'elle souhaite, pour l'instant, c'est se rassurer en vérifiant qu'elle a pris pour sa fille la bonne décision.

Vaillamment, Meg lutta pour endiguer la vague d'hystérie qu'elle sentait grossir en elle. Etait-il donc possible de passer si brutalement du paradis à l'enfer ?

— Quel genre d'agence dirigez-vous donc ! lança Royce avec véhémence. Vous nous aviez assuré que l'adoption devait se passer de manière entièrement anonyme…

— Monsieur Adler… Que la mère décide de confier son enfant à l'adoption ne la prive pas de tous ses droits.

— Peut-être. Mais nous aussi nous avons des droits. Et si nous n'étions pas d'accord pour la rencontrer ?

— Libre à vous, reconnut-elle. Mais l'agence et moi-même ne pouvons que vous dissuader de faire ce choix, qui ne pourrait qu'envenimer la situation. Il est inutile de paniquer pour l'heure. Cette demande est rare, mais pas inédite.

— Et qu'en est-il de ces papiers qu'elle a signés pour renoncer à sa fille ? insista-t-il. Ne nous protègent-ils pas contre toute velléité de sa part de la reprendre ?

L'assistante sociale secoua la tête d'un air désolé.

— Rien n'est acquis tant que l'adoption n'est pas devenue officielle, monsieur Adler. Comme vous le savez sans doute, dans notre état, le délai légal est de six mois avant qu'elle puisse le devenir.

— Cela n'est pas juste ! s'emporta Royce. Cela ne peut pas être juste. J'aime autant vous prévenir tout de suite que nous ne nous laisserons pas faire ! Pour commencer, nous allons prendre un avocat.

Sans se laisser impressionner, l'assistante sociale hocha la tête.

— J'allais vous suggérer de prendre l'avis d'un spécialiste. Mais si je peux me permettre un conseil, ne tardez pas trop à nous donner votre réponse. Pour l'instant, la mère biologique de votre enfant est juste anxieuse. En réagissant vite, nous pouvons faire en sorte d'éviter que les choses ne dégénèrent...

Plus morte que vive, Meg se dressa d'un bond sur ses jambes.

— Que les choses ne dégénèrent ! cria-t-elle. Vous ne pensez pas que c'est déjà fait ? Cette femme... peut me reprendre mon bébé si elle le souhaite. Cette seule idée suffit à m'arracher le cœur, et tout ce que vous êtes capable de me dire, c'est que...

La voix de Meg se brisa dans un sanglot.

— Excusez-moi..., gémit-elle en s'enfuyant vers le hall. Je ne veux pas en entendre davantage.

Après avoir reconduit Mélanie Kane, Royce trouva Meg dans la nurserie, comme il s'y était attendu. Penchée sur Amanda endormie, elle s'agrippait si fort aux rebords du berceau que les jointures de ses doigts en étaient blanches.

Ses épaules étaient secouées de sanglots silencieux. Des larmes sillonnaient ses joues. A cet instant, Royce aurait désiré plus que tout au monde pouvoir la réconforter. Mais ne sachant comment s'y prendre, il la rejoignit et resta derrière elle en silence.

Sa gorge se serra quand ses yeux se posèrent sur Amanda, couchée sur le ventre sous sa couverture. Comme le font tous les bébés endormis, elle avait replié ses jambes sous elle. La joue gauche posée sur sa main droite, elle avait le visage tourné vers eux, vivante image de la pureté, de l'innocence, de la beauté. Luttant contre les larmes qui lui montaient aux yeux, Royce déglutit péniblement. La regarder dormir lui faisait croire aux miracles. L'idée de n'être plus un jour en mesure de le faire lui était intolérable.

— Nous pourrions nous enfuir...

Meg avait parlé d'une voix presque éteinte, à peine audible.

— Nous pourrions aller habiter dans un endroit où personne ne nous connaît..., reprit-elle. Où personne ne chercherait à nous la prendre...

Le cœur brisé, Royce prit une profonde inspiration et tendit la main pour caresser sa joue humide. Malgré sa propre détresse, c'était à lui d'être fort, d'avoir la lucidité et le courage qu'elle ne pouvait avoir.

— Nous ne pouvons pas faire ça, Meg. Au fond de toi, tu dois savoir que nous n'en avons pas le droit, ne serait-ce que pour Amanda.

Les yeux étincelant de fureur, elle fit volte-face.

— Et *elle*..., s'emporta-t-elle à mi-voix. Comment peut-elle avoir le droit de nous faire *ça* ? J'ai nourri Amanda, je l'ai changée, baignée, endormie, soignée, réconfortée, veillée, depuis qu'elle a l'âge de six jours. Je l'ai bercée des nuits entières, quand les coliques la tracassaient et que rien d'autre ne pouvait l'apaiser. Je suis restée des heures assise auprès de son berceau quand elle était malade. Comment cette femme peut-elle débarquer subitement et prétendre qu'elle veut... qu'elle peut...

De nouveaux sanglots l'empêchèrent de conclure. Plus farouchement protectrice que jamais, Meg se pencha sur le berceau, passant doucement les doigts dans les courtes boucles brunes d'Amanda.

Royce posa les mains sur les épaules de Meg, ne sachant s'il cherchait ainsi à la réconforter ou à se réconforter lui-même.

— Je vais contacter un avocat, assura-t-il d'une voix qu'il s'efforça de garder calme et égale. Il doit y avoir une solution. Il ne peut qu'y en avoir une. Tout ira bien. Je te le jure.

Meg lui lança par-dessus son épaule un regard sceptique. Dans ses yeux rouges et gonflés, il vit passer une telle détresse et une telle vulnérabilité qu'il eut envie de crier.

— Je voudrais tellement te croire..., murmura-t-elle d'une voix brisée. Mais j'ai si peur... Au fond de moi, je ne peux m'empêcher de penser que plus rien ne sera jamais comme avant.

Incapables de s'en détacher trop longtemps, ses yeux revinrent se fixer sur Amanda.

— C'est *mon* enfant, Royce... Je suis la seule mère qu'elle ait jamais connue. C'est moi qui arrive pour la consoler quand elle pleure. Que ressentirait-elle si un jour je n'étais plus là pour répondre à son appel ? Que penserait-elle ? Que je l'ai abandonnée ? Que je ne l'aime plus ? Oh, mon Dieu... Jamais je ne pourrais supporter ça !

Secouée de sanglots, Meg enfouit son visage entre ses mains.

— Meg, je t'en prie...

Les yeux emplis de larmes lui aussi, Royce lutta pour se reprendre. Doucement, il la saisit par les épaules et l'attira dans ses bras. Avec l'énergie du désespoir, Meg se dégagea et revint s'accrocher au berceau d'Amanda.

— Laisse-moi ! Je ne la quitterai pas tant que je ne serai pas certaine que tout danger est écarté.

Royce lutta contre le sentiment d'être injustement rejeté qui l'assaillait et s'exhorta à se conduire en adulte. Meg n'était plus elle-même. Elle avait besoin de sa force, de son calme, et non de sa susceptibilité.

— Meg..., dit-il doucement. Pour le bien de Manda, tu dois te reprendre.

— Me reprendre ? s'écria-t-elle en se tournant vers lui comme une furie. Crois-tu que je n'essaie pas de toutes mes forces de le faire ? Je m'efforce d'être calme, optimiste, mais la pensée de cette menace qui pèse sur nos têtes...

Meg se tut, ferma les yeux et secoua la tête.

— Tu ne peux pas comprendre, Royce. Tu ne le peux pas.

— Meg...

Secouant la tête avec obstination, elle reprit sa veille attentive au-dessus du berceau.

— Va-t'en ! lâcha-t-elle dans un souffle. Laisse-moi seule...

Vaincu, Royce fit retraite à reculons en direction de la porte. Combien lui paraissait à présent ridicule la jubilation qui s'était emparée de lui une heure à peine auparavant !

Chanceux ? songea-t-il amèrement en descendant l'escalier. Il s'était imaginé être chanceux ? S'il l'avait réellement été, ce ne pouvait être que l'espace d'un court instant. Juste le temps de réaliser que sa chance avait tourné...

Bien qu'il fût plus de minuit à son retour chez eux, Royce trouva toutes les lumières allumées et ne s'en étonna guère, pas plus qu'il ne fut surpris de retrouver Meg exactement où il l'avait laissée en partant.

Assise dans le rocking-chair, les yeux posés sur Amanda qu'elle berçait tout contre elle, enveloppée dans un plaid, elle ne leva pas la tête quand il pénétra dans la pièce.

— J'ai essayé plusieurs fois de t'appeler, maugréa-t-il. Pourquoi n'as-tu pas décroché ?

Meg croisa enfin son regard mais ne daigna pas lui répondre. Son visage creusé d'ombres trahissait un tel épuisement et une telle douleur qu'il n'insista pas. D'autant plus que ce qu'il avait à lui annoncer n'était pas de nature à la consoler.

Décidé à se délivrer au plus vite de la mauvaise nouvelle, Royce se lança :

— J'ai appelé cet après-midi un avocat que l'on m'a recommandé comme étant le meilleur pour ce type de dossiers. Selon lui, son intervention serait prématurée. Tant que la mère biologique d'Amanda n'a pas réclamé de la reprendre, il n'y a rien à faire. Si elle se décidait...

La gorge nouée, il dut baisser la tête pour masquer son émotion.

— Pour faire court, reprit-il d'une voix grinçante, disons qu'il ne s'est pas montré très optimiste quant à nos chances de succès en cas de procès. Pour éviter d'avoir à en arriver là, il nous conseille lui aussi d'accepter ce rendez-vous.

Le visage aussi impassible qu'un masque de cire, Meg l'avait écouté parler sans manifester la moindre émotion. Quand il eut terminé, elle hocha simplement la tête, pour en revenir bien vite à sa contemplation douloureuse de l'enfant endormi dans ses bras.

Ce manque de réaction inquiéta Royce bien plus que n'aurait pu le faire une crise de larmes. En l'espace d'une journée, on aurait dit que Meg avait démissionné et qu'elle s'était déjà résignée à l'inéluctable.

Pour garder son calme, il serra très fort la poignée de porte entre ses doigts et demanda :

— Nous sommes tous les deux d'accord pour rencontrer cette femme comme elle le demande ?

Meg haussa les épaules.

— Elle ne nous laisse pas le choix...

— Je prendrai donc contact avec Mélanie Kane dès demain pour lui proposer un rendez-vous l'après-midi même. Inutile de faire traîner les choses en longueur...

Soudain très las, Royce se passa une main sur le visage et laissa fuser de ses lèvres un long soupir. Commencée dans l'euphorie, la journée s'achevait dans le drame. Rompu de fatigue et de tristesse, il se faisait l'impression d'avoir dévalé plusieurs fois les pentes d'un grand huit émotionnel.

— Tu viens te coucher ? s'enquit-il innocemment.

D'un air buté, Meg secoua négativement la tête.

— Meg..., supplia-t-il, au bord de l'exaspération. Tu ne peux pas rester là.

— Je n'ai pas l'intention d'abandonner ma fille.

— Pense à Amanda si tu ne veux pas penser à toi. Elle serait mieux dans son lit. Elle a besoin de...

— Elle a besoin de sa mère ! coupa-t-elle. Et je suis sa mère.

Royce ouvrit la bouche pour argumenter encore, puis y renonça.

— Tu veux que je t'apporte un oreiller ? proposa-t-il. Une couverture ?

— Je n'ai besoin de rien.

Royce patienta encore quelques minutes sur le seuil, hésitant à la laisser seule. Meg, complètement indifférente à sa présence, fredonnait tout bas des berceuses, tout en passant les doigts de temps à autre dans les cheveux d'Amanda. Bientôt, ce spectacle lui devint insupportable et il préféra tourner les talons, refermant doucement la porte derrière lui.

Dans le corridor, un sourire amer passa sur ses lèvres quand il se rendit compte qu'il se dirigeait sans même y avoir réfléchi vers sa chambre, et non vers celle dans laquelle il avait retrouvé Meg toutes les nuits depuis quelque temps...

Le lendemain matin, Royce appela Mélanie Kane pour lui faire part de leur décision, convenant avec elle d'un rendez-vous en début d'après-midi, auquel la jeune mère d'Amanda se rendrait seule.

Manifestement soulagée, l'assistante sociale tenta de le réconforter en lui disant qu'ils avaient fait le bon choix et que la jeune femme, une fois rassurée sur le sort réservé à son enfant, s'en tiendrait sans doute là. Quant à lui peu convaincu par cet argument, il lui avait suggéré d'appeler Meg pour l'informer du rendez-vous convenu entre eux et tenter de la tranquilliser.

Depuis ce coup de fil, Royce tentait vainement de se concentrer sur les épreuves des nouveaux menus de Sassy's, qu'un coursier de l'agence de communication avait déposées à son intention à la première heure. L'imprimeur n'attendait plus que son bon à tirer pour lancer ses machines, et il avait promis imprudemment de s'en occuper le plus vite possible.

Pour la centième fois depuis son coup de fil à l'agence d'adoption, Royce consulta sa montre. Plus que deux heures, et il serait confronté à la femme qui tenait leur avenir et celui d'Amanda entre ses mains. Il en avait l'intuition, à l'instant où elle se montrerait devant eux, il pourrait deviner ses intentions. Devoir attendre était une torture...

Laissant retomber sur son bureau l'épreuve qu'il était en train de vérifier, Royce se renversa dans son fauteuil et pressa le dos de ses mains contre ses yeux. Il avait été idiot d'imaginer pouvoir accomplir ce matin quelque travail que ce soit, alors que son esprit — et son cœur — étaient accaparés par Meg et Manda. Croisant les mains derrière sa nuque, il renonça à toute prétention à l'efficacité et contempla le plafond.

Désormais, songea-t-il, il n'y avait plus en lui aucun doute. Il *aimait* Amanda comme sa fille. Sans avoir à faire d'effort, il *se sentait* son père. Il aurait été capable de tout pour la protéger. Il aurait tout sacrifié avec joie pour son bonheur. Mais par un absurde caprice du destin, il lui fallait pour s'en rendre compte risquer de devoir la perdre...

Même s'il se sentait prêt dorénavant à l'accepter, la vérité continuait de le terrifier. Comment cela avait-il pu se produire ? Comment lui qui prétendait ne pas croire en l'amour, pouvait-il se trouver soudain avec tant d'amour dans le cœur ?

Pour ce qui était de Meg, le constat était identique. Comment avait-il pu se leurrer si longtemps à son sujet ? Pourquoi s'était-il senti obligé de feindre ne plus l'aimer ? De l'accuser des pires machinations ? Et par-dessus tout, pourquoi fallait-il qu'au moment où ses yeux se dessillaient enfin, un événement survienne qui les éloignait l'un de l'autre et faisait de nouveau d'eux des étrangers ?

Poussant un soupir excédé, Royce se redressa dans son fauteuil et tenta de se remettre au travail. Il lui fallait bien se rendre à l'évidence. Meg et Manda lui manquaient terriblement.

Sa famille lui manquait…

La sonnerie du téléphone le fit sursauter, le tirant de ses pensées. Royce tendit la main pour s'emparer du combiné et répondit d'une voix absente :

— Royce Adler…

— Monsieur Adler, dit une voix grave à l'autre bout du fil, lieutenant McGill à l'appareil, Services de Police de La Nouvelle-Orléans.

Royce reposa l'épreuve qu'il avait en main et prêta toute son attention à son interlocuteur. Sans doute celui-ci souhaitait-il solliciter le restaurant pour un don à une des œuvres de la Police, comme cela arrivait régulièrement.

— Que puis-je pour vous, officier McGill ?

— Désolé de vous déranger avec cette histoire, monsieur, mais j'ai face à moi une certaine Alice Dougherty dont vous seriez, selon elle, le tuteur…

Royce se sentit blêmir. Son cœur se mit à battre à coups redoublés à l'idée qu'Alice avait été arrêtée et se trouvait dans les ennuis.

— C'est exact, admit-il avec un calme qu'il était loin de ressentir. Y a-t-il un problème ?

L'officier de police lui expliqua que la jeune fille avait été surprise en flagrant délit de vol à l'étalage dans un des grands magasins de la ville. Malgré la modicité du larcin, le gérant avait décidé de porter plainte contre elle, ce qui expliquait sa présence au poste de police.

A ces mots, Royce retint un soupir de soulagement. Cela aurait pu être bien pire... Un instant, il avait eu peur que McGill ne lui annonce l'implication d'Alice dans une affaire de drogue. Après avoir demandé quel était le magasin qui avait porté plainte, il promit de passer au plus vite signer les papiers nécessaires et prendre en charge l'adolescente.

A peine eut-il raccroché que Royce passa un appel au gérant du magasin dans lequel Alice s'était fait prendre. Par chance, la famille Adler était en compte dans l'établissement et comptait au nombre de ses plus fidèles clients. Cinq minutes plus tard, après avoir manié avec habileté la flatterie et les menaces à peine voilées, il put filer de son bureau avec la satisfaction d'avoir convaincu le gérant de retirer sa plainte.

Sa sœur le vit entrer en trombe et déposer devant elle les épreuves à relire avec un flegme olympien.

— Honoria..., la pressa-t-il d'un ton suppliant. J'ai besoin que tu me rendes un grand service. L'agence attend le bon à tirer de ces épreuves au plus vite et je dois absolument m'absenter.

Sans même y jeter un regard, sa sœur haussa un sourcil et répondit froidement.

— Désolé, petit frère, mais j'ai déjà plus de travail qu'il ne m'en faut pour la journée. De plus, je crois que la communication est ton domaine, non le mien.

— J'ai une urgence, expliqua-t-il sans tenir compte de son objection. Je ne repasserai pas ici.

— Attends une minute !

Voyant qu'il s'apprêtait à s'éclipser malgré tout, Honoria bondit sur ses pieds et le rejoignit à la porte.

— Royce... Je dois te dire quelque chose.

Le tremblement de sa voix incita Royce à lui prêter attention. Il y avait bien longtemps qu'il ne l'avait vue aussi troublée.

— Hier après-midi, commença-t-elle à expliquer d'une voix hésitante, j'étais de l'autre côté du lac. Je me suis arrêtée chez vous et...

Secouant la tête, Honoria inspira profondément pour se donner du courage.

— J'avais besoin de parler à Meg, reprit-elle. Hélas, je suis tombée au mauvais moment — ou plutôt au bon, c'est selon... Elle m'a raconté ce qui vous arrive.

En découvrant dans les yeux de sa sœur les larmes contenues qui les faisaient briller, Royce se sentit gagné par son émotion.

— Amanda est magnifique..., ajouta-t-elle dans un souffle. Je peux très bien imaginer ce que tu ressens. Et je voulais seulement te dire...

De nouveau, Honoria secoua la tête, luttant pour garder le contrôle de ses émotions.

— S'il y a quoi que ce soit que je puisse faire, conclut-elle d'une voix tremblante, si je peux vous aider d'une manière ou d'une autre... n'hésite pas à me le dire.

Se sentant plus proche de sa sœur qu'il ne l'avait jamais été, Royce hocha la tête et se pencha pour l'embrasser sur la joue.

— Tu ne peux pas savoir ce que cela représente pour moi, Honoria... Merci. Je t'appellerai dès que nous serons fixés.

— Royce ?

Prêt à partir, Royce se figea une nouvelle fois sur le seuil.

— Tu diras à Meg que je pense très fort à elle. D'accord ?

— Je le lui dirai...

15.

Au poste de police, Royce découvrit Alice affalée sur une chaise. Pâle et tremblante, elle faisait tout son possible pour prendre un air désabusé mais donnait plutôt l'impression d'être sur le point de se mettre à pleurer...

Partagé entre la colère que suscitait en lui son acte irréfléchi et la pitié qu'elle lui inspirait, il fit en sorte qu'elle puisse être libérée au plus vite et ne lui adressa la parole que lorsqu'il put l'entraîner par le coude en direction de la sortie.

— A présent, jeune fille, il va falloir trouver une explication diablement convaincante pour m'expliquer tes exploits.

La voyant ouvrir la bouche, il l'interrompit tout de suite.

— Pas ici. Quand nous serons dans la voiture.

Sans résistance, elle se laissa entraîner vers le break de Royce, le pas traînant, la tête basse et les épaules tombantes. Et lorsque les portières claquèrent derrière eux, un silence tendu s'éternisa dans l'habitacle.

Les bras croisés et fixant le pare-brise droit devant elle avec un air de défi, Alice attendait ses reproches.

Tout en l'observant du coin de l'œil, Royce se rendit compte qu'il ne savait absolument pas quoi lui dire. Il savait pourtant, pour avoir déjà commis cette erreur, que lui foncer dedans bille en tête ne le mènerait à rien. Aussi, les mains serrées sur le volant, se força-t-il à respirer calmement et à compter jusqu'à dix.

— Je voudrais que tu me dises depuis combien de temps dure ce manège, demanda-t-il enfin d'une voix posée.

Alice haussa les épaules.

— Qu'est-ce que ça peut faire ? répondit-elle sans le regarder. De toute façon, vous êtes convaincu que je suis une voleuse...

Royce s'agrippa si fort au volant que les jointures de ses doigts blanchirent.

— Je pourrais laisser les faits parler d'eux-mêmes, rétorqua-t-il. Mais outre que ce n'est pas dans mes habitudes, je n'ai pas de temps à perdre aujourd'hui à jouer au jeu de la vérité avec toi. Etait-ce la première fois, oui ou non ?

— Oui ! s'écria-t-elle en le foudroyant du regard.

Pour commencer à la connaître, il la croyait sans peine. Malgré son côté rebelle et provocateur, Alice lui apparaissait néanmoins dotée d'un sens moral incompatible avec le vol.

— Dans ce cas, reprit-il patiemment, pourquoi as-tu fait cela ? Ou plus exactement, pourquoi as-tu fait cela *aujourd'hui* ?

— Mais je n'en sais rien ! s'écria-t-elle avec impatience. Ça m'est juste passé par la tête.

Tant d'égoïsme et de légèreté eut raison de la patience de Royce.

— Et il ne t'est pas passé par la tête que tu allais mettre Meg dans tous ses états ! s'écria-t-il. L'idée ne t'a pas effleurée une seconde qu'elle n'avait pas besoin de ça, juste le jour où la mère biologique d'Amanda pourrait décider de la lui reprendre !

— Quoi ! s'écria Alice en tournant vers lui un visage épouvanté. Qu'est-ce que vous dites ?

Interdit, Royce vit ses yeux s'emplir de larmes et sa lèvre inférieure se mettre à trembler.

— Vous... vous voulez dire..., balbutia-t-elle. Alors c'est pour ça qu'elle était hier... Mais je ne savais pas, je vous jure ! Moi, je ne voulais pas...

Incapable de dire un mot de plus, la jeune fille s'effondra en larmes, la tête enfouie dans ses deux bras posés sur le tableau de bord. Comme si un autre avait pris les commandes en lui, Royce se vit tendre le bras et lui caresser doucement les cheveux pour la consoler, mais Alice semblait désespérée. Il lui fallut attendre de longues minutes qu'elle se calme un peu avant de pouvoir enfin demander :

— Tu veux dire que tu n'étais pas au courant ?

Les yeux rouges, et encore secouée de sanglots, l'adolescente secoua négativement la tête. D'une voix hachée, elle lui expliqua qu'en rentrant la veille, elle avait trouvé Meg à moitié folle d'angoisse. Lorsqu'elle s'était inquiétée de savoir ce qui se passait, celle-ci n'avait pas voulu lui répondre. Supposant qu'Amanda était malade, furieuse de se retrouver sur la touche, Alice était allée se réfugier dans sa chambre pour n'en pas ressortir de toute la soirée.

A son tour, Royce lui raconta la visite de Mélanie Kane, la nouvelle accablante qu'elle leur avait annoncée et l'angoisse dans laquelle ils se débattaient, Meg et lui, depuis lors. Ces explications eurent pour effet de faire redoubler les pleurs d'Alice, que Royce s'efforça de consoler de son mieux.

Il était à présent conscient d'éprouver pour elle de l'admiration, pour son courage, sa fierté sauvegardée en dépit des épreuves traversées, et pour être restée capable, malgré son passé, d'aimer et d'être touchée par la détresse de ceux qu'elle aimait.

— Tout cela ne répond pas à ma question, reprit-il quand elle eut retrouvé son calme. Pour quelle raison as-tu fait ça ?

Tordant entre ses doigts un mouchoir en papier, Alice baissa les yeux et secoua longuement la tête.

— Je n'en sais rien, avoua-t-elle dans un souffle. Je ne sais pas pourquoi j'ai fait ça.

Royce tendit le bras pour saisir son menton entre le pouce et l'index et l'inciter doucement à le regarder.

— C'est à cause d'Amanda, n'est-ce pas ? Tu es jalouse d'elle et tu as peur que Meg n'ait plus besoin de toi ?

Elle ne lui répondit pas, mais la souffrance qu'il vit passer dans son regard fut pour lui plus éloquente que toutes les réponses.

Dans un sursaut d'amour-propre, Alice se dégagea de son emprise et se redressa sur son siège, le visage de nouveau dur et les yeux fixés droit devant elle.

— Comment pourrais-je la blâmer de la préférer à moi ? marmonna-t-elle. Elle est si mignonne, si gentille et si douce... Je ne fais tout simplement pas le poids.

Parce que ses paroles faisaient vibrer en lui des cordes sensibles, Royce saisit la main de la jeune fille et la serra dans la sienne. Tout son comportement des dernières semaines, culminant en ce stupide vol à l'étalage, ne visait qu'à une chose : attirer l'attention de Meg pour se sentir importante et aimée.

— Il n'y a pas de compétition entre Amanda et toi, dit-il enfin. Meg a autant besoin de toi que d'elle.

— C'est faux !

Alice pointa bravement le menton vers lui, même si la défaite pouvait se lire dans ses yeux, et conclut :

— Je ne suis pas sa fille adoptive, juste sa pupille. Elle ne m'a accueillie chez elle que par sens du devoir, pour donner à une autre la chance qu'elle avait eue... C'est chouette, mais ce n'est pas ça, l'amour. Je ne compte pas vraiment à ses yeux.

Plongé dans ses pensées, Royce laissa ses paroles faire leur chemin en lui.

— Tu te trompes, dit-il enfin. Meg a suffisamment d'amour dans son cœur pour nous tous. L'amour n'est pas exclusif, Alice... Ce n'est pas parce qu'elle aime Amanda qu'elle ne peut pas t'aimer comme sa fille, toi aussi. Son amour n'est pas non plus un hit-parade... A ses yeux, et même s'il s'agit de différentes formes d'amour, je suis sûr que nous sommes tous les trois également indispensables et précieux.

En prononçant ces mots, Royce se rendit compte qu'il y croyait vraiment, sans avoir besoin de se forcer. Ebahi, il se recula dans son siège et se tourna vers Alice pour chercher son regard. Il se sentait soudain plus léger, comme si un carcan énorme, qui lui pesait depuis des années, venait de lui être ôté.

Depuis le début, lorsque Meg avait abordé le sujet de l'adoption, puis lorsqu'elle avait introduit Alice sous leur toit contre son gré, il avait eu une peur bleue de la perdre et craint qu'elle ne l'aime plus. Exactement comme Alice craignait que Meg lui préfère Amanda…

Il le comprenait à présent, toutes ses craintes étaient infondées, ne reposaient que sur une enfance lugubre et dépourvue d'amour et d'affection. Il s'était trompé, trompé sur toute la ligne, dans des proportions telles qu'il n'aurait sans doute pas trop du restant de sa vie pour se faire pardonner et rattraper le temps perdu.

Se tournant vers Alice qui semblait ne pas le reconnaître, il lui adressa un sourire radieux. Puis il se pencha vers elle et l'embrassa sur les deux joues avant d'éclater d'un rire joyeux. Toutes les pièces du puzzle avaient pris leur place à présent. Il n'avait jamais cessé d'aimer Meg. Il lui avait simplement fallu prétendre le contraire pour ne pas avoir à s'avouer la vérité, pour se protéger d'un amour trop grand pour lui.

Comprenant que son attitude finissait par inquiéter la jeune fille, Royce lui lança un sourire rassurant.

— Tous les deux, lui expliqua-t-il, nous ne sommes pas si différents que ça, dans le fond. J'ai repoussé l'amour de Meg, parce que je ne pouvais pas supporter l'idée d'avoir à le partager avec un enfant. Mais j'ai compris à présent que, quand l'amour est partagé, il n'en est que plus fort.

Alice médita un instant ses paroles.

— Je voudrais bien vous croire, murmura-t-elle en hochant la tête. Je voudrais tellement vous croire…

Une dernière fois, Royce serra ses doigts entre les siens, puis lui lâcha la main.

— Fais-moi confiance, lui dit-il avec un clin d'œil. Nous ne venons sans doute pas des mêmes quartiers, tous les deux, mais nous avons à nous extirper des mêmes eaux...

Amanda sommeillait dans son parc, installé dans le coin le plus chaud de la cuisine. La regarder dormir était encore ce que Meg pouvait faire de mieux pour se calmer, la seule chose susceptible de l'apaiser.

Lorsqu'elle avait appelé pour la prévenir du rendez-vous convenu avec Royce, Mélanie Kane avait insisté sur la nécessité de tout faire pour rassurer la femme qui avait mis au monde Amanda. L'assistante sociale l'avait également prévenue que la jeune femme, prénommée Sarah, souhaiterait sans doute serrer l'enfant dans ses bras, et qu'il valait mieux ne pas l'en empêcher.

A cette idée, Meg ne pouvait se départir d'un sentiment d'injustice qui lui faisait grincer des dents. Il fallait tout faire pour rassurer la mère biologique, mais la mère de fait, celle qui depuis quatre mois sacrifiait ses jours et ses nuits au bien-être du bébé, qui se souciait de la rassurer ?

Pour la millième fois, le regard de Meg se porta sur l'horloge murale. Plus que vingt minutes... Et toujours aucune trace de Royce.

Du regard, elle balaya sa cuisine immaculée. Même en cherchant bien, il ne restait plus rien à faire. Elle avait pourtant besoin de s'occuper les mains et l'esprit. Le café était prêt, ainsi qu'un pichet de thé glacé. Un plat de ses meilleurs cookies, sortis du four une heure auparavant, était posé sur la table.

Un rire grinçant fusa des lèvres de Meg. Etait-elle vraiment obligée d'offrir à une femme qui risquait de lui ravir sa fille des cookies et du café ? Lui fallait-il vraiment faire comme si cette rencontre n'avait rien que de très ordinaire et ne risquait pas de bouleverser leur vie ?

Comprenant que les angoisses qui l'accablaient depuis la veille revenaient au galop, Meg s'exhorta au calme. Découvrir Amanda aux mains d'une hystérique ne calmerait sans doute en rien sa mère biologique… Or, il lui fallait bien reconnaître qu'elle avait basculé dans l'hystérie, depuis que Mélanie Kane leur avait assené la terrible nouvelle.

A regret, son regard glissa de sa fille endormie à l'horloge digitale. Plus que quinze minutes. Mais que diable faisait Royce ?

Incapable de rester assise une seconde de plus, Meg gagna la fenêtre et s'abîma dans la contemplation de ce jour de janvier clair et ensoleillé. L'allée carrossable restait désespérément vide, mais elle ne voulait pas perdre espoir d'y voir apparaître la voiture de son mari.

Il ne l'abandonnerait pas ainsi. Ni maintenant, ni jamais. Il aimait Amanda autant qu'elle l'aimait elle-même. Elle était également devenue sa fille. Cela n'était que trop évident. Dans cette épreuve, il lui avait été entièrement dévoué. Il l'avait supportée, de toutes les manières possibles, s'était chargé sans rechigner de la part la plus ingrate des démarches à effectuer, n'avait cessé de chercher à l'aider.

Et elle, en retour, que lui avait-elle offert ?

Meg eut l'impression qu'un rideau se tirait soudain sur sa conduite insensée des dernières vingt-quatre heures. Saisie par la panique, elle se détourna de la fenêtre et mordit son poing pour ne pas crier. Alors que lui revenaient à la mémoire toutes les occasions qu'elle avait eues de malmener Royce et de rejeter ses attentions, les larmes inondèrent ses yeux. Comment avait-elle pu se montrer avec lui si insensible, si cruelle ?

Tout comme elle, il aimait Amanda comme sa fille. Tout comme elle, il avait dû être terrassé par la peur et l'angoisse de la perdre. Ses sentiments n'avaient dû être que trop visibles sur son visage, dans ses gestes, mais tout obnubilée qu'elle avait été par sa propre souffrance, elle n'avait pas su (ou pas voulu) les voir — et encore moins l'aider à y faire face.

Frappée par une brusque révélation, Meg dut tituber jusqu'à une chaise pour s'y asseoir. Depuis la visite de Mélanie Kane, elle s'était enfermée dans sa propre douleur ainsi que dans une prison. Exactement comme elle l'avait fait, à l'âge de cinq ans, quand elle avait compris que sa mère ne reviendrait pas la chercher... Et ce faisant, elle avait durement traité l'homme qu'elle aimait le plus au monde.

Une fois de plus, elle déchiffra avec anxiété les chiffres de l'horloge. Plus que dix minutes avant le rendez-vous...

Résolument, elle décida de ne plus douter, de ne plus paniquer, de ne plus craindre que le monde autour d'elle s'écroule d'un seul coup, comme elle n'avait cessé de le faire depuis qu'elle avait cinq ans. Le temps était venu de réconforter en elle l'enfant terrifiée, de ne plus laisser ses peurs interférer avec sa vie d'adulte.

La petite fille battue pendant des années avant d'être abandonnée par sa mère était à présent une femme, une femme forte et aimante, et aussi digne que n'importe quelle autre d'être heureuse et aimée.

Animée par ces nouvelles certitudes, Meg se leva pour sécher ses larmes et reprendre figure humaine. Elle n'avait pas perdu Royce. Elle l'aimait. Elle était la femme qu'il lui fallait, et peu lui importaient tous ceux qui pouvaient prétendre le contraire.

Amanda remua dans son sommeil. Meg marcha jusqu'au parc et contempla sa fille avec un cœur débordant d'amour maternel. De cela aussi, elle était sûre — elle était la mère de cette enfant. Elle le sentait dans tout son corps, dans toute son âme, et elle allait se faire un devoir de le prouver à celle qui lui avait donné le jour.

Un bruit de roues sur le gravier se fit entendre. Priant pour que ce soit son mari et non la femme qu'ils attendaient, Meg se précipita sur le perron. Un soupir de soulagement lui échappa en découvrant le break de Royce. Quatre à quatre, elle descendit les marches et courut à sa rencontre.

Royce prit dans les siennes les mains qu'elle tendait vers lui. Leurs yeux se croisèrent et elle lut dans les siens la surprise et l'hésitation. Se hissant sur la pointe des pieds, elle déposa simplement un baiser sur ses lèvres. Elle aurait voulu tout lui dire de ce qu'elle venait de réaliser, mais le moment était mal choisi. Pour l'heure, ils avaient une autre montagne à gravir tous les deux.

— Tout va bien se passer…, murmura-t-elle sans le lâcher du regard. Nous n'allons pas perdre Manda.

— Non.

Tant d'émotion était passée dans ce simple mot que Meg se maudit de s'être montrée si injuste avec lui.

Voyant Alice descendre du véhicule, elle s'étonna de la voir revenir en même temps que Royce. Puis elle vit ses yeux rouges et gonflés d'avoir pleuré et son étonnement se mua en inquiétude.

— Alice ? fit-elle en se portant à sa rencontre. Tu vas bien ? Que s'est-il passé ?

Les yeux brillants, Alice détourna le regard.

— Nous verrons cela plus tard, intervint Royce. Rentrons. Notre visiteuse ne devrait pas tarder.

Effectivement, aussitôt qu'ils eurent refermé la porte derrière eux et qu'Alice eut gravi l'escalier, Meg et Royce entendirent une voiture s'engager dans l'allée.

Le cœur au bord des lèvres, Meg comprit que l'élan de bravoure qui l'avait traversée avait déjà disparu. Même si elle avait réussi à chasser tous les doutes de son esprit, sa peur n'avait pas disparu avec eux. Tout comme l'amour qu'elle portait à sa fille, sa peur était sans limite.

— Meg...

Docilement, elle laissa Royce saisir son menton pour capter son regard.

— Je suis là, assura-t-il d'une voix ferme. Avec toi. Pour toi.

Ces simples mots la réconfortèrent d'une manière qu'elle n'aurait jamais cru possible.

— Je ne sais pas ce que je ferais sans toi..., avoua-t-elle en serrant ses doigts autour des siens.

— Ne t'inquiète pas, murmura-t-il. Tu n'auras plus jamais à te le demander.

La femme qui avait donné le jour à Amanda ne ressemblait pas vraiment à ce que Meg avait imaginé. Agée d'environ vingt-cinq ans, jolie, de taille moyenne, elle avait de grands yeux clairs et ses cheveux étaient blonds et raides.

Amanda avait hérité de sa bouche et de ses yeux.

Dans un coin de son esprit, Meg savait qu'il lui aurait fallu sourire, parler, faire un pas de côté pour l'inviter à entrer. Mais elle était tellement choquée de devoir reconnaître un lien — fût-il génétique — entre cette femme et sa fille qu'elle ne pouvait faire autre chose que la dévisager encore et encore.

Elles étaient l'une pour l'autre de parfaites étrangères, et pourtant elles partageaient d'une certaine manière bien plus qu'un lien d'amitié. Cette inconnue lui avait offert le cadeau le plus merveilleux qui se puisse imaginer. Mais elle pouvait tout aussi bien le lui reprendre quand elle voulait…

Saisie par un frisson, Meg croisa les bras sur sa poitrine, en proie à un flot d'émotions contradictoires. Simultanément, elle aurait voulu serrer dans ses bras leur visiteuse et lui claquer la porte au nez ; l'insulter jusqu'à lui faire peur ou la supplier de ne pas lui prendre sa fille ; lui mettre le bébé dans les bras ou le serrer très fort dans les siens et s'enfuir, pour ne plus jamais revenir.

Cette femme — Sarah, puisque c'est ainsi qu'elle s'appelait — la dévisageait avec la même insistance, visiblement aussi terrifiée qu'elle par cette rencontre. Puisant dans cette peur réciproque un curieux réconfort, Meg s'essaya à sourire.

— Sarah ?

La jeune femme hocha la tête et s'essuya la paume des mains contre sa jupe. Les jambes tremblantes, Meg s'écarta pour la laisser passer.

— Meg ? fit-elle d'une voix incertaine.

— Entrez, je vous en prie…

Sarah la suivit jusqu'à la cuisine, où Meg referma la porte derrière elles.

— Je vous présente mon mari, dit-elle. Royce Adler.

Royce s'approcha et serra la main qu'elle lui tendait.

— Comment allez-vous ? demanda-t-il.

De nouveau, Sarah frotta nerveusement ses mains contre sa jupe et chuchota :

— Bien, merci… Vous avez une très jolie maison.

Meg croisa les bras puis, s'apercevant de ce qu'elle faisait, les laissa retomber.

— Je vous remercie. Puis-je vous offrir un peu de café, du thé glacé ?

Sarah secoua vivement la tête.

— Non. Merci beaucoup. Je ne voudrais pas vous déranger.

— Le dérangement n'est pas bien grand ! assura Meg d'une voix trop haut perchée. L'un comme l'autre sont déjà prêts… J'ai aussi préparé quelques cookies !

Pour s'occuper les mains et échapper à ce face-à-face qui la plaçait sur des charbons ardents, elle s'activa à sortir des placards tasses et soucoupes.

— Je prendrai bien un peu de café dans ce cas, reprit la jeune femme à contrecœur. Noir et sans sucre.

Meg s'appliqua à remplir correctement les tasses, mais ses mains tremblaient si fort qu'elle renversa du café sur la table.

— Royce ?

— Noir et sans sucre, répondit-il avec un sourire rassurant. Comme tu le sais…

Après avoir réparé les dégâts, Meg tira trois chaises et suggéra :

— Asseyons-nous…

Voyant que Sarah ne réagissait pas, elle leva la tête et la découvrit en train d'observer fixement le parc d'Amanda, le visage transfiguré par la tendresse. Prise de panique, elle vint s'interposer pour lui masquer la vue. Puis, ne sachant comment détourner autrement son attention, elle saisit sur la table l'assiettée de biscuits et la tendit à leur invitée.

— Prenez donc un cookie ! s'écria-t-elle d'une voix de tête. C'est ma spécialité… Vous m'en direz des nouvelles !

Sans cesser de fixer par-dessus son épaule le coin de la pièce où Amanda était endormie, Sarah secoua la tête.

— Merci, mais… non. Je vous assure que je ne pourrai rien avaler.

A court d'idées, Meg lança un regard suppliant à Royce dans l'espoir qu'il lui vienne en aide. Hélas, le désarroi et la frustration qu'elle lut dans ses yeux lui firent comprendre qu'il était tout aussi désemparé.

Comme si elle avait pu sentir la tension ambiante, Amanda choisit cet instant pour se réveiller, et se mit à pleurer doucement, ce qu'en temps ordinaire elle ne faisait jamais.

Une expression de détermination farouche sur le visage, Meg se hâta d'aller la récupérer dans le parc et la berça contre sa poitrine pour la calmer.

Elle resta là un bon moment, incapable de se retourner. Prendre le risque de montrer Amanda à sa mère biologique lui semblait inconcevable. Si elle le faisait, comment celle-ci pourrait-elle se résoudre à lui rendre sa fille, belle comme elle l'était ?

Il lui fallut tout son courage, et la certitude qu'elle ne ferait qu'inquiéter la jeune femme en tardant plus longtemps, pour enfin faire volte-face et venir se placer à côté de Royce.

— Vous l'avez appelée Amanda..., fit Sarah d'une voix sourde, sans quitter le bébé des yeux.

— Oui, parvint à répondre Meg.

Mais ce fut le seul mot qu'elle put prononcer.

Sans doute conscient de sa détresse, Royce posa la main sur son avant-bras. Confortée par ce contact, elle poussa un profond soupir et précisa :

— Le plus souvent, nous l'appelons Manda.

— Manda..., répéta Sarah rêveusement. C'est joli.

Tendant la main vers la joue du bébé, elle se ravisa au dernier moment et la retira.

— C'est son... papa qui a trouvé ce surnom ! ajouta Meg, avec une gaieté exagérée.

De nouveau, Sarah tendit la main, mais cette fois ne la retira pas. La voyant caresser la joue rebondie de sa fille, qui l'observait gravement, Meg lutta pour ne pas s'écarter afin de lui soustraire l'enfant.

— Je peux la prendre dans mes bras ?

Le visage figé, Meg la dévisagea sans lui répondre, avec la sensation que le monde s'écroulait.

Bien sûr, elle avait été prévenue de l'éventualité d'une telle demande et s'y était résignée. Mais se retrouver placée au pied du mur était un obstacle bien plus difficile à franchir.

Instinctivement, Meg resserra l'emprise de ses bras autour de son enfant. Une douzaine de bonnes raisons pour ne pas donner satisfaction à Sarah lui dansaient sur le bout de la langue.

Les larmes aux yeux, celle-ci tendit les bras vers elle et insista gentiment :

— S'il vous plaît... Je veux juste la sentir un peu contre moi.

Ce fut Royce qui débloqua la situation.

— Bien sûr ! lança-t-il, le plus naturellement du monde. Tenez, prenez-la...

Soulevant doucement le bébé des bras de Meg, il lui fit une risette au passage pour le rassurer et le déposa dans ceux de Sarah.

Très émue, la jeune femme pencha la tête vers celle d'Amanda et caressa du bout des lèvres ses boucles brunes.

— Elle est tellement douce..., murmura-t-elle. Et si jolie.

Meg dut se mordre la langue pour ne pas se mettre à crier. A ses yeux, cela ne faisait plus l'ombre d'un doute. Cette femme allait vouloir récupérer sa fille. Elle n'en avait pas encore exprimé la volonté que c'était déjà comme s'ils l'avaient perdue...

Il lui fallut lutter corps et âme pour ne pas bondir sur elle afin de lui arracher Amanda des bras. Comme s'il avait pu le deviner, Royce plaça un bras rassurant et protecteur autour de ses épaules. Reconnaissante, elle leva les yeux vers lui, désireuse même dans sa détresse de lui exprimer ce qu'il représentait pour elle. Un abri. Un soutien. Un roc dans la tempête qui faisait rage autour d'elle. Son mari. Son seul amour…

Royce soutint tranquillement son regard. Dans ses yeux brouillés de larmes, elle vit briller l'amour qui à cet instant les unissait dans la douleur.

— Je devais la voir…, dit soudain Sarah d'une voix pleine de larmes. Constater par moi-même qu'elle va bien. M'assurer qu'elle est aimée.

Du bout des doigts, avec une prudence infinie, elle continuait en parlant à caresser les cheveux du bébé.

— Je voulais être certaine d'avoir fait le bon choix.

La profonde tendresse qui se lisait sur son visage bouleversait Meg et la faisait trembler tout à la fois. Redoutant ce qui allait suivre, elle s'accrocha au bras de Royce et se mit à prier.

— J'ai d'abord pensé l'élever moi-même, racontait Sarah. Durant les premiers mois de ma grossesse, j'étais arrivée à me convaincre que ce serait possible, même si je suis seule et que je n'arrive qu'à grand-peine à subvenir à mes besoins.

Marquant une pause, elle chercha le regard de Meg, puis celui de Royce, comme pour donner plus de poids à ses paroles.

— Ensuite, reprit-elle enfin, j'ai compris que mon enfant méritait mieux que cela. Je voulais qu'elle ait plus que ce que j'avais eu. Je voulais qu'elle puisse grandir auprès d'une mère *et* d'un père. Je voulais pour elle une famille unie et sûre.

Voyant qu'Amanda posait sur elle un regard plein de curiosité, Sarah lui sourit. Avec un petit gazouillis joyeux, le bébé lui rendit son sourire et commença à battre des jambes et des bras. Sur les joues de Sarah, les premières larmes commencèrent à couler.

— Que vous ayez de l'argent, reprit-elle en reportant son attention sur Royce, était à mes yeux une bonne chose mais ce n'était pas suffisant. Je voulais aussi que vous ayez de l'amour pour elle dans vos cœurs. Vous comprenez ce que je veux dire ?

Sans attendre de réponse, elle se laissa glisser sur une des chaises et posa Amanda sur ses genoux. D'une voix calme et monocorde, elle continua sa confession sans cesser de manifester sa tendresse au bébé.

— Voilà pourquoi, après m'être décidée à confier l'avenir de ma fille à d'autres, j'ai commencé à me laisser envahir par mes doutes et mon inquiétude. Je devais absolument vous voir. Ensemble… J'ai besoin d'être certaine que votre mariage est solide. Je veux être sûre, avant de la laisser définitivement à votre garde, que vous pourrez lui offrir cette famille aimante, unie et stable dans laquelle… Amanda a besoin de grandir.

Telle une statue de sel, Meg regardait fixement la jeune femme, réalisant seulement à cet instant, à sa plus grande honte, ce qu'elle avait fait. Avant ce jour, elle avait imaginé que son mensonge pour obtenir la garde d'Amanda ne nuirait à personne.

Puisant dans sa certitude d'être une bonne mère, elle n'avait pas douté une seule seconde de sa capacité à offrir à sa fille un foyer où elle pourrait se sentir en sécurité et s'épanouir.

Mais, durant tout ce temps, elle pensait simplement tromper l'assistante sociale et l'agence d'adoption. La mère biologique d'Amanda n'était pour elle qu'une vague notion, une ombre floue. Elle n'avait pas voulu voir que cela pouvait être une personne comme elle, avec sa propre histoire, ses peurs, ses espoirs et son amour pour la petite vie qu'elle avait abritée durant neuf mois dans son ventre, et que Meg avait si facilement considérée comme sienne...

Un sanglot se bloqua dans sa gorge. Meg s'agrippa comme à une bouée à la main de Royce. Par égoïsme, elle avait floué cette courageuse maman, qui n'avait voulu en abandonnant son enfant que lui assurer dans la vie toutes les chances qu'elle se sentait incapable de lui donner.

Les larmes débordant à présent de ses yeux, Meg ne pouvait que soutenir en silence le regard curieux que Sarah lui lançait. Qu'aurait-elle pu lui dire ? Comment aurait-elle pu implorer sa clémence et son pardon ? Et qu'aurait-elle pu dire qui n'annihile pas ses dernières chances de pouvoir garder Amanda ?

— Voyez-vous, Sarah..., intervint Royce d'une voix parfaitement calme et posée. Jamais je n'aurais pensé qu'avoir un enfant serait si merveilleux et changerait à ce point mon existence.

Ses yeux débordant d'amour croisèrent un instant ceux de Meg. Il pencha la tête et déposa un baiser sur son front qui valait toutes les preuves de fidélité.

— Laissez-moi vous raconter une petite histoire..., reprit-il en souriant avec bienveillance à Sarah. Il était une fois un homme qui vivait avec la certitude de ne pas avoir en lui d'amour à donner, un homme qui pensait pour n'avoir pas été aimé dans son enfance que l'amour lui resterait à jamais incompréhensible et hors de portée. Un jour, cet homme fit la connaissance d'une femme. Une merveilleuse et magnifique jeune femme, pleine de rires, de joie, de vie… et d'amour. Tant d'amour que notre homme ne put qu'accepter celui que si généreusement elle lui offrait, et se sentir vivant pour la première fois depuis bien longtemps.

Royce marqua une pause. Avec un soupir, il tendit la main pour chercher celle de Meg et la serrer très fort dans la sienne.

— Cet homme et cette femme se sont mariés, reprit-il. Si jamais il y eut un jour un mariage d'amour, ce fut le leur… Ils vécurent heureux, et un jour cette femme décida que leur bonheur serait plus parfait encore s'il était partagé par un enfant. Et quand cet enfant ne vint pas, il lui fallut bien se rendre à l'évidence. Jamais il ne lui serait donné le bonheur de concevoir.

Royce lâcha la main de Meg et s'approcha de Sarah et Amanda, s'accroupissant devant elles.

— Alors, un miracle se produisit dans leur vie à tous les deux. Une autre vie leur fut donnée à aimer. Celle d'un enfant si parfait qu'ils n'auraient pu en rêver de si beau. Grâce à ce don d'amour, ce don parfaitement désintéressé, le cercle de leur famille se referma et ils purent vivre tous les trois très heureux.

Royce tendit la main pour caresser celle d'Amanda. Avec un sourire ravi, le bébé s'empara de son doigt et le serra très fort en riant.

— Cette femme, conclut-il en soutenant le regard intense que Sarah posait sur lui, cet enfant, sont les seuls trésors de l'homme que vous avez devant vous. Je ne pourrais imaginer vivre sans eux.

Bouleversée par ces paroles, Meg rejoignit Royce et posa les mains sur ses épaules. Pour parvenir à aimer Amanda, ils avaient dû tous deux se résoudre à ouvrir tout grand leurs cœurs. Et pour la garder, il leur fallait parvenir à l'ouvrir plus grand encore.

Après avoir pris une profonde inspiration pour se donner du courage, elle prit la parole à son tour.

— Je dois avouer que depuis que Mélanie Kane nous a fait part de votre demande, j'ai complètement craqué. J'avais tellement peur que vous ne veniez avec l'intention de reprendre Amanda… Cette peur ne m'a d'ailleurs pas quittée. Voyez-vous… je l'aime tellement que je ne sais pas quel sens pourrait avoir ma vie sans elle. Cela va sans doute vous paraître fou. Ça l'est peut-être. Mais je ne vois pas comment vous expliquer autrement ce que je ressens.

Au son de la voix de sa mère, Amanda commençait à s'agiter sur les genoux de Sarah. Meg prit le temps de lui caresser la joue avant de poursuivre :

— Je me suis attachée à Amanda dès l'instant où mes yeux se sont posés sur elle. Et dès ce premier instant, je me suis sentie devenir sa mère. De toutes les manières possibles. Qu'elle ne soit pas le fruit de ma chair n'a aucun sens à mes yeux, car elle est le fruit de mon cœur.

Meg s'arrêta un instant pour se ressaisir.

— Vous êtes arrivée dans nos vies, reprit-elle enfin, et le plus insupportable des doutes s'est emparé de Royce et moi. Pour n'importe quel parent adoptif, ce genre de rencontre est une épreuve. Inconsciemment, je m'étais bien gardée de penser à vous, car je ne peux concevoir de partager Amanda… Je ne voulais pas regarder en face le fait qu'une autre femme puisse avoir des droits sur elle. Je vous dis ceci afin que tout soit clair entre nous, et que vous puissiez vous faire une idée juste de l'amour que je porte à cette enfant, et de la peur que m'inspire la seule idée de pouvoir la perdre.

La gorge nouée, Meg baissa les yeux vers Royce et mêla affectueusement ses doigts à ses cheveux.

— De la même façon qu'il me semble avoir toujours été la mère d'Amanda, j'ai l'impression d'avoir toujours été amoureuse de cet homme. Bien sûr, nous avons eu nos moments difficiles, tous les deux. Quel couple n'en a pas ? Mais si une chose est sûre, c'est que je suis entièrement dévouée à mon mari. Je ne pourrais imaginer vivre sans lui. Et je serais prête à me battre pour sauvegarder mon mariage comme je suis prête à me battre pour garder ma fille.

Royce se redressa et posa sa main contre la joue de Meg, mouillée de larmes. S'emparant de ses doigts, elle les porta à ses lèvres et les embrassa.

— Le sort de ma famille est entre vos mains…, conclut-elle en soutenant vaillamment le regard de Sarah. Je vous en prie… ne nous enlevez pas Amanda.

Le silence retomba dans la pièce. Un silence lourd et chargé d'émotion. Les yeux de Sarah étaient noyés de larmes, tout comme l'étaient ceux de Royce et les siens. Meg aurait voulu avoir encore des milliers de choses à dire, pour retarder indéfiniment l'instant qui allait suivre.

Mais en vidant son cœur, elle avait brûlé toutes ses cartouches. Il ne lui restait plus à présent qu'à prier pour que cela suffise.

Amanda était de plus en plus agitée. Elle commença à pousser de petites plaintes, levant vers Meg un regard inquiet. Sarah la contempla un long moment, mouillant de ses larmes les joues de l'enfant. Du bout des doigts, elle les essuya gentiment, puis lui sourit et déposa un baiser dans ses cheveux.

D'un bond elle se leva et chercha le regard de Meg.

— Je crois qu'elle veut sa maman..., murmura-t-elle en lui tendant l'enfant.

Un cri de joie et de soulagement jaillit des lèvres de Meg, faisant écho à celui que poussa Amanda quand Sarah la déposa dans ses bras.

— Y a-t-il quelque chose que je puisse faire pour vous ? demanda Royce. Si vous avez besoin de quoi que ce soit, je serais heureux de...

— Merci..., l'interrompit-elle. Je vous assure que ce n'est pas nécessaire. Je suis en paix maintenant.

Fouillant dans son sac, elle en tira un mouchoir avec lequel elle se tamponna les yeux. D'un pas décidé, elle regagna le hall, suivie par Meg et Royce. Arrivée devant la porte, elle se retourna pour leur faire face.

— Je voulais vous dire que je vous comprends, Meg. Je voulais vous dire aussi que je n'oublierai pas Amanda. Mais je ne m'inquiéterai jamais pour elle. Et je ne serai pas triste non plus. Merci de l'aimer autant.

Mue par un élan irrésistible, serrant d'un bras le bébé contre sa poitrine, Meg rejoignit Sarah et l'étreignit longuement.

— Non…, lui murmura-t-elle à l'oreille. C'est à nous de vous remercier. Nous ne vous serons jamais assez reconnaissants pour le cadeau sans prix que vous nous faites. Quand Amanda sera grande, nous lui dirons quelle femme merveilleuse vous êtes, et le sacrifice que vous avez consenti pour elle. Nous lui dirons à quel point vous l'aimez.

Royce les rejoignit, debout derrière Meg, les mains posées sur ses épaules. Ils demeurèrent ainsi de longues minutes, communiant dans l'amour du même enfant. Puis Sarah s'écarta, s'essuya les yeux, leur adressa un dernier sourire, murmura un dernier adieu. Sans se retourner elle s'en alla, disparaissant de leur existence aussi brutalement qu'elle y était apparue.

16.

Serrés dans les bras l'un de l'autre, Amanda nichée entre eux deux, Meg et Royce regardèrent Sarah s'éloigner. Quand sa voiture eut disparu au détour de l'allée, Meg laissa sa tête retomber contre l'épaule de son mari. Avec délices, elle s'immergea dans l'odeur douce, rassurante et familière qui émanait de lui.

Redressant la tête, elle scruta son visage avec émotion. Elle n'avait pas rêvé les instants merveilleux qu'ils venaient de vivre. Ses yeux étaient bien emplis du même amour, de la même tendresse qu'elle y avait découverts précédemment.

— J'ai tant de choses à te dire..., murmura-t-elle. Tant de choses à te faire partager.

— Et moi, donc ! rétorqua-t-il en passant ses doigts dans ses cheveux. Mais nous aurons l'éternité devant nous pour le faire. Pour l'instant, quelqu'un d'autre attend avec angoisse d'apprendre la bonne nouvelle...

Meg comprit qu'il faisait référence à Alice et lui en fut reconnaissante. Qu'il ait pu penser immédiatement à elle, alors qu'ils se déchiraient un an auparavant à son sujet, prouvait à quel point il avait changé. Tout comme elle, songea-t-elle. Dieu merci...

Avec un sourire ému, elle lui tendit Manda.

— Tu veux bien t'en occuper pendant que je monte voir Alice ?

— Quelle question !

Sans transition, il hissa Amanda à bout de bras au-dessus de sa tête, au plus grand plaisir de celle-ci qui se mit à crier sa joie. Se remémorant la menace à laquelle ils venaient d'échapper, Meg sentit ses yeux s'embuer de nouvelles larmes. Les rires de son mari et de sa fille qui lui parvinrent de la cuisine tandis qu'elle gravissait l'escalier n'en avaient que plus de prix.

Meg cogna du doigt légèrement contre la porte d'Alice. Puis, n'obtenant pas de réponse, elle passa la tête dans l'entrebâillement. Le chaud soleil de cette fin d'après-midi baignait la pièce d'une belle lumière dorée. Lovée à la tête de son lit, un coussin serré tout contre elle, sa pupille écoutait son walkman d'un air morose.

— Hello ! lança-t-elle gaiement quand l'adolescente l'eut enfin aperçue.

Alice enleva ses écouteurs.

— Hello, répondit-elle d'un ton neutre. Elle est partie ?

— Oui. Je peux entrer ?

Alice hocha la tête et Meg pénétra dans la chambre, refermant soigneusement la porte derrière elle.

— Tu parais heureuse..., embraya la jeune fille. Ça s'est bien passé ?

— Je suis très heureuse, répondit-elle en approchant du lit. Et ça s'est très bien passé. Tout est arrangé. Sarah, la mère biologique d'Amanda, est rassurée et ne souhaite pas la reprendre...

— Tant mieux…, se réjouit Alice en serrant le coussin entre ses bras. J'en suis heureuse pour vous.

— J'ai d'autres bonnes nouvelles, renchérit Meg.

— Je suis au courant. Toi et Royce, vous allez rester ensemble…

Meg sourit et s'assit sur le lit en hochant la tête.

— Décidément, tu as toujours un tour d'avance sur moi… Oui, Royce et moi avons résolu nos problèmes et décidé de ne pas mettre un terme à notre mariage. Et cette fois, nous allons tout faire pour ne plus le mettre en péril…

— Oh…, dit-elle en détournant les yeux. C'est super.

— Alice ?

Constatant que l'adolescente ne daignerait pas la regarder dans les yeux, Meg poussa un soupir résigné et se lança.

— Ce que tu ressens est toujours aussi important pour moi. Je voudrais que tu me dises franchement ce que tu en penses.

— Je te l'ai déjà dit…, murmura-t-elle, toujours sans la regarder. C'est super.

— Tu n'as pourtant pas l'air d'apprécier la nouvelle plus que cela…

Décidée à aller jusqu'au bout des choses, Meg tendit le bras pour faire pivoter le visage de sa pupille vers elle.

— Pourquoi ne pas me dire ce qui ne va pas ? demanda-t-elle d'une voix douce. Que s'est-il passé ce matin ?

Une expression de surprise passa dans le regard d'Alice.

— Royce ne t'a rien dit ?

Meg secoua négativement la tête.

— Sans doute a-t-il jugé que c'était à toi de le faire, tu ne crois pas ?

Pendant un instant, Meg craignit qu'Alice refuse de se confier. Mais, manifestement, elle avait bien changé elle aussi, car ce fut sans réticence qu'elle commença à raconter comment elle avait été surprise en flagrant délit de vol à l'étalage.

Elle lui expliqua aussi qu'elle avait préféré donner le nom de Royce au poste de police pour ne pas l'inquiéter elle, et comment il était venu la chercher. Enfin, elle lui avoua ce qu'elle avait volé, dit qu'elle ne savait pas ce qui lui était passé par la tête, et promit que cela ne se reproduirait plus.

— C'est tout ce que tu as à me dire ? s'étonna Meg quand elle eut terminé.

Alice croisa son regard l'espace d'un instant, avant de s'empresser de détourner de nouveau les yeux.

— Non, répondit-elle en serrant plus que jamais le coussin contre elle.

Un long silence retomba entre elles. Quand Alice releva la tête, Meg fut bouleversée de découvrir ses yeux habituellement si frondeurs pleins de misère et de larmes.

— J'ai… j'ai souhaité…, balbutia-t-elle enfin avec peine. J'ai souhaité qu'Amanda disparaisse ! Et quand j'ai appris… ce qui se passait… qu'elle risquait de…

Alice poussa un soupir à fendre l'âme et se força à fixer Meg droit dans les yeux.

— Je te jure que je n'y pensais pas sérieusement ! reprit-elle sur un ton implorant. Pour rien au monde je ne voudrais que tu sois malheureuse... Et quand j'ai appris que mon souhait stupide risquait d'être exaucé, j'ai prié très, très fort pour que Manda reste pour toujours avec toi. Je te demande pardon, Meg... Oh ! Si seulement tu pouvais me pardonner...

Le visage déformé par l'angoisse, Alice pleurait à chaudes larmes et se tordait les mains.

— Si tu me permets de rester près de toi, conclut-elle, je te promets de ne plus jamais penser de choses pareilles. S'il te plaît... Ne me renvoie pas !

Incapable d'ajouter un mot, Alice éclata en sanglots. Bouleversée, Meg vint s'asseoir près d'elle et l'attira doucement dans ses bras.

— Un simple souhait n'a jamais fait de mal à personne..., dit-elle en lui caressant les cheveux. Ce que tu me dis là, je peux t'assurer que des millions de frères et de sœurs en ont fait l'expérience avant toi...

Un rire léger lui échappa.

— Moi-même, confia-t-elle, il m'est arrivé plus d'une fois de souhaiter qu'un de mes frères ou une de mes sœurs disparaisse. La plupart du temps, c'était Louise...

— Louise ? répéta Alice d'un air incrédule.

— Ça t'épate, n'est-ce pas ? Au sein d'une famille, avoir à partager peut être la pire des souffrances. Ce que tu as ressenti envers Amanda serait donc plutôt pour me rassurer. Quoi que tu en penses, ta réaction prouve que tu fais bien partie de cette famille... Mais ce qui m'inquiète, c'est que tu imagines que je puisse te renvoyer. Qu'est-ce qui te fait penser ça ?

Alice renifla et se redressa pour s'essuyer le visage.

— Eh bien... Toi et Royce, vous êtes de nouveau ensemble. Et puis vous avez Amanda...

Plus que les mots prononcés par Alice, ce furent ceux qui sous-tendaient ses paroles que Meg entendit. *Alors pourquoi voudrais-tu encore de moi ?*

— C'est moi qui dois te demander pardon, assura-t-elle avec un sourire désolé. Depuis hier, je t'ai ignorée, j'ai ignoré Royce, j'ai laissé ma peur et ma douleur me dominer. A cause de mon passé marqué par l'abandon, j'était convaincue qu'Amanda allait m'être retirée. Et curieusement, quelque part au fond de moi, il y avait cette certitude terrible que ce serait bien fait pour moi, et que je ne méritais pas mieux... Tu vois ce que je veux dire ?

L'adolescente y réfléchit quelques secondes, puis hocha gravement la tête.

— Je comprends. Il m'arrive de ressentir ça, moi aussi.

— Et c'est un sentiment qu'il faut combattre, Alice. Nous méritons d'être heureuses autant que n'importe qui d'autre sur cette planète ! Tu m'entends ? Les gens qui nous ont maltraitées ne l'ont pas fait parce qu'ils ne pouvaient pas nous aimer, mais parce qu'ils étaient incapables de s'aimer eux-mêmes.

Meg se pencha pour essuyer du bout des doigts sur les joues d'Alice ses dernières larmes.

— Tu représentes énormément pour moi, Alice. Bien plus que je ne pourrais le dire. Tu fais partie de ma famille, à présent, et de ma vie.

En conclusion, elle lui adressa un sourire contrit, prit les mains de la jeune fille dans les siennes et dit :

— Si je te promets de n'être plus jamais aussi insensible, égoïste et insupportable que je l'ai été hier, consentiras-tu à rester ?

Pour toute réponse, Alice se jeta à son cou.

— Je t'aime tellement ! chuchota-t-elle. Jamais je n'aurais pu me pardonner d'avoir perdu ta confiance.

Meg lui rendit son étreinte, émue non seulement par les mots qu'elle venait de prononcer mais aussi par le fait qu'elle ait pu les dire.

— Je t'aime aussi..., murmura-t-elle à son tour.

La repoussant doucement, elle chercha son regard avant d'ajouter :

— Mais s'il t'arrive encore de te sentir rejetée et indigne d'être aimée, promets-moi de venir m'en parler tout de suite. Je veux que nous soyons toujours capables de nous parler, toutes les deux. C'est d'accord ?

D'un revers de main, Alice s'essuya une dernière fois les yeux et hocha la tête.

— D'accord.

La maison était étrangement calme. Quelque temps auparavant, quand Alice avait spontanément proposé d'emmener Amanda en promenade jusqu'au coffee shop, Meg avait accepté avec enthousiasme. Elle avait tant de choses à dire à son mari, tellement de tendresse à partager avec lui, qu'elle n'aurait pu attendre qu'ils se retrouvent seuls le soir venu.

Mais dès qu'ils s'étaient trouvés en présence l'un de l'autre, il leur avait paru bien plus important de s'aimer comme ils pouvaient à présent le faire, sans restrictions ni arrière-pensées. Les confidences avaient dû attendre…

Ils avaient fait l'amour, longuement, tendrement, comme ils ne l'avaient encore jamais fait, en se donnant entièrement l'un à l'autre. Nus sur le lit, ils goûtaient à présent ces instants de béatitude sensuelle qui suivent l'orgasme, dont il leur semblait qu'ils ne parviendraient jamais à se repaître.

Comblée corps et âme pour la première fois de son existence peut-être, Meg comprit que la magie de cette journée bouclait en elle un périple entamé il y avait bien longtemps, une lutte engagée pour reconquérir sa valeur et sa dignité. Si elle avait été de tout temps capable d'aimer les autres, elle était dorénavant en mesure d'aimer qui elle était.

Mais avant de tourner le dos à son passé pour le laisser reposer en paix — définitivement cette fois — il lui fallait encore partager avec son mari ce qu'elle avait découvert. Laissant courir ses doigts dans ses cheveux comme elle aimait tant le faire, Meg déposa un baiser sur son épaule nue, humide de transpiration.

— Royce ?

Sans rompre leur étreinte, il roula sur le côté de manière à ce qu'ils puissent se faire face.

— Mmm ?

Chassant de son esprit les derniers vestiges de la jouissance, Meg prit une profonde inspiration et se lança.

— Je dois m'excuser auprès de toi. Je veux que tu comprennes pourquoi je me suis conduite comme je me suis conduite ces dernières heures, et comme il m'est si souvent arrivé de le faire ces dernières années.

— Inutile..., marmonna-t-il en laissant traîner un doigt rêveur sur la courbe de sa hanche. Je crois savoir ce que tu as à me dire. Je n'ai pas besoin d'entendre ça.

— Peut-être. Mais moi j'ai besoin de te le dire.

Pour ne pas se laisser distraire par les caresses de plus en plus précises de Royce, Meg se redressa contre la tête de lit et tira le drap sur elle.

— J'ai toujours été terrifiée à l'idée de te perdre, reprit-elle. Dès le début de notre mariage. Parce que je t'ai toujours tellement aimé... Et parce que dans mon enfance... j'ai dû me résoudre à perdre ceux que j'aimais malgré ce qu'ils me faisaient subir.

Meg s'obligea à capter le regard de Royce.

— Et quand mes pires craintes ont commencé à se réaliser, poursuivit-elle, que notre mariage s'est peu à peu disloqué, j'y ai vu inconsciemment la confirmation de cette fatalité. Même dans ces conditions — ou peut-être à cause d'elles —, je n'ai pu mettre un frein à mon désir obsessionnel d'être mère. Au point d'en perdre toute mesure... C'était très mal, de ma part, de te forcer ainsi la main. Dans un couple, ces décisions doivent être prises ensemble. Mais j'étais à l'époque tellement retranchée dans mes peurs et mes faiblesses que je ne pouvais me rendre compte de ce que j'étais en train de faire.

Royce tendit le bras et mêla ses doigts aux siens.

— Alors, dit-il, je suis devenu le méchant de l'histoire.

— Pas entièrement..., corrigea-t-elle. J'ai essayé de me convaincre que tu l'étais, que je n'avais rien à faire avec un homme incapable de faire une place dans sa vie à un enfant, mais je n'ai jamais réussi à ne plus t'aimer.

Meg porta leurs mains unies à ses lèvres.

— Je m'efforçais en quelque sorte d'expier un péché que je n'avais pas commis. J'avais au fond de moi l'intime conviction qu'en devenant une excellente mère je pourrais réparer tout le malheur de mon enfance.

Un sourire triste flottant sur ses lèvres, elle secoua la tête et conclut :

— Quand tout a commencé à s'écrouler autour de moi, à l'époque de notre séparation ou comme hier quand Mélanie Kane est passée, je me suis retrouvée dans la peau de l'enfant de cinq ans abandonnée par sa mère. De nouveau j'étais rejetée, indigne d'aimer ou d'être aimée. Et il y a un an comme hier, j'ai complété le cycle en faisant en sorte de te rejeter loin de moi.

Royce se hissa vers elle pour la prendre dans ses bras.

— Malgré tous tes efforts, dit-il, tu n'es jamais parvenue à m'éjecter tout à fait... Même durant les neuf mois qu'a duré notre séparation, par la pensée je n'ai jamais été très loin de toi. Il me semble que pas un jour je n'ai cessé de penser à toi.

— Moi non plus.

Royce prit son visage en coupe entre ses mains et le dévora de baisers avant d'ajouter :

— Tu n'as pas non plus à te charger de tous les torts dans les ratés au démarrage qu'a connus notre mariage. Il faut être deux pour bâtir un couple, et il faut aussi être deux pour le détruire... Toute ma vie, j'ai eu l'impression que je resterais à jamais étranger à cette chose qui s'appelle l'amour, dont tout le monde fait si grand cas. Ce n'était pas que je ne désirais pas aimer ou être aimé, non. Pour n'en avoir jamais eu l'exemple dans ma famille, je n'avais simplement pas le mode d'emploi…

Un sourire rêveur au coin des lèvres, il caressa les joues de Meg du bout de ses deux pouces et reprit :

— Et puis tu es arrivée, et j'ai pu enfin comprendre et apprécier cet amour qui me semblait tellement inaccessible avant toi. Mais ton besoin de fonder une famille — et ta famille elle-même — m'ont fait de nouveau me sentir sur la touche, irrécupérable, étranger. D'où la peur de te perdre, de perdre cet amour que je venais à peine de trouver. Cela non plus n'a pas été sans nous éloigner l'un de l'autre.

Meg le dévisageait avec incrédulité.

— Mais, Royce…, protesta-t-elle. Je n'en savais rien. Si tu m'avais dis que…

— Je n'en savais rien moi-même, l'interrompit-il. Le plus drôle, c'est que ce qui avait failli nous séparer a fini par nous réunir… Quand tu m'as demandé de réintégrer le domicile conjugal, je me suis retrouvé d'un coup dans ton cercle magique — Alice, Amanda, et toi. Petit à petit, un travail inconscient s'est fait en moi. Le mot famille a commencé à prendre un sens. Jusqu'à ce que je finisse par réaliser aujourd'hui que j'en avais une, moi aussi — ma propre famille — et que je ne pourrais pour rien au monde vivre sans elle dorénavant.

Un petit rire amusé s'échappa des lèvres de Royce.

— Tu t'es acharnée sans t'en rendre compte à reproduire le passé, reprit-il. Et moi aussi. Peut-être, finalement, est-ce ce que nous faisons tous... Jusqu'à ce que quelqu'un ou quelque chose survienne qui nous oblige à changer. Que le destin t'ait placée sur ma route était déjà inespéré. Qu'il ait cru bon d'ajouter pour faire bonne mesure Alice, Amanda et Sarah tient quasiment du miracle ! Il faut croire que mon cas était grave...

Ils rirent tous deux, puis Royce approcha du sien le visage de Meg. Longuement, ils se perdirent dans le regard l'un de l'autre.

— Toutes les trois, conclut-il d'une voix chargée d'émotion, vous m'avez forcé à bouger, à comprendre que je n'étais ni mon père, ni ma mère, et que je n'étais en rien condamné à reproduire leurs erreurs, à partager leur misère. Il m'a fallu du temps pour réaliser que j'étais non seulement aimé par toi d'un amour sincère et désintéressé, mais que j'étais moi-même capable de donner ce même amour. A toi. A Amanda. Et bien sûr à Alice...

Royce effleura du bout des lèvres celles de Meg.

— Je t'aime.

De nouveau, il s'empara de sa bouche, avec plus de flamme cette fois.

— J'aime Amanda.

Ils se donnèrent un autre baiser, tellement fougueux que, quand leurs lèvres se séparèrent, ils en étaient tous deux essoufflés.

— Et je veux qu'Alice continue à vivre près de nous, dit-il pour conclure. C'est une incroyable et attachante petite personne. Sous ses dehors de rebelle, elle a tellement d'amour à donner...

Les larmes aux yeux, Meg lui rendit son sourire. Même dans ses rêves les plus audacieux, jamais elle n'aurait pu rêver de déclaration d'amour plus bouleversante.

— Je t'aime, Royce Adler. Oh ! Comme je t'aime...

Au rez-de-chaussée, un bruit de porte qui claque se fit entendre, aussitôt suivi d'un brouhaha de rires et de voix.

— On dirait que l'heure est venue de passer aux travaux pratiques ! s'amusa Royce en se redressant sur un coude.

Meg se mit à rire gaiement.

— Prêt pour le test grandeur nature, *papa* ?

— Redis-moi ça...

— Quoi donc ? *Papa ?*

Un sourire jusqu'aux oreilles, Royce hocha la tête avec ravissement.

— Il n'y a pas si longtemps, expliqua-t-il, je me demandais ce que cela me ferait d'être appelé ainsi.

— Et alors ? demanda-t-elle, bien que connaissant déjà la réponse. Quel effet cela te fait-il ?

— Cela me fait du bien ! répondit-il sans hésitation aucune. Et même beaucoup, beaucoup de bien...

Il pencha la tête pour déposer sur les lèvres de Meg un dernier baiser à couper le souffle. Quand il s'écarta, ses yeux brillaient d'une lueur espiègle.

— Dépêche-toi, *maman* ! Notre famille nous attend.

AMOURS D'AUJOURD'HUI

HARLEQUIN

PROCHAINS RENDEZ-VOUS LE

1er mai 2004

LA TENTATION DU BONHEUR, de Peggy Nicholson • N°869

Jack Kelton a deux règles de conduite : premièrement, ne te remarie jamais. Deuxièmement : si par malheur tu enfreins cette règle, ne te laisse surtout pas piéger par une femme divorcée. Abby Lake, quant à elle n'a qu'un credo : débrouille-toi seule si tu ne veux pas qu'un homme te fasse souffrir à nouveau. Armés de ces belles résolutions, ils vont tenter de résister à l'attirance mutuelle qu'ils éprouvent depuis qu'ils se sont rencontrés...

LA PROMESSE DU PASSÉ, de Roxanne Rustand • N° 870

En voyant Zach Forrester, son premier amour, resurgir dans sa vie après des années d'absence, Dana se retrouve en proie aux pires incertitudes. Aux souvenirs d'autrefois qui l'assaillent sans relâche viennent s'ajouter de nombreuses questions concernant Zach. Pourquoi, alors qu'il prétend être de retour dans sa ville natale pour se reposer, semble-t-il agir en homme traqué ? Et quelle est sa relation avec la petite fille de trois ans qui l'accompagne et qui ne l'appelle jamais «Papa» ?

LA BLESSURE DU SOUVENIR, de Ginna Gray • N°871

Ryan McCall vit seul avec son fils Mike âgé de 13 ans depuis que sa femme l'a quitté. Un jour Tess, une jeune veuve, enceinte de sept mois emménage sur le même palier qu'eux. Très vite elle et Mike deviennent amis. Mais Ryan, qui se méfie de toutes les femmes, refuse de faire la connaissance de Tess car il est persuadé qu'elle va tenter de lui mettre le grappin dessus...

UN CŒUR À CONQUÉRIR, de Tara Taylor Quinn • N° 872

Que demander de plus à la vie qu'un bon job, une jolie maison, une famille chaleureuse ? Au plus profond d'elle-même, Miranda Parsons sait qu'il manque quelque chose à ce tableau de rêve. Quelque chose ou quelqu'un... Jack Foster, par exemple, dont elle vient de faire la connaissance et qui risque bien – si elle tombe amoureuse de lui – de bouleverser irrémédiablement l'ordonnancement de sa vie bien rangée.

BEST SELLERS

Les Best-Sellers Harlequin, c'est la promesse d'une lecture intense : romans policiers, thrillers médicaux, drames psychologiques, sagas, ce programme est riche d'émotions.

Ne manquez pas, le 1er mai :

Du côté de Georgetown, de Emilie Richards • N° 195

Faith Bronson est loin de se douter que son existence dorée ne tient qu'à un fil. Pourtant, lorsque la liaison secrète de son mari est révélée au grand jour, force est de constater que sa vie est en ruine. Tout comme la maison familiale où elle va se réfugier avec ses deux enfants, et qu'elle entreprend de restaurer. Un homme lui donne l'espoir d'un avenir plus vrai, et Faith s'y accroche. Mais cet homme a un lien secret avec son passé, qu'il n'ose pas lui avouer. Un nouveau défi attend Faith, une nouvelle bataille contre le mensonge et la dissimulation…

Verdict, de Christiane Heggan • N° 196

Lorsqu'une mystérieuse jeune femme lui propose cent mille dollars pour défendre son amant accusé de meurtre, l'avocate Kate Logan, qui vient de s'installer à son compte, trouve l'affaire bien avantageuse. Sauf que celle-ci concerne de près Mitch, son compagnon : la victime du meurtre n'est autre que la sœur de Mitch et l'ex-épouse de l'accusé. Une affaire qui risque de peser lourd sur la vie privée de Kate. La loi fera-t-elle bon ménage avec les sentiments ?

Retrouvez l'héroïne intègre et attachante de L'impossible vérité, *Best-Sellers N° 90 (réédition mars 2004).*

Le complot, de Heather Graham • N° 197

Ils sont plusieurs à se retrouver ce jour-là à Hurricane Bay, la petite île privée de Floride qui les a vus grandir. Mais où est donc Sheila Warren ? Son absence ne semble inquiéter personne en raison de sa vie dissolue. Personne, sauf Kelsey Cunningham, venue de loin pour voir sa meilleure amie. De tout le groupe, seul Dane Whitelaw est disposé à lancer les recherches : non seulement il s'est disputé avec Sheila avant qu'elle disparaisse, mais il semble savoir quelque chose qui le ronge…

Le moment de vérité, de Curtiss Ann • N° 198

Marilee James s'apprête à dire « oui pour la vie » à Tate Holloway, quand son ex-mari, qu'elle n'a pas vu depuis des années, débarque dans la petite ville de Valentine sans prévenir. Toujours bel homme, Stuart James est accueilli avec circonspection aussi bien par Tate que par Marilee, qui craint qu'il déstabilise sa vie et celle de leur enfant. Mais si Stuart bouleverse en effet leur quotidien, rien ne sera plus comme avant après son passage…

Le fil rouge, de Taylor Smith • N° 73 (réédition)

A Winslow, petite ville de Nouvelle-Angleterre, une étudiante de l'université de Mount Abbey, Holly Stroud, est mêlée à un attentat terroriste. N'a-t-elle pas accompagné sur les lieux du crime cet étudiant étranger que le FBI considère comme le suspect N° 1 ? Les soupçons pèsent sur Holly. Mais Leya Nash, son professeur de littérature, qui croit à son innocence, veut tout tenter pour sauver celle qu'elle considère un peu comme son double. Sans se douter qu'un homme va resurgir du passé et la confronter de nouveau à ses propres démons...

La collection BEST-SELLERS est en vente au rayon poche Harlequin.

ABONNEMENT... ABONNEMENT... ABONNEMENT...

ABONNEZ-VOUS !

2 livres gratuits* + 1 bijou + 1 cadeau surprise

Choisissez parmi les collections suivantes

AZUR : La force d'une rencontre, la magie de l'amour.
6 romans de 160 pages par mois. 18,24 €* le colis.

AMOURS D'AUJOURD'HUI : Des histoires vraies, des couples d'aujourd'hui. 3 romans de 288 pages par mois. 13,68 €* le colis.

BLANCHE : Passions et ambitions dans l'univers médical.
3 volumes doubles de 320 pages par mois. 15,12 €* le colis.

LES HISTORIQUES : Le tourbillon de l'Histoire, le souffle de la passion.
3 romans de 352 pages par mois. 15,54 €* le colis.

ROUGE PASSION : Rencontres audacieuses et jeux de séduction.
6 romans de 192 pages par mois. 18,84 €* le colis.

DÉSIRS : Sensualité et passions extrêmes.
2 romans de 192 pages par mois. 6,28 €* le colis.

DÉSIRS/AUDACE : Sexy, impertinent, osé.
2 romans Désirs de 192 pages et 2 romans Audace de 224 pages par mois. 14,46 €* le colis.

HORIZON : Une famille à inventer, un bonheur à construire.
5 romans de 160 pages par mois. 15,30 €* le colis.

BEST-SELLERS : Des grands succès de la fiction féminine.
2 romans de plus de 350 pages tous les mois. 11,78 €* le colis.

BEST-SELLERS/INTRIGUE : Des romans à grands succès, riches en action, émotion et suspense. 2 romans Best-Sellers de plus de 350 pages et 2 romans Intrigue de 256 pages par mois. 20,34 €* le colis.

***Plus 2,05 € par colis pour la participation aux frais de port.**

vos avantages exclusifs

1. Une totale liberté

Vous n'avez aucune obligation d'achat. Vous avez 10 jours pour consulter les livres tranquillement chez vous et décider ensuite de les garder ou de nous les retourner sans rien nous devoir.

2. Une économie de 5% sur chaque volume

En profitant de nos offres, vous bénéficiez d'une remise de 5% sur le prix de vente public. Encore un avantage réservé aux abonnées Harlequin.

3. Recevez ces livres en avant-première

Les romans que nous vous envoyons, dès le premier colis, sont des inédits de la collection choisie. Nous vous les expédions avant même leur sortie dans le commerce.

ABONNEMENT...ABONNEMENT...ABONNEMENT...

Oui, je désire profiter de votre offre exceptionnelle. J'ai bien noté que je recevrai d'abord gratuitement un colis de 2 livres* ainsi que 2 cadeaux. Ensuite, je recevrai un colis payant de romans inédits régulièrement.

Je choisis la collection que je souhaite recevoir :
(☑ cochez la case de votre choix)

- ❑ **AZUR** : Z4ZF56
- ❑ **AMOURS D'AUJOURD'HUI** : A4ZF53
- ❑ **BLANCHE** : B4ZF53
- ❑ **LES HISTORIQUES** : H4ZF53
- ❑ **ROUGE PASSION** : R4ZF56
- ❑ **DÉSIRS** : D4ZF52
- ❑ **DÉSIRS/AUDACE** : D4ZF54
- ❑ **HORIZON** : O4ZF55
- ❑ **BEST-SELLERS** : E4ZF52
- ❑ **BEST-SELLERS/INTRIGUE** : E4ZF54

*sauf pour la collection Désirs : 1 livre gratuit

Renvoyez ce bon à : Service Lectrices HARLEQUIN
BP 20008 - 59718 LILLE CEDEX 9.

Mme ❑ Mlle ❑ NOM ________________

Prénom ________________

Adresse ________________

Code Postal |_|_|_|_|_| Ville ________________

Tél. : |_|_|_|_|_|_|_|_|_|_|

Date d'anniversaire |_|_|_|_|_|_|_|_|

Le Service Lectrices est à votre écoute au 01.45.82.44.26
du lundi au jeudi de 9h à 17h et le vendredi de 9h à 15h.

Conformément à la loi Informatique et Libertés du 6 janvier 1978, vous disposez d'un droit d'accès et de rectification aux données personnelles vous concernant. Vos réponses sont indispensables pour mieux vous servir. Par notre intermédiaire, vous pouvez être amené à recevoir des propositions d'autres entreprises. Si vous ne le souhaitez pas, il vous suffit de nous écrire en nous indiquant vos nom, prénom, adresse et si possible votre référence client. Vous recevrez votre commande environ 20 jours après réception de ce bon. Date limite : 31 décembre 2004.

Offre réservée à la France métropolitaine, sousmise à acceptation et limitée à 2 collections par foyer.

L'ASTROLOGIE EN DIRECT
TOUT AU LONG
DE L'ANNÉE.

(France métropolitaine uniquement)

Par téléphone 08.92.68.41.01

0,34 € la minute (Serveur SCESI).

Composé et édité
PAR LES ÉDITIONS HARLEQUIN
Achevé d'imprimer en mars 2004

BUSSIÈRE
GROUPE CPI

à Saint-Amand-Montrond (Cher)
Dépôt légal : avril 2004
N° d'imprimeur : 40948 — N° d'éditeur : 10470

Imprimé en France